中國語言文字研究輯刊

十九編

許學仁 主編

第 7 冊

《詩經》形態構詞研究（下）

劉　芹 著

花木蘭文化事業有限公司

國家圖書館出版品預行編目資料

《詩經》形態構詞研究（下）／劉芹 著 -- 初版 -- 新北市：
花木蘭文化事業有限公司，2020〔民 109〕
目 2+204 面；21×29.7 公分
（中國語言文字研究輯刊 十九編；第 7 冊）
ISBN 978-986-518-157-4（精裝）
1. 詩經 2. 聲韻學 3. 古音 4. 研究考訂
802.08　　　　　　　　　　　　　　　　109010419

ISBN-978-986-518-157-4

9 789865 181574

中國語言文字研究輯刊
十九編　第七冊　　　　ISBN：978-986-518-157-4

《詩經》形態構詞研究（下）

作　　者　劉芹
主　　編　許學仁
總 編 輯　杜潔祥
副總編輯　楊嘉樂
編　　輯　許郁翎、張雅淋　美術編輯　陳逸婷
出　　版　花木蘭文化事業有限公司
發 行 人　高小娟
聯絡地址　235 新北市中和區中安街七二號十三樓
　　　　　電話：02-2923-1455／傳真：02-2923-1452
網　　址　http://www.huamulan.tw 信箱 hml810518@gmail.com
印　　刷　普羅文化出版廣告事業
初　　版　2020 年 9 月
全書字數　392083 字
定　　價　十九編 14 冊（精裝）　台幣 42,000 元

《詩經》形態構詞研究（下）

劉 芹 著

目 次

第四章　《詩經》押韻構詞

　　《詩經》是我國最早的一部詩歌總集，詩詞韻文成為研究先秦古音的重要線索。但凡從事古音研究的學者，不可缺少的兩項材料非韻文、諧聲不可。清人段玉裁首先在古韻分部基礎上進行諧聲歸部實踐，提出著名的「古同諧聲者必同部」的論斷。繼段氏之後，學者們在古音研究中開始重視對諧聲材料的挖掘與利用。但是由於造字時代比《詩經》時代更早，有時諧聲歸部與《詩經》韻文歸部相矛盾，這應該是語音發生演變所致。

第一節　《詩經》押韻古音研究情況

　　韻文語音，早在唐人陸德明《釋文》裏已有或多或少模糊的認識。《釋文》「協句、取韻、合韻」之類眾多，那些不合時代音讀的文字，便將其改讀為與諸韻腳字押韻合諧的讀音。陸德明對韻腳字語音和諧的觀察是敏銳細緻的。不過，缺陷在於未能用歷史的眼光看待語音演變。當然，這有時代的侷限。陸德明「協句」之類已道出了語音變化的事實，只是陸德明本人對這一變化的解釋犯了以今律古的錯誤。陸德明對《詩經》韻文押韻語音變化的認識值得肯定，但同時，其「協句」說在漢語語文學研究領域帶來的負面影響亦不容小覷。

　　宋代一度盛行的「叶韻」說，可以說承陸德明之緒，且有愈演愈烈之勢。朱熹的《詩集傳》集「叶韻」說之大成，在古音研究史上，負面效果遠勝於對

語音變化認識的正面作用。朱子犯了與陸德明相同的錯誤，且比陸德明更為保守頑固。語音並非一層不變，而是隨著時間不斷變化的。

明代焦竑對古人「叶韻」說提出質疑：「如此則東亦可以音西，南亦可以音北，上亦可以音下，前亦可以音後，凡字皆無正呼，凡詩皆無正字矣，豈理也哉〔註1〕？」同時代的陳第悟到「時有古今，地有南北，字有更革，音有轉移〔註2〕」，認為《詩經》一些不合押韻規則的語音例外，即前人所謂「叶韻」之類實際是古今語音之別所致。陳第徹底廓清了《詩經》「叶韻」說；其對「古今語音有別」的認識，在韻文歷史語音研究中邁出了喜人的一步。

對韻文材料古音方面展開系統研究是從明末清初顧炎武開始的。顧炎武贊成陳第、焦竑之說，認為古人用韻與後代不同，是古音與後代語音不同的表現。顧炎武以《詩經》押韻為主體，通過系聯韻腳字，將古韻分為十部。

清代繼顧炎武之後作古韻分部的人眾多。江永增訂顧炎武古韻為十三部；段玉裁增訂顧江二氏，分古韻十七部，至此古韻分部大體已定；戴震《聲類表》，分部有改段氏的，首次採用陰陽入三分格局，分古韻九類二十五部；孔廣森《詩聲類》，提出「東冬分部」，在段玉裁基礎上分古韻陰、陽十八部；王念孫訂古韻譜二十一部；江有誥與王念孫不謀而合，分古韻二十一部，只是具體分部略有出入。上古韻部經過有清一批學者的研究，取得了一定的成績。

近人章炳麟在清人王念孫二十一部基礎上，吸收孔廣森冬部獨立的說法，同時從物部獨立出隊部，成古韻二十三部。黃侃在其師章氏二十三部基礎上，參考戴震陰陽入三分格局，將清儒的入聲字從陰聲各部獨立出來，得古韻二十八部〔註3〕。王力先生提出「脂微分部」，在黃侃二十八部基礎上將覺部獨立，同時依嚴可均、章炳麟晚年冬侵合併之說，併冬於侵，成古韻二十九部（戰國時代冬侵兩部方分立，成三十韻部）。至此，上古韻部的劃分工作告一段落，古韻分部基本確定。

〔註1〕 焦竑：《焦氏筆乘》，上海，上海古籍出版社，1986年版，第83頁。

〔註2〕 陳第：《毛詩古音考》，北京，中華書局，1988年版，第7頁。

〔註3〕 清人朱駿聲著《說文通訓定聲》在陰聲韻韻部之內列出一類所謂「分部」來，專收一些入聲字。可見，黃侃獨立出來的入聲韻部，朱駿聲早已察覺此類與陰聲韻有別，不過朱駿聲比較謹慎，以「分部」說明，未單獨成部。

後代學者大凡從事古韻研究多宗王力三十韻部說，所不同之處在於後代學者認為《詩經》時代冬侵兩部即已分立。同時在王力三十韻部基礎上又或有增減，增之表現為中古祭泰夬廢四韻（中古全是去聲）上古應獨立一韻部，王力質部長入、物部長入上古各應獨立成部，與同部位入聲韻存在語音關係的陰聲韻字（中古去聲字）上古應獨立成部等；減之表現為將同部位的陰入韻合為一部，分別擬有不同塞音尾相區別。前者主要代表人物有高本漢三十五部說，詳其《漢文典》（1940）、《中上古漢語音韻綱要》（1954）；後者代表人物有李方桂、董同龢兩位先生，古韻分二十二部，分別見李方桂《上古音研究》（1971）、董同龢《上古音韻表稿》（1948）〔註4〕。當然，後繼學者一邊在對古韻分部作或多或少的修正，一邊將更多的注意力集中於古韻擬測上。可以說，從此真正打開了古韻研究的新局面。

利用前人據韻文材料對古韻作出的分部成果，現代語言學者們百尺竿頭，更進一步，以現代語言學理論為指導對上古韻母展開系統研究。不僅對古韻分部具體例字歸部、古韻部內部再分、甚至在對上古韻母的音值構擬作出了巨大的貢獻。就目前看來從事上古音研究比較有影響的概括有下列幾家：

高本漢（Bernhard Karlgren），代表著作《漢語和漢日語分析字典》（1923）、《漢語詞類》（1934）、《漢文典》（1940）、《漢語的本質和歷史》（1946）、《中上古漢語音韻綱要》（1954）等。

董同龢，代表著作《上古音韻表稿》（1948）、《中國語音史》（1954）、《漢語音韻學》（1968）等。

李方桂，代表著作《上古音研究》（1971）。

王力，代表論著《漢語史稿》（1957）、《漢語音韻》（1963）、《先秦古韻擬測問題》（1964）、《漢語語音史》（1985）等。

鄭張尚芳，代表論著《漢語上古音表解》（1981）、《上古音構擬小議》（1984）、《上古韻母系統和四等、介音、聲調的發源問題》（1987）、《上古音系》（2003）等。

〔註4〕 江舉謙師江有誥遺意，著《詩經韻譜》一書，復據董同龢《上古音韻表稿》二十二部之分標舉各部主元音及韻尾，以明其音理關係，更注意及古聲調論押韻之通合關係，較清代學者所作韻譜更進一層。

潘悟雲，代表著作《漢語歷史音韻學》（2000）等。

金理新，代表著作《上古漢語音系》（2002）、《上古漢語形態研究》（2006）等。

白一平，代表著作《上古音手冊》（1992）等。

各家上古韻母音值擬測，皆是建立在《詩經》韻部劃分基礎上。諸家對《詩經》韻部陰陽入劃分意見大體可分作兩派：一派主張入聲韻併入同部位陰聲韻，以李方桂、董同龢為代表，他們的上古韻母擬音體系中陰聲韻與入聲韻分別帶有相同部位濁塞輔音韻尾、清塞輔音韻尾。另一派則主張入聲韻與陰聲韻、陽聲韻三分，以王力、鄭張—潘、白一平等為代表，他們的上古韻母音值擬測認為陰聲韻零韻尾或元音、流音韻尾，陽聲韻鼻音尾，入聲韻塞音尾。兩派的分歧焦點在於《詩經》陰入相押、諧聲陰入相諧的問題如何解釋。

正確認識這一問題，是關係到上古韻母音值擬測的關鍵所在。高本漢正是認識到這一困擾古音擬測的矛盾，於是在其古音體系中不得不將陰聲韻作兩類擬構：與入聲有押韻、諧聲、異讀關係的一類陰聲韻字擬有相應的濁塞音尾形式〔註5〕，而那些與入聲無押韻、諧聲、異讀關係的字仍依其舊，為零韻尾、元音韻尾或流音韻尾形式。針對高本漢陰聲韻之兩分法，董同龢（1948）從諧聲、《詩經》押韻諸多方面舉例說明兩類互有關係，沒有辦法截然區分。李方桂在這一問題上與董同龢意見一致，做得比較徹底，幾乎將所有陰聲韻與入聲韻歸為一類，擬了相應的濁、清塞音韻尾，除歌韻部等少數字不帶塞韻尾外〔註6〕。以王力為代表一派謹慎地看待這一問題，把與入聲有押韻、諧聲關係的陰聲韻之去聲韻字擬有塞音尾來源（表現形式一律為相應的塞音尾後附去聲韻尾*-s〔註7〕），其餘陰聲韻字一律不帶塞音韻尾〔註8〕。

〔註5〕 高本漢認為這樣構擬的好處是可以與相關的清塞音尾入聲韻對應，儘管這種做法高本漢本人亦覺得有點冒險，但異讀、諧聲、押韻事實皆支持此種假設。具體參看高本漢著，聶鴻音譯：《中上古漢語音韻綱要》，濟南，齊魯書社，1987 年版，第 169～171 頁。

〔註6〕 董同龢（1948）以為上古歌部不帶任何韻尾，李方桂（1971）認為帶*-r、*-d尾。

〔註7〕 奧德里古爾（A. G. Haudricourt，1954）推測去聲字最初曾存在具有構詞後綴作用輔音韻尾*-s，*-s後綴能跟任何字，甚至帶-p、-t、-k 韻尾的字合在一起。故此，奧德里古爾為屬入聲韻或單獨成韻的去聲字構擬了複輔音韻尾*-ks、*-ts、*-ps 三

綜觀上列各家對上古韻母陰聲韻韻尾音值擬測的分歧，恰如雅洪托夫（1959）所言：「陰聲字的輔音韻尾問題，現有理論中無論哪一種都不可能為大家無保留地接受〔註9〕。」對上古陰聲韻字構擬輔音韻尾，我們有幾點意見要說明一下：

第一、從語言類型學視角看，世界上沒有任何一種語言是全閉音節的語言。因此，認為上古漢語陰聲韻與同部位入聲韻合為一部，擬為塞音尾音節，想來是不可思議的。王力（1960）曾有言：「在現存的漢藏系語言中，我們絕對找不著一種語言像高本漢所擬測的上古漢語那樣，開口音節非常貧乏，更不必說像西門所擬測那樣，完全缺乏開口音節了〔註10〕。」

第二、如果說上古漢語像「父（爸）、母（媽）」等這類非語言特徵的稱呼詞，「嗚、呼」等這類非語言特徵的語氣詞，「籲、呱」等非語言特徵的擬聲詞要在開口度極大的元音發音後帶上一個塞音尾是無法想像的。陸志韋（1947）對此即表懷疑：「隨意翻一句古書來念，例如『井竈門戶箕箒臼杵』，讀成『-ŋ，-g，-n，-g，-g，-g，-g，-g』，何等的聱牙〔註11〕。」

第三、按照高本漢將上古陰聲韻一分為二的做法，確如高本漢本人所言有點冒險。我們不禁要問，上古漢語既然同時存在清濁兩套塞輔音韻尾，為

類形式。奧德里古爾去聲*-s尾說得到國內多數學者贊同，分別應用於上古音體系構擬中。以王力為代表一派在入聲韻來源之去聲韻擬音上更見奧氏影響非同一般。不過，王力本人儘管認為上古去聲字有陰、入兩源，在入聲一源上卻認為係主元音長短而與中古入聲相別。

〔註8〕 在乙類韻中，與入聲韻無語音關係的陰聲韻韻尾此派主要意見贊成不帶塞音尾，但內部存在差別：王力先生主張帶元音尾*-i，鄭張—潘主張帶流音尾*-l，白一平主張帶流音尾*-j。

〔註9〕 〔蘇〕謝・葉・雅洪托夫著，陳重業譯，顧越校：《上古漢語的韻母系統》，收錄於謝・葉・雅洪托夫著，唐作藩、胡雙寶選編：《漢語史論集》，北京，北京大學出版社，1986年版，第21頁。

〔註10〕王力：《上古漢語入聲和陰聲的分野及其收音》，《語言學研究與批判》，1960年第2輯，收錄於王力：《王力語言學論文集》，北京，商務印書館，2000年版，第167～168頁。

〔註11〕陸志韋：《古音說略》，《燕京學報》專號之二十，哈佛燕京學社出版，民國三十六年（1947）版，第107頁。

什麼濁塞輔音韻尾容易脫落而清輔音韻尾得以保留呢？從發音音理上能找到解釋嗎？同是塞輔音韻尾後來的變化為何如此巨大？潘悟雲（2000）以甲類韻一等韻為例，考察了入聲韻、陽聲韻、陰聲韻主元音從上古到中古至現代語音演變情況，發現陽聲韻由於一直帶著韻尾，從上古到現代沒有太大變化。入聲韻中古前帶著韻尾，與陽聲韻主元音變化一致，沒有太大變化；中古以後入聲尾失落，變化速度突然加快。故此，潘悟雲作出推論：「陰聲韻在上古如果帶塞韻尾，那麼在韻尾失落以前，其變化速度也應該跟陽、入韻同步；如果不同步，只能說明它並不帶任何韻尾〔註12〕。」親屬語言如苗瑤語的韻母主元音在各語支的表現充分證實這一點，陽聲韻、入聲韻因為有輔音韻尾的屏蔽，主元音在各語支變化不大；陰聲韻因為缺少輔音韻尾的屏蔽，主元音在各語支發生激烈變化。正如鄭張尚芳（2003）所言：「由此可見所謂的『陰聲韻』應是真正的開尾韻，不能像高本漢、李方桂等那樣收濁音尾-g、-d，否則難以解釋它與入聲韻發展上的巨大差別，王力『陰陽入三分說』是對的〔註13〕。」

　　第四、陰入之間密切的語音關係，實在是擺在從事上古漢語語音研究學者面前不容忽視的客觀事實。然而，也如鄭張尚芳（2003）所論：「其實除開去聲來自-gs／-h、-ds／s外，真正開尾與塞尾相押的並不多〔註14〕。」出於不多的陰入押韻關係考慮，為所有陰聲韻字一律構擬上塞音尾是否合適？

　　我們認為問題根本並非在於陰入之間的語音關係，這只是表面現象。需要關注的是哪些陰聲韻與入聲韻之間存在語音關係，通過這類陰聲韻找出癥結所在，才是解決問題的關鍵。不能因為表象的誤導，在上古漢語韻母系統陰聲韻韻尾的擬測問題上就失了分寸。下文嘗試對《詩經》押韻表現出的陰入語音關係作一全面、系統梳理，看看究竟是哪些陰聲韻與入聲韻發生關係？這類陰聲韻有什麼共同特點，語音上、或者構詞形態上？這對於認識上古漢語韻母系統陰聲韻韻尾的有無將提供更多可能思考的空間。同時，亦有注於我們觀察同字異讀語詞根據意義差別表現出不同的語詞押韻形態。

〔註12〕潘悟云：《漢語歷史音韻學》，上海，上海教育出版社，2000年版，第173頁。

〔註13〕鄭張尚芳：《上古音系》，上海，上海教育出版社，2003年版，第162頁。

〔註14〕同上書，第162頁。

第二節　《詩經》押韻現象分析

一、《詩經》入韻字確定原則

　　《詩經》押韻形式多樣，就一章押韻形式而言，有一韻到底，有中途換韻。一韻到底又可分偶句韻、首句入韻偶句韻、句句用韻三類情況；中途換韻分一般換韻、交韻、抱韻三種情況。各類具體說明參看王力（1986：61～110）。

　　本文在選擇《詩經》押韻入韻字時，嚴格權衡上述諸類情況後完成。《詩經》某些奇句是否入韻，根據《詩經》同篇各章押韻情況，同時參考同一語詞《詩經》有無偶句入韻先例酌情而定。如果《詩經》同篇各章押韻情況、同一語詞偶句入韻先例皆不支持奇句押韻，那麼便排除這類奇句入韻的可能，出現在奇句位置上的字自然不擇為入韻字。

　　根據上列原則確定《詩經》入韻字，可能某種程度相對保守。但這些入韻字必定可靠，比無限制人為擴大入韻字造成諸多例外押韻、合韻等情況要客觀得多。清代學者們在考察《詩經》押韻時常犯這類毛病，至於在諸多例外前束手無策，不論韻部之間關係疏近，概以各類合韻等統之。不過《詩經》確也有大量合韻事實存在，就我們考察，此類合韻各因韻部相互間關係親疏而定。

二、《詩經》押韻入聲韻與陰聲韻關係

　　《詩經》押韻表現出的入聲韻與陰聲韻關係，前輩學者們多有認識。在上古漢語語音擬構實踐中，雙方各執一詞，意見終難統一。下文將以入聲韻為主線，分別考察其與陰聲韻之去聲韻、上聲韻、平聲韻的關係。

（一）《詩經》押韻入聲韻與去聲韻關係

　　曾明路（1988）將上古與入聲相關的一批去聲字定名「入—去聲字」，分「後入—去聲字」（與喉尾*-g 相對應類）、「前入—去聲字」（與舌尖尾*-d 相對應類）兩類分別作了研究，主張「後入—去聲字」原因主要在於這類字存在新舊異讀、方言異讀或條件異讀等情況；推論「前入—去聲字」與聯綿式連讀變音有關。丁啟陣（1991）在其《秦漢方言》一書中附文一篇——《詩經》舒入通押問題新解，據作者自述，此文原作於 1988 年，載於《雲南教育學院學報》1988 年第 4 期 41～49 頁，原題「《詩經》陰入通押問題新解」。論文對舒入關係討論較多集中於去入關係上，同時兼及少量平上兩聲的字。

丁先生此文對《詩經》舒入通押分三種情況進行解釋：條件異讀之意義差別、條件異讀之方言殊異、條件異讀之時間因素，分別舉例說明，觀點與曾先生不謀而合。不過，丁先生此文未能對《詩經》陰入關係情況作系統分類研究，只在既定原因下提取相應例證說明，不能不讓人擔心有失全面。曾先生上古「入─去聲字」研究在反映《詩經》陰入關係方面則更有說服力。

本文對《詩經》押韻入聲韻與去聲韻關係的考察將從三方面展開，分別為 *-g 尾韻、*-d 尾韻、*-b 尾韻，比曾先生多列出唇尾類〔註15〕。其次，曾先生指出「『入─去聲字』在諧聲上每與入聲相關，在韻文中又多與入聲相涉〔註16〕。」通過對曾先生舉出的「入─去聲字」觀察，發現曾先生「入─去聲字」的範圍基本指向為王力、鄭張─潘等所擬*-gs、*-ds 韻尾形式一類〔註17〕。就我們對《詩經》押韻考察，同時結合文字諧聲、語詞異讀等方面的因素考慮，認為《詩經》押韻與入聲相關的去聲字遠不止於曾先生諧聲上與入聲相關一類，尚包括王力、鄭張─潘等上古音體系所擬*-s 韻尾形式一類，即在諧聲上與入聲無關，在韻文中與入聲相涉一類的去聲字。遺憾的是，這類去聲字曾先生關注不夠，散見兩三例，如「奏、載、囿」，未能單獨分列討論。

1. 《詩經》押韻*-g 尾韻與去聲韻關係〔註18〕

中古去聲韻根據諧聲、押韻、異讀等情況，上古來源應作兩分：與入聲韻有諧聲、押韻、異讀關係的去聲為入聲韻一源，與陰聲韻有諧聲、押韻、異讀關係的去聲另出一源為陰聲韻。《詩經》押韻*-g 尾韻與去聲韻之間的關係亦作兩分：一類與陰聲韻來源之去聲韻關係，一類與入聲韻來源之去聲韻關係。

（1）《詩經》押韻*-g 尾韻與陰聲韻來源之去聲韻關係

①載，《廣韻》：「年也，事也，則也，乘也，始也，盟辭也」，「作代切」。

〔註15〕因為《詩經》時期一部分唇尾類字已併入舌尖尾類，曾先生未作分別，本文討論唇尾類於相應併入後的舌尖韻尾類討論，並對兩韻尾類演變關係作說明。

〔註16〕曾明路：《上古「入─去聲字」研究》，北京大學碩士學位論文，1988 年，收錄於嚴家炎、袁行霈主編：《綴玉集──北京大學中文系研究生論文選編》，北京，北京大學出版社，1990 年版，第 529 頁。

〔註17〕這類去聲字從聲符諧聲系列看皆為入聲韻。

〔註18〕此處去聲韻不論就上古入聲韻來源、陰聲韻來源，皆與陰聲韻或入聲韻相應主元音部位相同。後類此者同，不再出注。

／「運也」，「昨代切」。《說文》：「乘也，从車𢦏聲。」鄭張尚芳上古音分別擬為*zluɯɯs／*ʔslɯɯs，白一平上古音擬為*dzəs／*tsəs。《說文》其諧聲系列均為陰聲韻字，故「載」亦當屬陰聲韻。載，《詩經》入韻 9 次。

P441《小雅・節南山之什・正月》：「無棄爾輔，員於兩輻。屢顧爾僕，不輸爾載。終踰絕險，曾是不意。」輻，《廣韻》：「車輻」，「方六切」。億〔註19〕，《廣韻》：「十萬曰億，又安也，度也」，「於力切」。藏語 ɦi-ʥeg-pa「登、攀登」為「載」的同源關繫詞，帶-g 韻尾。鄭張尚芳提供溫州方言「一年半載」的「載」現在仍讀入聲調的說法。查《漢語方音字彙》「載」溫州方言點ᶜtse、tse。兩讀，儘管兩讀現代溫州方言中皆無塞音尾，但入聲調本身就說明史上有過塞音尾。

P460《小雅・谷風之什・大東》：「薪是穫薪，尚可載也；哀我憚人，亦可息也。」息，《廣韻》：「止也，又媤息也，《說文》『喘也』」，「相即切」。

P415《小雅・鹿鳴之什・出車》：「召彼僕夫，謂之載矣。王事多難，維其棘矣。」棘，箋云急也。亟，《廣韻》：「急也，疾也，趣也」，「紀力切」。

P515《大雅・文王之什・旱麓》：「清酒既載，騂牡既備。」備，古文獻中多與去聲韻、入聲韻相押，《詩經》中入韻 2 次：「備、戒」、「載、備」押韻。「戒」據其諧聲系列，上古來源於入聲韻。「備」因與入聲韻密切的關係，上古亦當有塞輔音來源，鄭張尚芳上古音擬為*brɯgs，白一平上古音擬為*brjəks。藏語同源關繫詞 spags-pa「準備」。

此 4 例「載」分別以「乘也」、「運也」義與入聲職部字押韻。

P421《小雅・南有嘉魚之什・彤弓》：「彤弓弨兮，受言載之。我有嘉賓，中心喜之。鐘鼓既設，一朝右之。」喜，《廣韻》「喜樂」，「虛里切」。侑〔註20〕，《廣韻》：「勸食，《爾雅》曰：『酬酢，侑報也』」，於救切。入韻字「載、喜、侑（右）」後有語氣詞「之」入韻，因此對語氣詞前入韻字押韻要求放鬆，「載」可以與陰聲韻「喜、祐」相押。

〔註19〕馬瑞辰按：此詩「曾是不意」，謂曾是不測度之也。意又讀同「不億不信」、「億則屢中」之億，億亦測度之也。

〔註20〕右，毛傳勸也，箋云右之者主人獻之，賓受爵，奠於薦右，既祭俎，乃席末坐，卒爵之謂也。右毛音又鄭如字。馬瑞辰按：右則侑之假借。此詩傳「右，勸也。」與《楚茨傳》「侑，勸也」正同義。

P498《小雅‧魚藻之什‧緜蠻》：「飲之食之，教之誨之；命彼後車，謂之載之。」誨，《廣韻》：「教訓也」，荒內切。入韻字「誨、載」《詩經》入韻 3 次，其後皆有語氣詞「之入韻，對語氣詞前入韻字押韻要求放鬆。

此 4 例「載」與陰聲韻字押韻。1 例「載」為「栽」之假借，「栽」入韻，例見後文。

《詩經》「載」作為一陰聲韻字，既可以與入聲韻相押，又可以與陰聲韻押韻，看起來陰入關係難分。而「載」頻繁與入聲韻押韻，所以與陰聲韻相押，皆因其後語氣詞「之」入韻。故此，我們推測陰聲韻之去聲韻字「載」很可能與入聲韻有相同的韻尾形式*-g，不過，此*-g 不是語音層面的韻尾，而是語法層面的後綴，即此後綴具有構詞作用。

②栽，《廣韻》：「築牆長板」，「昨代切」。《說文》：「築牆長版也。从木𢦔聲。《春秋傳》曰：『楚圍蔡，里而栽。』」義為「設板，立建築木架。」鄭張尚芳上古音擬為*zlɯɯs，白一平上古音擬為*dzəs。「𢦔」《說文》諧聲系列均為陰聲韻字，故「栽」亦當屬陰聲之部。《詩經》「栽」假借「載」入韻 1 見。

P509《大雅‧文王之什‧緜》：「其繩則直，縮版以載，作廟翼翼〔註21〕。」「栽」與「直、翼」押韻。直，《廣韻》：「正也」，「除力切」。翼，《廣韻》：「恭也」，「與職切」。栽，根據文義用為動詞，藏語 ɦdzugs「栽（樹）」正是「栽」的同源關繫詞，也帶-g 輔音韻尾。

③字，《廣韻》：「《春秋說題辭》曰：『字者飾也』，又愛也」，「疾置切」。《說文》：「乳也，从子在宀下，子亦聲。」鄭張尚芳上古音擬為*zlɯ，白一平上古音擬為*dzjəs。「子」《說文》諧聲系列均為陰聲之部字，故「字」亦為陰聲之部。《詩經》「字」入韻 1 次。

P528《大雅‧生民之什‧生民》：「誕寘之隘巷，牛羊腓字之；誕寘之平林，會伐平林；誕寘之寒冰，鳥覆翼之。」此例押韻形式為準抱韻〔註22〕，即「字、

〔註21〕馬瑞辰按：載通作栽。詳見馬瑞辰：《毛詩傳箋通釋》，北京，中華書局，1989 年版，第 819 頁。

〔註22〕王力：抱韻也是四句兩韻，但是第一句與第四句押韻，第二句與第三句押韻。抱韻右以細分為兩類：一類是純抱韻，即上述的形式；另一類是準抱韻，這類或者是六句兩韻，或者是第二句起韻。詳見王力：《王力文集（第六卷）》，濟南，山東教育出版社，1986 年版，第 85 頁。

翼」相押,「林、林」相押。翼,《廣韻》:「羽翼,《說文》『翄也』,又恭也、美也、助也」,「與職切」。「翼」《詩經》入韻 18 次,除 1 次韻「字」外,均與入聲韻相押。字,毛傳:「愛也」。藏語 tɕhags「愛」與「字」有語源關係,帶 -g 輔音韻尾。

字,古文獻中入韻 2 次,1 次見於《詩經》,另 1 次見《儀禮·士觀禮》:「字辭曰:『禮儀既備,令月吉日,昭告爾字。』」「字」韻「備」,「備」《詩經》入韻 2 次,均與*-g 韻尾字押韻。「字」上古應該是陰聲韻附加*-g 後綴的音節,此後綴是一個語法後綴。

④痗,《廣韻》:「病也」,「莫佩切」。／「病也」,「荒內切」。《說文》無「痗」字,從「每」得聲的字均為陰聲韻系列,「痗」亦當屬陰聲之部,鄭張尚芳上古分別擬音*mɯɯs／*hmɯɯs,白一平上古擬音*məs／*hmɯɯs。痗,《詩經》入韻 2 次。

P326《國風·衛風·伯兮》:「焉得諼草,言樹之背?願言思伯,使我心痗。」毛傳「背,北堂也。」「背」、「北」古通用,北,《廣韻》博墨切,上古入聲職部字,「痗」與「北(背)」押韻,主元音相同,韻尾也該和諧,當附後綴*-g。

P445《小雅·節南山之什·十月之交》:「悠悠我里,亦孔之痗〔註23〕。」毛傳「里,病也。」悝,《廣韻》:「憂也,詩云『悠悠我悝』」,「良士切」。「悝」與帶後綴*-g 的「痗」押韻,其中古上聲的上古來源就不是簡單的一個清塞輔音韻尾*-ʔ所能說明問題的。據金理新(2006)上古漢語上聲來源跟去聲一樣:零韻尾或流音韻尾的陰聲和以塞輔音為韻尾的入聲。此例「悝」即來源於上古塞輔音韻尾*-g,就「憂也」這一意義而言,其詞根在上古本來是有*-g 輔音韻尾的,只是這個韻尾後來附加了表不及物動詞性質的後綴*-ɦ,*-g-ɦ 這一形式中的韻尾*-g 受後綴-ɦ 的影響弱化脫落,最終跟陰聲來源的上聲合流了。

⑤孝,《廣韻》:「孝順」,「呼教切」。「孝」諧聲系列為陰聲韻,「孝」亦當屬陰聲幽部字。鄭張尚芳上古擬音*qhruus,白一平上古擬音*xrus。孝,《詩經》入韻 2 次。

〔註23〕馬瑞辰按:里為悝之假借,詳見馬瑞辰:《毛詩傳箋通釋》,北京,中華書局,1989 年版,第 620 頁。

P526《大雅・文王之什・文王有聲》：「匪棘其欲，遹追來孝。」欲，《廣韻》「貪欲也」，「余蜀切」。「欲」从「谷」得聲，「谷」中古入聲字，上古屋部，「欲」亦為入聲屋部字。「孝」與「欲」押韻，一為幽部一為屋部，除去韻尾外還涉及鄰韻相押。

據金理新（2002）幽部主元音擬為*u，屋部主元音擬為*o。《詩經》中幽部和侯部關係相對密切，因此才有段玉裁《六書音均表》將屋部和覺部合為一部之說。因為幽部和屋部主元音相近，在韻尾相同的情況下可以押韻，既然「欲」韻尾*-g，那麼「孝」當帶相同的韻尾。孝，上古是一個陰聲韻，我們假設它有跟「欲」相同的*-g，只是這個*-g 是一個構詞後綴，是一個語法層面的*-g，具有謂詞的語法性質。

P597《周頌・閔予小子之什・閔予小子》：「閔予小子，遭家不造，嬛嬛在疚。於乎皇考，永世克孝〔註24〕。」造，《廣韻》：「至也」，「七到切」。《說文》：「就也，从辵告聲」。从告得聲的字既有陰聲字又有入聲字，告，《廣韻》去入兩讀，其上古有不同的韻尾來源，分別為*-g、*-gs。從其得聲的「造」《廣韻》去聲，上古亦可能有兩種形式的來源，韻尾*-g 和*-gs 交替形式。*-gs 是「造」中古去聲的規則演變，此例「造」為*-g 尾形式，以後這個韻尾*-g 合併於韻尾*-gs，演變為中古的去聲。孝，前例押韻已證帶有語法層面的後綴*-g，「造」、「孝」一為覺部一為幽部，主元音相同，韻尾*-g 和後綴*-g 和諧相押。

⑥芼，《廣韻》：「菜食，又擇也」，「莫報切」。《說文》：「艸覆蔓，从艸毛聲」，並引《詩》曰「左右芼之」。覒，《說文》：「擇也，从見毛聲，讀若苗。」从毛得聲的字均為陰聲韻，故「芼」亦當屬陰聲宵部字。鄭張尚芳上古擬音*maaws，白一平上古擬音*maws。芼，《詩經》入韻 1 次，與入聲字「樂」相押。

P273《國風・周南・關雎》：「參差荇菜，左右芼之；窈窕淑女，鐘鼓樂之。」毛傳：「芼，擇也。」《釋文》：「芼，毛報反。樂音洛又音樂。」樂《廣

〔註24〕此例段玉裁以「造、疚、考、孝」入韻，為之幽合韻。詳段玉裁《六書音均表》，江有誥、王力與段玉裁同，分別詳江有誥：《音學十書》，北京，中華書局，1993年版，第 66 頁，王力：《王力文集》第六卷，濟南，山東教育出版社，1986 年版，第 334 頁。金理新則認為「子、疚」押韻，「造、孝」押韻，詳金理新：《上古漢語音系》，合肥，黃山書社，2002 年版，第 369 頁。我們以為金說確，採用金說。

韻》入聲，上古來源於入聲韻，「芼」與「樂」相押，假設「芼」字帶後綴*-g，此後綴功能具有謂詞性質，藏語 d-mjug-pa「尋求、找、取出、採」正與「芼」同源對應，也帶-g 輔音韻尾。

⑦到，《廣韻》「至也」，「都導切」。其《說文》諧聲系列均為陰聲韻，故「到」亦當屬陰聲宵部。鄭張尚芳上古擬音*taws，白一平上古擬音*taws。到，《詩經》入韻 1 見。

P570《大雅・蕩之什・韓奕》：「蹶父孔武，靡國不到。為韓姞相攸，莫如韓樂。」樂，《廣韻》：「喜樂」，「盧各切」，上古入聲藥部。「到」與「樂」相押，「到」亦當有後綴*-g。

「到」古文獻中入韻罕見，除見於《詩經》1 例外，另見於《楚辭》1 次。《楚辭・天問》：「日安不到？燭龍何照？」照，《廣韻》之少切，上古為帶*-s 韻尾的陰聲韻，「到」與「照」押韻，說明此時「到」已發生語法音變，所帶後綴*-g 被有同樣謂詞性質的*-s 後綴替換，可以與「照」押韻。

⑧芼，《廣韻》：「老芼」，「莫報切」。眊，《說文》：「目少精也，從目毛聲。《虞書》芼字從此。」《說文》從毛得聲的字均為陰聲韻，因此「芼」上古亦當屬陰聲宵部。鄭張尚芳上古擬音*maaws，白一平上古擬音*maws。芼，《詩經》入韻 2 次。

P548《大雅・生民之什・板》：「匪我言芼，爾用憂謔。多將熇熇，不可救藥。」謔，《廣韻》：「戲謔」，「虛約切」。藥，《廣韻》：「說文云治病艸」，「以灼切」。熇，《廣韻》：「熱兒」，「呵各切」。此三字上古均為入聲藥部。芼，鄭箋：「老芼有失誤」，朱熹集傳：「老而昏也」。藏語 r-mjugs-pa「昏聵、神志模糊」正與「芼」對應。

P554《大雅・蕩之什・抑》：「昊天孔昭，我行靡樂。視爾夢夢，我心慘慘。誨爾諄諄，聽我藐藐。匪用為教，覆用為虐。借曰未知，亦聿既芼。」「樂、藐、虐」中古入聲，上古入聲藥部〔註25〕。「芼」與「樂、藐、虐」押韻，當帶後綴*-g。

⑨炤，《廣韻》：「同照，明也」，「之少切」。《說文》無「炤」字，從召得聲的字均為陰聲宵部字，因此「炤」亦當為陰聲宵部。鄭張尚芳上古擬音*tjews，

〔註25〕「懆」與入聲「樂、藐、虐」相押，亦可能帶有後綴*-g，後文將再討論。

並注明「同照」，白一平上古擬音*tjews。炤，《詩經》入韻1見。

P441《小雅・節南山之什・正月》：「魚在于沼，亦匪克樂。潛雖伏矣，亦孔之炤。憂心慘慘，念國之為虐。」鄭箋「炤，易見。」《釋文》：「炤音灼，之若反。」高本漢（1940）收有炤字條，第二個詞義項釋為「鮮明，明顯」，并引此詩例證〔註26〕。樂，《廣韻》：「喜樂」，「盧各切」，上古入聲藥部。虐，《廣韻》「酷虐」，「魚約切」，上古入聲藥部。「炤」與「樂、虐」押韻，亦當帶有後綴*-g，此後綴具有名謂化功能。因為與「灼」讀音相同，常可通用，《集韻》藥韻收有「炤」字下注：「明也，《詩》『亦孔之炤』，通作灼。」炤，諧聲系列均為陰聲韻，可以肯定其入聲來源并非原生，《集韻》所存入聲一讀當為其形態變體形式的保留，韻尾實是一個語法層面的後綴，而這一變體形式早期存於《釋文》的音注材料中。

《玉篇》、《廣韻》在收入此字時只關注其「照耀」這一與「照」通用的義項，忽略了「炤」的「鮮明」義項，或者認為這一義項與「灼」通用沒有必要把「炤」收入藥韻，也就沒能像《集韻》把這一變體形式收入〔註27〕。

⑩奏，《廣韻》：「進也」，「則候切」。「奏」諧聲系列均為陰聲韻，故「奏」亦當屬陰聲侯部，鄭張尚芳上古擬音*ʔsoos，白一平上古擬音*tsos。奏，《詩經》入韻2次。

P467《小雅・谷風之什・楚茨》：「樂具入奏，以綏後祿。」祿，《廣韻》：「俸也，善也，福也，錄也」，「盧谷切」，上古入聲屋部。「奏」與「祿」押韻，當帶有輔音後綴*-g。藏語 ɦ-tshog-pa「捶打、責打」與「奏」有語源關係，又藏語 ɦ-tshog-pa「集會、聚合」與與其同聲符字「湊（《廣韻》『倉奏切』，『水會也，聚也』）」有語源關係，均帶有塞輔音韻尾-g。

P509《大雅・文王之什・綿》：「予曰有疏附，予曰有先後。予曰有奔奏，予曰有禦侮〔註28〕。」附，《廣韻》：「寄附」，「符遇切」。《詩經》入韻2次，1

〔註26〕詳高本漢：Grammata Serica Recensa，BMFEA，Vol.29，潘悟雲等譯：《漢文典（修訂版）》，上海，上海辭書出版社，1997年版，第499頁。

〔註27〕事實上《集韻》中大量異讀形式的存在除了別義、方言、假借、訓讀等情況外還有涉及語法變體詞的收存原因。

〔註28〕此例江有誥以「附、後、奏、侮」入侯部韻，詳江有誥：《音學十書》，北京，中華書局，1993年版，第73頁。王力以「附、後、奏、侮」入韻，以為侯屋通韻，

次與入聲「木、屬」押韻,當帶有後綴*-g。「奏」與「附」押韻,亦當帶有相同後綴*-g。

⑪附,《廣韻》:「寄附」,「符遇切」。《說文》:「附婁,小土山也。从𨸏付聲。」《說文》从付得聲的字均為陰聲韻,故「附」亦當屬陰聲韻。鄭張尚芳上古擬音*bos,白一平上古擬音*bjos。附,《詩經》入韻 2 次。

P490《小雅・魚藻之什・角弓》:「毋教猱升木,如塗塗附。君子有徽猷,小人與屬。」木,《廣韻》:「樹木」,「莫卜切」,上古入聲屋部。屬,《廣韻》:「附也,類也」,「市玉切」,上古入聲屋部。「附」與「木、屬」押韻,當帶後綴*-g。又「附」聲符「付」《說文》「與也」,藏語 ɦi-bog-pa「給予、付給」,帶輔音韻尾-g。

P509《大雅・文王之什・綿》:「予曰有疏附,予曰有先後。予曰有奔奏,予曰有禦侮。」奏,《詩經》中與入聲韻相押,帶有後綴*-g,「附」與「奏」相押,亦當帶有相同後綴*-g。

⑫譽,《廣韻》:「稱美也」,「羊洳切」/「稱也」,「以諸切」。《說文》:「稱也,从言與聲。」《說文》从與得聲的字均為陰聲韻,「譽」亦當屬陰聲魚部。鄭張尚芳上古分別擬音*la / *las,白一平上古分別擬音*lja / *ljas。譽,《詩經》入韻 3 次。

P482《小雅・甫田之什・車舝》:「式燕且譽,好爾無射。」鄭箋:「射厭也。」《釋文》:「射音亦注同。」陳奐按:「射讀為斁,《葛覃》傳:斁,厭也〔註29〕。」「斁」在先秦文獻中廣泛用於「厭也」。《尚書・商書・太甲》:「朕承王之休無斁。」孔安國傳:「我承王之美無厭,斁音亦。」《說文》無射字,斁,《說文》:「解也,从攴睪聲。」並引《詩》例「服之無斁」,斁,厭也釋之。故此例本字當為「斁」,「射」與「斁」音同假借。《說文》睪諧聲系列除「殬」外均為入聲韻,「斁」亦當屬入聲鐸部。「譽」與「斁」押韻,主元音同為*a,「譽」當有相同塞音後綴*-g,此後綴是附加在詞根*la 的基礎上表示「譽」的動詞義。

詳王力:《王力文集(第六卷)》,濟南,山東教育出版社,1986 年版,第 365 頁。

本文認為此例交韻,即「附、奏」相押,「後、侮」相押。

〔註29〕陳奐:《詩毛氏傳疏》,北京,北京市中國書店,1984 年版,《小雅・甫田之什》章,第 20 頁。

P594《周頌‧臣工之什‧振鷺》:「庶幾夙夜,以永終譽。」夜,《廣韻》:「舍也,暮也」,「羊謝切」。《說文》:「舍也,天下休舍也,从夕亦省聲。」《說文》夜諧聲系列均為入聲字。夕,《說文》:「莫也,从月半見。」夜和夕本一詞,後在夕上加聲符「亦」作「夜」,語音形式也由*s-gjag 派生出*gjags〔註30〕,此例語詞「夜」的語音形式,我們傾向於原始詞根形式*s-gjag。譽,動詞「稱譽」義,具有動詞後綴*-g,正與「夜」的詞根形式相押。

P570《大雅‧蕩之什‧韓奕》:「慶既令居,韓姞燕譽。」鄭箋:「有顯譽」。居,《廣韻》:「當也,處也,安也」,「九魚切」,上古陰聲魚部。此例「譽」以名詞義入韻,語詞形式當為詞根形式*la,與無韻尾的陰聲韻「居」正相押。

「譽」以不同意義入韻,押韻形式亦相分別。表示動詞義「譽」與入聲韻相押,表示名詞義「譽」押陰聲韻。「譽」之動名詞性之別存在形態構詞關係,由後綴*-g 完成。

⑬賦,《廣韻》:「賦頌,《釋名》曰:『敷布其義謂之賦』」,「方遇切」。賦从武聲,武諧聲系列均為陰聲韻,賦當為陰聲魚部。鄭張尚芳上古擬音*mpas,白一平上古擬音*pjas。賦,《詩經》入韻 1 次。

P568《大雅‧蕩之什‧烝民》:「天子是若,明命使賦。」毛傳:「賦,布也。」若,《廣韻》:「如也順也」,「而灼切」。「若」諧聲系列除個別異讀字有陰入兩讀外均為入聲韻,故「若」為入聲鐸部。「賦」與「若」押韻,賦《說文》:「斂也,从貝武聲。」《尚書‧禹貢》:「庶士交正,底慎財賦。」「賦」早期有財稅義,在「賦」表示「稅收、收稅」詞根基礎上通過後綴交替可實現新詞新義構成,即由*-g 後綴替換原來表示「收稅、稅收」的*-s 後綴,構成表示「拿出、頒布、唱頌」義的新詞,只是此新詞與原詞根用了相同的文字記錄形式。以後這一語法後綴由於語法類推影響與原詞根*-s 後綴合併,一起演變成中古的去聲。

「賦」表示「頒布」義帶*-g 後綴的證據尚可補充《楚辭》押韻 1 例。《楚辭‧招魂》:「結撰至思,蘭芳假些。人有所極,同心賦些。」王逸注:「假至也,補曰假音格,賦誦也。」「假、賦」入韻,「假」上古與「格」通,帶韻尾*-g,「賦」亦當帶有後綴*-g。

〔註30〕擬音據金理新(2006)。

⑭解,《說文》:「判也,从刀判牛角。一曰解廌,獸也。」/ 懈,《說文》:「怠也,从心解聲。」「解」諧聲系列均為中古陰聲韻之去聲字,「解」上古當屬陰聲支部。鄭張尚芳為「解、懈」上古分別擬音*kreeʔ / *krees,白一平上古分別擬音*kreʔ / *kres。「解」《詩經》入韻共見 3 次,表示「懈怠」義,均與中古入聲字相押。表示「懈怠」義語詞《詩經》時期字形尚未從「解」分化出來。

P570《大雅・蕩之什・韓奕》:「無廢朕命,夙夜匪解。虔共爾位,朕命不易。榦不庭方,以佐戎辟。」易,《廣韻》:「變易」,「羊益切」,上古入聲錫部。辟,《廣韻》:「《爾雅》:『皇王后,辟君也』」,「必益切」,上古入聲錫部。解,與「易、辟」押韻,亦當帶有相同的後綴*-g。

P627《商頌・殷武》:「天命多辟,設都於禹之績。歲事來辟,勿予禍適,稼穡匪解。」毛傳:「適,過也」。《釋文》:「直革反,徐張革反注同過也,韓詩云數也。」謫,《廣韻》:「責也」,「陟革切」,本字為「謫」,上古入聲錫部。辟,《廣韻》:「《爾雅》:『皇王后,辟君也』」,「必益切」,上古入聲錫部。績,《廣韻》:「功業也」,「則歷切」,上古入聲錫部。「解」與「辟、績、辟、謫」押韻,帶有相同的後綴*-g。

P614《魯頌・駉之什・閟宮》:「春秋匪解,享祀不忒。皇皇后帝,皇祖后稷[註31]。」帝,《廣韻》:「《爾雅》曰:『君也』」,「都計切」,《說文》:「諦也,王天下之號也,从丄朿聲。」以「帝」為聲符的諧聲系列均為去聲字。姚孝遂認為許慎「帝」字形義解說有誤[註32],鄭張尚芳(2003):「甲金文象根商,非朿聲[註33]」。商,中古入聲字,上古入聲錫部,「商」諧聲系列均為入聲字。鄭張尚芳為「帝」上古擬音*teegs,白一平上古擬音*teks。帝,《詩經》入韻 4 次,既與*-gs 韻尾字相押,又與*-g 韻尾字相押,因此我們可以認為其早期具有*-gs 韻尾與*-g 韻尾交替形式。解,與「帝」押韻,或為*-gs 韻尾或為*-g 韻尾,結合前兩例此例「帝」以*-g 韻尾形式入韻。

〔註31〕此例為交韻。

〔註32〕姚孝遂按:許慎關於帝字形義的說解均誤。帝字初文既不从丄,更非从朿聲。論者多以為象花蒂形,郭沫若引吳大澂、王國維之說而加以補證,至為詳悉。但帝字究竟何所取象,仍然待考。詳于省吾主編、姚孝遂撰:《甲骨文字詁林》,北京,中華書局,1996 年版,第 1086 頁。

〔註33〕鄭張尚芳:《上古音系》,上海,上海教育出版社,2003 年版,第 303 頁。

「解」表示「懈怠」義的語詞形式在詞根「解」「判也」義的語詞形式基礎上通過後綴*-g交替構成，此後綴*-g具有動詞完成體性質，後來被具有同樣功能的*-s後綴替換，最後依據歷史音變完成*-s後綴的演變。

⑮又，《廣韻》：「又猶更也」，「于救切」。《說文》：「手也。象形。三指者，手之剡多略不過三也。」鄭張尚芳上古擬音*ɢʷɯs，白一平上古擬音*wjəs。

「又」通「祐」，《天亡簋》：「天亡又（祐）王。」「祐」《廣韻》：「佐也，助也」，「于救切」。鄭張尚芳上古擬音*ɢʷɯs，白一平上古擬音*wjəs。「又」諧聲系列為陰聲之部。《詩經》「又」入韻4次。

P484《小雅·甫田之什·賓之初筵》：「其湛曰樂，各奏爾能。賓載手仇，室人入又。酌彼康爵，以奏爾時。」毛傳：「……主人亦入於次又射……」鄭箋：「又，復也。」能，《廣韻》：「技能」，「奴代切」。時〔註34〕，「持」之借字，「持」本字「寺」，鄭張上古擬音*ljɯs，並注「說文之聲，《文源》云象手持〔註35〕。」白一平上古擬音*zjəs。「又」上古當收*-s韻尾。

P451《小雅·節南山之什·小宛》：「人之齊聖，飲酒溫克。彼昏不知，壹醉日富。各敬爾儀，天命不又。」克，《廣韻》：「能也勝也」，「苦得切」。富，《廣韻》去聲，方副切。《說文》：「備也，一曰厚也，从宀畐聲。」《說文》畐諧聲系列除「富」外均為入聲韻，又「富」之同族詞「福」《廣韻》方六切，藏語同源關繫詞phjug-pa「富有」。故我們有理由相信「富」上古來源於入聲。「又」通「祐」，藏語同源關繫詞grogs「幫助、援助」（名詞）（動詞詞根當為grog-pa，但已經消失）和「祐」等同源〔註36〕。

P484《小雅·甫田之什·賓之初筵》：「三爵不識，矧敢多又？」識，《廣韻》：「《說文》云：『常也，一曰知也』」，「賞職切」。「又」假借為「侑」，侑，《廣韻》：「勸食，《爾雅》曰：『酬酢，侑報也』」，「于救切」。「又」與「識」韻，亦當帶後綴*-g。

〔註34〕時，毛傳，中者也。馬瑞辰（1989：752）按：傳訓時為中，是也。方濬智謂寺為古持字。《石鼓文》：「弓茲以寺」、「秀弓寺射」。「寺」皆用其本義「持」。（《綴遺齋彝器款識考識》卷二），見（《簡明金文詞典》，上海，上海辭書出版社，1998年版，第117頁。

〔註35〕鄭張尚芳：《上古音系》，上海，上海教育出版社，2003年版，第472頁。

〔註36〕金理新：《上古漢語音系》，合肥，黃山書社，2002年版，第459頁。

此 2 例「又」《詩經》中與入聲職部押韻，上古當收-g 韻尾。

P419《小雅・南有嘉魚之什・南有嘉魚》：「翩翩者雛，烝然來思；君子有酒，嘉賓式燕又〔註37〕思。」「又」假借為「侑」，鄭張尚芳上古擬音*Gʷɯs，並注「甲文作屮，象祭升牛牲首〔註38〕。」白一平上古擬音*wjəs。與上例同。來，《廣韻》：「至也，及也，還也」，「落哀切」。「來、又」後有語氣詞「思」入韻，對「來、又」入韻條件放寬。此例「又」雖與陰聲之部押韻，上古當帶*-g 後綴。

綜上，「又」字表示「更也」押陰聲韻，中古讀去聲，上古來源於陰聲韻之*-s 韻尾音節；「又」通「祐、侑」時押入聲韻，中古讀去聲，上古則來源於附後綴*-g 的音節。

⑯事，《廣韻》：「使也，立也，由也」，「鋤吏切」。／「事刃，又作剚傳」，「側吏切」。《說文》：「職也，从史，之省聲。」其諧聲系列均為陰聲韻，「事」亦當為陰聲韻。鄭張尚芳上古音分別擬為*zrɯs／*ʔsrɯs，白一平上古音擬為*ɦsrjəs／*tsrjəs。事，《詩經》入韻 7 次。

P476《小雅・甫田之什・大田》：「大田多稼，既種既戒，既備乃事。」戒，《廣韻》：「慎也，具也，備也，警也」，「古拜切」。《說文》：「警也，从廾持戈，以戒不虞。」其諧聲系列除個別例外字〔註39〕相當整齊，一為入聲韻一為去聲韻，「戒」《詩經》入韻 3 次，分別韻「國」、「備」、「事」。「國」中古入聲字，「備」中古去聲字，這兩字上古來源不同，但均與入聲韻相關。「國」上古來源於塞輔音韻尾*-g，「備」來源於韻尾*-gs，鄭張尚芳、白一平體系裏都有這一分類，依據歷史音變*-gs 到中古演變成去聲韻，*-g 到中古讀入聲。結合諧聲和押韻

〔註37〕又，箋云又復也，以其壹意，欲復也燕，加厚之。馬瑞辰按：此詩「嘉賓式燕又思」，又當即侑之假，猶侑可通作右與宥耳。

〔註38〕鄭張尚芳《上古音系》，上海，上海教育出版社，2003 年版，第 535 頁。

〔註39〕「戒」諧聲系列有兩字分別為平聲和上聲：「祴」、「駴」。祴，《廣韻》「古哀切」，平聲。《周易》：「凡樂事以鍾鼓奏九夏：王夏、翺夏、昭夏、納夏、章夏、齊夏、族夏、祴夏，驁夏。」《釋文》：「祴夏，音陔，古哀反。」祴，《說文》：「宗廟奏祴樂，从示戒聲。」「祴」此讀為專名讀法。駴，《說文》無，「駴」最早文獻使用見於《周禮》：「及所弊，鼓皆駴，車徒皆噪。」鄭注：疾雷擊鼓曰駴。《釋文》：「皆駴，本亦作駭，胡楷反，李一音亥。」「駴」、「駭」異文，記錄「擊」義的這一語詞上古或許本就从「亥」得聲。

「戒」上古來源也作兩分，即「戒」上古本有*-g 和*-gs 異讀，只是後來*-g 在發展過程中與*-gs 合併，到中古變讀去聲，入聲一讀消失〔註40〕。事，上古陰聲韻之部，中古去聲，上古擬音直接在陰聲韻尾後附加-s 顯然是難以解釋其與「戒」*-g 或*-gs 任意一讀的押韻情況的。「事」詩例中用作動詞，而上古後綴*-g 具有動詞性質，此例「戒」以*-g 韻尾入韻，與「事」後綴*-g 正韻尾相押和諧。

P565《大雅・蕩之什・崧高》：「亹亹申伯，王纘之事。于邑于謝，南國是式。」式，《廣韻》：「法也，敬也，用也，度也」，「賞職切」。式《詩經》入韻6次，除2例與「事」、「晦」押韻外均押入聲韻。《說文》：「法也，從工弋聲。」《說文》弋聲系列除「代」均諧入聲韻，從式得聲的字亦為入聲韻，藏語 rtag-pa「常法」和「式」有同源關係。「事」據詩義有動詞義，附有後綴*-g 正與其動詞性質相合。

以下 5 例「事」《詩經》中與陰聲韻之中古上聲字相押。

P284《國風・召南・采蘩》：「于以采蘩，于沼于沚。于以用之，公侯之事。」

P463《小雅・谷風之什・北山》：「陟彼北山，言采其杞。偕偕士子，朝夕從事。」

P509《大雅・文王之什・綿》：「迺慰迺止，迺左迺右，迺疆迺理，迺宣迺畝。自西徂東，周爰執事。」

P554《大雅・蕩之什・抑》：「於呼小子！未知臧否。匪手攜之，言示之事。匪面命之，言提其耳。借曰未知，亦既抱子。」

P577《大雅・蕩之什・瞻卬》：「如賈三倍，君子是識。婦無公事，休其蠶織〔註41〕。」

經分析比較，此類「事」具有共同的特點，為名詞「職事」義。其與押

〔註40〕此類情況在《詩經》中非常多見，《詩經》中存在廣泛*-g 和*-gs 相押的情況，我們可以認為某些韻尾為*-g 的語詞上古可能還有*-gs 異讀，或某些韻尾為*-gs 的語詞上古可能還有*-g 異讀，即如此例。但中古讀去聲的上古陰聲字則另當別論（這裡的陰聲字是我們就《說文》諧聲情況結合中古讀音而定的，「事」和「戒」的區別就在此）。

〔註41〕王力以倍、識、事、織入韻，之職通韻。金理新以事、織入韻，我們以為此例係交韻，識、織押韻，倍、事押韻。

入聲韻的「事」詞義、語法功能兩分，押韻亦有分別，上古來源自然不同，這一類名詞義的「事」上古來源於陰聲韻的*-s 韻尾。王力（1982：97）列「事」、「使」為同源詞，正因兩詞同族，常見「事」訓「使也」，《國語‧魯語下》：「大夫有貳車，備承事也。」韋昭注：「貳，副也。承，奉也。事，使也。」上列 5 例名詞「職事」義的「事」無一例外與中古上聲字相押，我們以為可能跟「事，使也」訓釋有關，即此 5 例以「使」訓讀音入韻。為什麼不說名詞義的「事」或本來就是上聲韻呢？主要是先秦其他典籍的押韻數據告訴我們其在上古應為*-s 韻尾。《禮記‧樂記》：「子曰：居，吾語汝。夫樂者，象成者也。總干而山立，武王之事也；發揚蹈厲，大公之志也；武亂皆坐，周召之治也。」「事」表示名詞「職事」義，與陰聲韻中古去聲字「志、治」押韻。《楚辭》「事」入韻 2 次，皆用作名詞「職事」義，分別為：「思、事」，「意、事」押韻，「事」皆與中古去聲字相押。其次，從漢語語音演變規律看，名詞「事」由上古*-s 韻尾形式而不是*-ʔ尾形式演變為中古的去聲字。

　　綜上，動詞「事」選擇跟入聲押韻與動詞性後綴*-g 有關，名詞「事」選擇跟陰聲韻之中古上聲相押與其訓讀音相關，「事」上古兩個來源在《詩經》押韻中分用井然。《管子》「事」押韻亦如《詩經》，「動作則事，居國則富，處軍則克。」「事」以動詞入韻，與上古*-g 尾字「富、克」相押。其後又有「臨難據事，雖死不悔。」「故必知不言無為之事，然後知道之紀。殊形異埶，不與萬物異理，故可以為天下始。」此 2 例「事」以名詞入韻，因「使」訓讀，與中古上聲字「悔」、「紀、理、始」押韻。類此例眾多，茲不贅舉。韻書所存「事」去聲一讀實際是後綴*-g 語法類推為後綴*-s 弱化為*-h 後與直接從*-s 韻尾弱化來的*-h 韻尾合併演變而來的。

　　⑰故，《廣韻》：「舊也，事也，常也」，「古暮切」。《說文》：「使為之也，从攴古聲」，「古」諧聲系列均為陰聲韻，「故」亦當屬陰聲韻部。鄭張尚芳上古擬音*kaas，白一平上古擬音*kas。故，《詩經》入韻 5 次。

　　P305《國風‧邶風‧式微》：「微君之故，胡為乎中露？」毛傳：「中露，衛邑也」。《太平御覽‧寰宇記》卷五十六：「劉澄《山川記》云：『古黎國也』。詩云『黎侯寓於衛。』衛以中露、泥中二邑處之，國名也。」潞，《廣韻》：「水名，又州名。春秋時初為黎國，後為狄境，古黎亭也」。據此知「露」係「潞」之同音借用。潞，《說文》：「冀州浸也，上黨有潞縣。从水路聲。」路，據小

徐本各聲，「各」入聲韻，從其得聲的系列除少數幾個字（路聲系列）為中古陰聲韻去聲字外，均為中古入聲字。這幾個中古陰聲韻去聲字上古顯然為入聲來源。因此鄭張尚芳先生為「潞」擬音*g‧raags，白一平上古擬音*g-raks。

「微君之故」，馬瑞辰：「猶云微君之難，微君之禍災〔註42〕」，故，與「潞」押韻，亦當帶有相同韻尾形式。「故」為陰聲魚部字，*-s 韻尾與入聲來源*-gs 韻尾如何相押？唯一的解釋只能是「故」早期除陰聲*-s 韻尾形式外，還有一種變體形式，即後綴*-g 形式，而這個後綴*-g 具有構詞的功能。「古」甲骨文中表示人名，金文中除了表示本義「古」外，還通「故」，表示「原因」。「故」甲骨文中未見，始見於金文，是一個後起字。《說文》以「故」聲訓「古」，且「故」從「古聲」，我們認為「故」是在「古」語詞詞根基礎上派生出來的後起形式。它的語音形式即在「古」詞根基礎上附加後綴*-g，用來記錄「原因、禍難」等語義的語詞形式。「故」的其他意義「舊也常也」通過後綴*-s 和後綴*-g 替換來實現。後綴*-g 的「故」與韻尾*-gs 的「潞」押韻，這種入聲來源的中古去聲字上古可能存在*-g 韻尾、*-gs 韻尾交替的形式。這類交替形式的不對稱押韻正與上古漢語與藏語同源語言之間語音對應的不對稱情況相類，兩種交替形式在後來的語音演變中隨著形態區別的淡化不對稱地保留在中古的字書、韻書中。

P412《小雅‧鹿鳴之什‧采薇》：「靡室靡家，玁狁之故。不遑啟居，玁狁之故。」「故、故」表示「禍難、難事」義，上古陰聲魚部，*-g 後綴音節，正相押韻。

P561《大雅‧蕩之什‧雲漢》：「旱既太甚，黽勉畏去。胡寧瘨我以旱？憯不知其故！祈年孔夙，方社不莫。昊天上帝，則不我虞。敬恭明神，宜無悔怒。」去，《廣韻》：「離也」，「丘倨切」，具有非自主性，即這種「災害」不是說話者主觀可以控制的，不是想讓它離去就能離去的。「去」諧聲系列除少數幾個字為入聲韻外均為陰聲韻，「去」上古當屬陰聲韻。因為語詞的非自主性質，其在上古可能附加有非自主功能後綴*-g。虞，《說文》：「騶虞也，從虍吳聲」。諧聲系列均為陰聲韻，虞亦當屬陰聲韻。《廣韻》：「度也」，「遇俱切」。《詩經》入韻以「度也」這一語義入韻，分別與入聲來源的去聲「度」

〔註42〕馬瑞辰：《毛詩傳箋通釋》，北京，中華書局，1989 年版，第 139 頁。

及*-g 韻尾入聲字相押。我們看不出「虞」的動物本義跟「度也」之音有何語源上的聯繫，也許正如高本漢（1940）所說，表示「度也」義只是語詞之音的同音借用〔註43〕。只是我們懷疑「度也」義「虞」與動物義「虞」同音。根據《詩經》押韻，表「度也」義的「虞」沒有一次跟陰聲韻押韻，這表明「度也」義這一語詞在借用動詞「虞」語音形式時並非全借，而是借入詞根的基礎上附加了具有名謂化功能的後綴*-g，這種假設似乎更能解釋《詩經》「度也」義「虞」的押韻現象。*-g 後綴經過語法類推與後來陰聲韻來源*-s韻尾合流，最終完成歷史音變，以去聲形式留存在中古。《集韻》遇韻收有「虞」，釋義「度也」，說明歷史上某個時間段確實有過這個讀音，《集韻》此讀正是「虞」早期形態構詞的最好保留。怒，從奴心聲，其諧聲系列均為陰聲韻，怒亦當為陰聲韻。《廣韻》上去兩讀，異讀原因除去方言或協韻的可能外，還有另一種可能，即上古語法音變的反映。《詩經》「怒」入韻 9 次，5次與帶*-ɦ 韻尾的中古上聲字相押，動詞；另外 4 次或與陰聲來源或與入聲來源中古去聲相押，名詞，本例即在其列。「怒」中古去聲的上古來源為後綴*-g〔註44〕。莫，日晚，以詞根形式入韻，帶有韻尾*-g，詳見「莫」字條。故，表示「原因」，上古陰聲魚部，帶有後綴*-g，同「去、莫、虞、怒」主元音相同，韻尾或後綴形式相同，正相押韻。

P365《國風·鄭風·遵大路》：「遵大路兮，摻執子之袪兮。無我惡兮，不寁故也。」《釋文》「一本作故兮，後好也亦爾」。袪，《廣韻》：「袖也」，「去魚切」，上古陰聲魚部，零韻尾音節。惡，《廣韻》：「憎惡也」，「烏路切」，上古來源於*-gs 韻尾音節。故，《廣韻》：「舊也」，「古暮切」，上古來源於陰聲魚部，*-s 韻尾音節。「袪、惡、故」後語氣詞「兮」入韻，對語氣詞前押韻要求放寬，相同主元音下不同韻尾可相押韻。

P340《國風·唐風·羔裘》：「羔裘豹袪，自我人居居。豈無他人？維子之故。」古居處之居作「尻」，「居」即古踞字。踞，《廣韻》「蹲踞大坐」，「居御切」，上古陰聲魚部，*-s 韻尾音節。袪，《廣韻》「袖也」，「去魚切」，上古

〔註43〕詳高本漢：Grammata Serica Recensa，BMFEA，Vol.29，潘悟雲等譯：《漢文典（修訂版）》，上海，上海辭書出版社，1997 年，第 33 頁。
〔註44〕「怒」後文會有討論。

陰聲魚部，零韻尾音節。《釋文》「豹袪，起居反又丘據反，袂末也」，袪，上古有兩種語音交替形式，其中*-s 韻尾形式在《集韻》去聲御韻中仍有收錄。故，鄭箋「故舊之人」，上古陰聲魚部，*-s 韻尾音節。「袪、踞（居）、故」主元音相同，韻尾同為*-s，相互押韻。

「故」《詩經》具有兩種語音交替形式：*-g 後綴和*-s 後綴。*-g 後綴語詞表示「原因、禍難」，名詞；*-s 後綴語詞形式表示「舊也，常也」，形容詞。兩種形式具有不同的詞義詞性和押韻事實。以後隨著形態區別淡化，兩種語音形式合併，一起演變成中古的去聲。

以上「又、事、故」各根據意義以後綴*-g、後綴*-s 形式分別押韻，我們假設的構詞後綴*-g 形式可以與語音層面後綴*-s 形式並存，以後兩種形式合併完全因為構詞後綴*-g 的語法後綴性質。這可與下例比較中看出：

囿，《廣韻》：「園囿」，「于六切」。／「《說文》曰：『苑有垣，一曰禽獸曰囿』」，「于救切」。《說文》「囿」從「有」聲，而從「有」得聲的字除「郁」和「囿」外均為陰聲字，囿，鄭張尚芳上古擬音分別為*gʷɯg／*Gʷɯs，白一平上古擬音分別為*wjək／wjəs。

囿，《詩經》入韻 1 次，見於《大雅》。《大雅・文王之什・靈臺》：「王在靈囿，麀鹿攸伏。」伏，《廣韻》：「匿藏也，伺也，隱也，歷也」，「房六切」。中古入聲字，上古帶輔音韻尾*-g，「囿」與「伏」押韻，「囿」也該具有跟「伏」相同的韻尾*-g〔註45〕。因為此韻尾是語音層面的，不會與*-s 韻尾合併，依據歷史音變分別演變成中古入聲韻、去聲韻。

⑱來，《廣韻》：「至也，及也，還也」，「落哀切」。《說文》：「周所受瑞麥來麰。一來二縫，象芒束之形。天所來也，故為行來之來。《詩》曰：『詒我來麰。』」鄭張尚芳上古音*m·rɯɯg，白一平上古音*c-rə。其諧聲系列除「猍」字外均為陰聲韻，猍，《說文》：「犬張齗怒也。從犬來聲。讀又若銀。」從許慎注知「猍」陽聲讀為又音，諧聲時代此字從「來」得聲，可能仍有來聲一讀。「來」諧聲系列可以認為全部是陰聲韻（一例又讀陽聲韻不能說明什麼），「來」上古屬陰聲之部。來，《詩經》入韻 15 次。

〔註45〕鄭張尚芳、白一平等構擬的「囿」的上古*-s 尾音，根據「囿」《廣韻》讀音和「囿」諧聲情況，我們認為此詞上古當如兩位先生所擬，有陰聲韻去聲一讀，兩音並無別義功能，可能係方音差異。

P299《國風·邶風·終風》：霾、來、來、思

P302《國風·邶風·雄雉》：思、來

P331《國風·王風·君子于役》：期、哉、塒、來、思

P481《小雅·甫田之什·頍弁》：期、時、來

P345《國風·鄭風·子衿》：佩、思、來

P412《小雅·鹿鳴之什·采薇》：疚、來

P415《小雅·鹿鳴之什·出車》：牧、來、載、棘

P416《小雅·鹿鳴之什·杕杜》：來、疚

P419《小雅·南有嘉魚之什·南有嘉魚》：來、侑（又）

P460《小雅·谷風之什·大東》：來、疚

上 11 例「來」以陰聲韻入韻，表示「至也、及也、還也」，10 例與陰聲之部相押，1 例與入聲韻相押，此 1 例入韻字後有語氣詞故得與入聲韻相押。10 例中平平相押〔註46〕5 例，平去相押 5 例。平平相押例分說之。

《小雅·鹿鳴之什·采薇》：「憂心孔疚，我行不來。」

《小雅·鹿鳴之什·杕杜》：「匪載匪來，憂心孔疚。」

《小雅·谷風之什·大東》：「既往既來，使我心疚。」

疚，《說文》無此字。《廣韻》：「病也」，「居祐切」。《詩經》「疚」入韻 5 次，3 次與陰聲韻之平聲「來」押韻，表示謂詞性「病」義，2 次與陰聲韻之去聲字相押，表示名詞性「病」義。「疚」因意義不同而分別押韻，與平聲「來」押韻之「疚」當讀如平聲，與去聲押韻之「疚」讀如去聲，後代韻書字書「疚」僅存去聲一讀，平聲去聲別義功能合併。

《國風·鄭風·子衿》：「青青子佩，悠悠我思。縱我不往，子寧不來？」佩，《廣韻》：「玉之帶也，說文曰大帶佩也，从人从凡从巾，佩必有巾，巾謂之飾，禮曰凡帶必有佩玉，蒲昧切。」《詩經》「佩」入韻 2 次，均押陰聲韻之平聲。「佩」古文獻中入韻見於《詩經》、《楚辭》。《楚辭》「佩」入韻 5 次，分別韻平聲韻之「能」、「詒」、去聲韻之「好」、入聲韻之「異」，其中韻平聲的「佩」為名詞，玉帶，韻去入兩聲的「佩」為動詞，佩帶（中古去入兩聲可能係同一上古來源）。此例「佩」為名詞，與平聲韻「思、來」相押，跟《楚

〔註46〕平平相押據《廣韻》調類而分，後分類同。

辭》押韻相類。據此,「佩」上古當有兩個來源,在《詩經》中僅存其陰聲韻平聲來源,其中古去聲當來源於上古陰聲韻尾帶後綴*-g(據《楚辭》韻去入兩聲且「佩」為動詞推測)。

《小雅・南有嘉魚之什・南有嘉魚》:「翩翩者鵻,烝然來思;君子有酒,嘉賓式燕又思。」侑[註47],《廣韻》:「勸食,《爾雅》曰:『酬酢,侑報也』」,「于救切」。「來、又」後有語氣詞「思」可入韻,「來、又」入韻條件放寬。

P340《國風・鄭風・女曰雞鳴》:「知子之來之,雜佩以贈之。」此例「來」以陰聲韻入韻,表示「至也」義,與陽聲韻「贈」字相押,因「來、贈」後均有語氣詞「之」可以入韻,「來、贈」押韻條件放寬。

P460《小雅・谷風之什・大東》:「東人之子,職勞不來;西人之子,粲粲衣服。」服,《廣韻》:「服事,亦衣服,又行也,習也,用也,整也」,「房六切」。來,毛傳:「勤也。」《釋文》:「來音賚,注同。」

P524《大雅・文王之什・靈臺》:「經始勿亟,庶民子來。」亟,《廣韻》:「急也,疾也,趣也」,「紀力切」。來,有「使之來」之義。《論語》:「故遠人不服,則修文德以來之,既來之,則安之。」

P576《大雅・蕩之什・常武》:「王猶允塞,徐方既來。」塞,《廣韻》:「滿也,窒也,隔也」,「蘇則切」。「來」與上例《論語》「既來之」之「來」同義。

以上 3 例在《詩經》中均押入聲韻,表示「勞也」義,後起分化字「倈、勑」,《廣韻》:「勞也,洛代切。」鄭張尚芳於這一語音形式的上古擬音為*rɯɯɯs,白一平為*c-rəs。

《詩經》「來」表「至也」義一律押陰聲韻,中古讀平聲,上古來源於零韻尾音節;表「勞來」義一律與入聲韻相押,中古去聲,上古來源於所謂的*-s韻尾[註48]。「來」之意義不同,押韻形態亦相分別。郭錫良(1987)針對《詩經》「來」押韻曾言「很可能這時的『來』字是具有陰入兩讀的[註49]。」

[註47] 又,箋云又復也,以其壹意,欲復也燕,加厚之。馬瑞辰按:此詩「嘉賓式燕又思」,又當即侑之假,猶侑可通作右與宥耳。

[註48] 劉芹:《也談「勞之來之」的「勞」和「來」》,《漢字文化》,2012 年第 1 期,第 62 頁。

[註49] 郭錫良:《也談上古韻尾的構擬問題》,《語言學論叢》第十四輯,北京,商務印書館,1987 年版,第 26 頁。又收錄於郭錫良:《漢語史論集(增補本)》,北京,商務印書館,2005 年版,第 342 頁。

　　為中古平聲韻的「來」字上古構擬零韻尾音節，從《詩經》押韻看來是可以成立的；而給中古去聲韻的「來」字上古構擬一個簡單的*-s 韻尾恐怕是值得推敲的。通過《詩經》「來」字押韻情況的分析發現中古去聲「來」一律選擇跟入聲*-g 韻尾的字押韻。如果*ɯs 跟*ɯg，或*əs 跟*əg 可以押韻，那這麼一來顯然違背了押韻原則。詩歌的押韻要求韻尾和諧，主元音相同或相近。韻尾*-s 和*-g 之間的押韻又怎能做到韻尾和諧呢？關於這個疑問，金理新（2006）動詞後綴*-g 一節作了詳細論述，證明了上古漢語陰聲韻去聲除來源於*-s 韻尾外，還有一個入聲來源，這個入聲來源形式即後綴*-g，此後綴*-g 非原生性，是語法層面的一個後綴，具有名謂化的功能。我們贊成金理新的看法，因為《詩經》裏面大量陰聲只跟陰聲押韻，入聲只跟入聲押韻的例子足以說明陰聲韻絕不可能跟入聲韻同屬一類。

　　⑲疚，《廣韻》：「病也」，「居祐切」。《說文》無「疚」字，有「㝵」，「貧病也，从宀久聲」，並引詩「煢煢在㝵」。「久」聲系列均為陰聲韻，故「疚、㝵」亦當屬上古陰聲韻。鄭張尚芳上古擬音*kʷlɯs，白一平上古擬音*kjəs。疚，《詩經》入韻 5 次。

　　P412《小雅・鹿鳴之什・采薇》：「憂心孔疚，我行不來。」P416《小雅・鹿鳴之什・杕杜》：「匪載匪來，憂心孔疚。」P460《小雅・谷風之什・大東》：「既往既來，使我心疚。」此 3 例「疚」與陰聲韻之部「來」押韻。來，均表「至也」義，上古零韻尾形式。疚，從句法結構看具有謂詞性質，與「來」押韻，當具有相同韻尾形式 ∅。

　　P579《大雅・蕩之什・召旻》：「維昔之富，不如時；維今之疚，不如茲。」鄭箋「富，福也」。古「富、福」多通用，王力列二者為同族詞。富，上古來源於入聲*-g 韻尾，「富、疚」押韻，「疚」亦當帶有相同後綴形式*-g，此後綴可能具有動轉化功能。

　　P597《周頌・閔予小子之什・閔予小子》：「閔予小子，遭家不造，嬛嬛在疚。」《釋文》：「疚本又作㝵，音救」。㝵，《廣韻》：「字書云：『貧病也』」，「與久切」。《集韻》有韻「㽼」小韻下收有「㝵」。此例本字「㝵」與「子」押韻，帶有相同韻尾形式*-ɦ。

　　「疚」早期為零韻尾形式，附加了具有動轉化功能的後綴*-g 後語詞語法

功能區別漸漸模糊，後綴*-g 形式逐步成為「疚」主要語音形式，依次經歷語法類推由後綴*-s 替代、語音歷史音變完成中古去聲的演變。

⑳除，《廣韻》：「階也，又去也」，「直魚切」／「去也」，「遲倨切」。《說文》：「殿階也，从𨸏余聲。」「余」聲系列皆為陰聲韻，故「除」亦當屬陰聲韻。鄭張尚芳為「除」上古分別擬音*l'a／*l'as，白一平上古擬音分別為*lrja／*lrjas。除，《詩經》入韻共4見。

P361《國風‧唐風‧蟋蟀》：「蟋蟀在堂，歲聿其莫。今我不樂，日月其除。」莫，《廣韻》：「日晚也」，「莫故切」，上古表示「日晚」義「莫」語音形式為*-g 韻尾形式，即*mag，具體參看「莫」字條說明。除，《廣韻》：「去也」，「遲倨切」，上古陰聲魚部。「除」與「莫」押韻，帶有相同後綴形式*-g，後綴*-g 或具有非自主動詞性質，「日月過去」不是人為能夠主觀控制的，帶有非自主性。

P412《小雅‧鹿鳴之什‧天保》：「天保定爾，亦孔之固。俾爾單厚，何福不除？俾爾多益，以莫不庶。」庶，甲金文字形火上為石，石亦聲，以庶為聲符的諧聲系列如「跖、摭、席」也都為入聲字，「庶」為入聲鐸部字。固，《廣韻》：「堅也」，「古暮切」，《說文》：「四塞也，从囗古聲」，「古」諧聲系列皆為陰聲韻，「固」亦當屬陰聲韻。固，《詩經》入韻2見，除此例外另1例與入聲來源中古去聲「路」押韻。結合「固」的押韻情況，或與入聲來源*-gs 韻尾字或與陰聲韻來源*-s 韻尾字押韻。「固」上古可能的來源是附加了後綴*-g 的陰聲韻，與*-gs 韻尾音節押韻這些形式或有*-g 韻尾異讀形式存在，與陰聲韻*-s 韻尾字押韻這些形式可能也如「固」一樣早期存在一個語法化後綴*-g，只是後來被同樣語法功能的後綴*-s 替換。因《詩經》入韻字次限制，在分析這類押韻構詞現象時只能相互參證。本例「除」與「固、庶」押韻，主元音相同，韻尾形式亦當相同。除，帶有語法後綴*-g。

其實《詩經》中如此例情況陰聲韻來源去聲與入聲韻來源去聲押韻情況並不少見，我們如果承認*-s 和*-gs 相押的事實，那麼《詩經》也該允許*-s 和*-ds 押韻，然而事實的情況是《詩經》中並無1例*-s 和*-ds 押韻，因此我們只能認為《詩經》不允許*-s 和*-gs 押韻。這點金理新（2006）有詳細論證。諸如此類情況，在現代重構的上古漢語語音中一部分*-s 韻尾實際本該是*-g 後綴，此後綴具有構詞功能，是一個語法層面的派生後綴，這一後綴形式在

語音發展過程中被具有同樣構詞性質後綴*-s 替換，最後與原生韻尾*-s 一起依據歷史音變規律完成向中古去聲的演變。

P436《小雅・鴻雁之什・斯干》：「風雨攸除，鳥鼠攸去。君子攸芋。」毛傳：「芋，大也」，鄭箋：「芋當作幠，幠覆也」，《釋文》：「毛音香于反，鄭音火吳反，或作吁」。王引之《經義述聞》：「訓大訓覆，皆有未安，『芋』當讀為『宇』，宇，居也」。宇，《說文》：「宇屋邊也，从宀于聲」，「于」諧聲系列皆為陰聲韻，「宇」亦屬上古陰聲韻。去，《廣韻》：「離也」，「丘倨切」，具有非自主性，即這種「災害」不是說話者主觀可以控制的，不是想讓它離去就能離去的。「去」諧聲系列除少數幾個字為入聲韻外均為陰聲韻，「去」上古當屬陰聲韻。因為語詞的非自主性質，其在上古當附加有可能具有非自主功能的後綴*-g。除，去也，具有非自主性質，上古陰聲魚部，帶有非自主語法後綴*-g。宇，居住，中古上聲字，而中古上聲的上古來源除陰聲韻外還有塞音韻尾入聲來源即韻尾*-g 形式〔註50〕。宇，與「除、去」押韻，可能的上古來源形式有入聲韻尾*-g 形式，*-g 形式後來在不及物動詞後綴*-ɦ 的影響下弱化脫落，與陰聲來源的*-ɦ 韻尾字合併一起完成中古語音演變。「除、去」語詞形式變化表現在語法後綴*-g 和*-s 替換，然後依據歷史音變規律進行演變。

P464《小雅・谷風之什・小明》：「昔我往矣，日月方除；曷云其還，歲聿云莫。念我獨兮，我事孔庶。」毛傳：「除，去也。」《釋文》：「除直慮反。」「除」从阜余聲，諧聲系列均為陰聲韻，故「除」亦為陰聲韻。除，《詩經》中兩次與「莫」押韻，這兩次「莫」均為入聲慕各切，一次與「固、庶」韻。庶，甲金文字形火上為石，石亦聲，以「庶」為聲符的諧聲系列如「跅、摭、席」皆為入聲字，「庶」為入聲字。故「除」當帶後綴*-g，此後綴*-g 可能具有非自主性語法功能。莫，日晚，語詞形式為帶*-g 韻尾的詞根形式，參見「莫」字條解。「除、莫、庶」主元音相同，韻尾或後綴同為*-g，正相押韻。

㉑茹，《廣韻》：「恣也，《易》曰：『拔茅連茹』」，「人諸切」／「乾菜也，貪也，雜糅也」，「人渚切」／「飯牛」，「人恕切」。茹，从艸如聲。《說文》从如得聲的字均為陰聲韻字，故「茹」亦當為陰聲魚部。鄭張尚芳上古擬音分別

<hr>

〔註50〕參看金理新：《上古漢語形態研究》，合肥，黃山書社，2006 年版，第 380～390 頁。

為*nja / *njaʔ / *njas，白一平上古擬音分別為*nja / *njaʔ / *njas。茹，《詩經》入韻3次。

P294《國風·邶風·柏舟》：「我心匪鑒，不可以茹；亦有兄弟，不可以據。薄言往愬，逢彼之怒。」茹，鄭箋「度也。」《釋文》：「茹，如預反，徐音如庶反。」據劉勛寧（1999）考證，此例「茹」當訓為「餵食，充塞，納入〔註51〕」。「茹」此義《廣韻》「人恕切」。據，《廣韻》「依也」，「居御切」，上古陰聲魚部帶韻尾*-s。怒，《廣韻》：「恚也」，「乃故切」，上古陰聲魚部帶韻尾*-s，「茹」與「據、怒」押韻，也帶韻尾*-s，此韻尾除了語音層面的意義外還有語法層面的意義，即表示受事動詞的性質。韻尾*-s 到中古依據歷史音變演變成去聲。

P424《大雅·蕩之什·烝民》：「人亦有言，柔則茹之，剛則吐之。維仲山甫，柔亦不茹，剛亦不吐。不侮矜寡，不畏彊禦。」茹，《釋文》：「茹音汝，又如庶反，《廣雅》云：『食也』。」《廣韻》「茹」去聲有「餵食」義，上聲當有「自食」義，這一義項《廣韻》未收，《集韻》語韻下「茹」字條注：「飲也貪也，一曰菜茹。」收有此義。根據文義，此例「茹」字讀為《廣韻》人渚切。吐，《廣韻》「口吐」，「他魯切」，上古魚部*-ɦ 韻尾。甫，《廣韻》「《說文》曰：『男子之美稱也』」，「方矩切」，上古魚部*-ɦ 韻尾。寡，《廣韻》：「鰥寡」，「古瓦切」，上古魚部*-ɦ 韻尾。禦，《廣韻》：「禁也，止也，應也，當也」，「魚巨切」，上古魚部*-ɦ 韻尾。「茹」與「吐、甫、吐、寡、禦」押韻，上古也帶相同韻尾*-ɦ，「茹」韻尾*-ɦ 的語法意義為「施事動詞」。

P568《小雅·南有嘉魚之什·六月》：「玁狁匪茹，整居焦穫。」茹，鄭箋：「茹，度也。」《釋文》：「如豫反，徐音如，度也。」穫，《釋文》：「音護，焦穫，周地，《爾雅》：『十藪周有焦穫』。」中古入聲鐸韻，上古入聲鐸部。「茹」與「穫」押韻，當帶相同後綴*-g。

以上 3 例「茹」因為不同意義入韻，押韻形式亦相區別。不同語詞形式具有相同的詞根形式為*nja，語詞意義為「飲馬之草」，在這一詞根的基礎上附加後綴*-s 派生出受事動詞*nja-s「飯人」；附加後綴*-ɦ 派生出施事動詞

〔註51〕詳見劉勛寧：《「我心匪鑒，不可以茹」解》，收錄於 1999 年《第四屆詩經國際學術研討會論文集（上）》，北京，學苑出版社，2000 年版，第 723～726 頁。

nja-ɦ「食也」；附加後綴-g 派生出動作動詞*nja-g「度也」。以後*nja-g 這一形式後綴由於語法類推被替換了後綴*-s，與受事動詞「茹」共享*nja-s 這一語音形式，最後依據歷史音變演變成中古的去聲。

㉒晦，《廣韻》：「冥也，又月盡也」，「荒內切」。《說文》：「月盡也，從日每聲。」「每」《說文》諧聲系列均諧陰聲韻，故「晦」上古屬陰聲之部字。鄭張尚芳上古擬音*hmɯɯɯs，白一平上古擬音*hməs。晦，《詩經》入韻 2 次。

P345《國風·鄭風·風雨》：「風雨如晦，雞鳴不已。既見君子，云胡不喜？」《詩經》以「晦、已、喜」入韻，已，《廣韻》「止也」，「羊已切」。喜，《廣韻》「喜樂」，「虛里切」。兩字中古皆為上聲。「已」《詩經》入韻 10 次，除「晦」外均押陰聲韻之部上聲字、「喜」《詩經》入韻 10 次，除 1 例涉及語氣詞「之」入韻和本例「晦」外均為陰聲之部字。「風雨如晦」毛傳：「晦，昏也。」瑞辰按：「晦即晝晦，正指霧氣所為，非『明動晦休』之晦〔註52〕。」馬瑞辰指明兩種晦義的區別所在，而這正是「晦」《詩經》押韻兩分理據所在。此例與陰聲之部「已、喜」押韻之「晦」亦當讀如上聲，上古與「已、喜」有共同的韻尾來源。至於《經典釋文》、《玉篇》以來的字書、韻書都未收存「晦」字上聲音讀，與「晦」兩讀合併較早有關，因為兩讀的意義區別實在微不足道。

P552《大雅·蕩之什·蕩》：「無不涵爾以酒，不義從式。既愆爾止，靡明靡晦。」式，《廣韻》：「法也，敬也，用也，度也」，「賞職切」。式，《詩經》入韻 6 次，除 2 例與「事」、「晦」押韻外均押入聲韻。式，《說文》「法也，從工弋聲。」《說文》弋聲系列除「代」均為入聲韻，從式得聲的字亦為入聲韻。晦，從馬瑞辰「明動晦休」之「晦」義引申而來，表謂詞性質，與上例「晦」詞義、語法功能相別，與入聲「式」相押，當帶*-g 後綴。

「晦」《詩經》押韻兩分，其來源亦兩分，來源於陰聲韻韻尾*-ɦ 押陰聲韻上聲字；來源於陰聲韻後綴*-g 押入聲韻職部字，後綴*-g 具有動詞性。

㉓忌，《廣韻》：「忌諱，又畏也，敬也，止也，憎惡也」，「渠紀切」。《說文》「憎惡也，從心己聲」。從己、忌得聲的字均為陰聲字，故「忌」上古也

〔註52〕詳見馬瑞辰：《毛詩傳箋通釋》，北京，中華書局，1989 年版，第 279 頁。

應屬陰聲之部字。鄭張尚芳上古音擬為*gɯs，白一平上古音擬為*gjəs。《詩經》「忌」入韻 2 次。

P577《大雅・蕩之什・瞻卬》：「天何以刺？何神不富？舍爾介狄，維予胥忌。」毛傳「富、福。」鄭箋亦訓「富」為「福」。「富」、「福」同聲符且為同族詞，可通用。福，《廣韻》：「德也，祐也」，「方六切」。其諧聲系列均為入聲韻。「忌」與「福」押韻，當帶有後綴*-g。

P558《大雅・蕩之什・桑柔》：「維此聖人，瞻言百里；維彼愚人，覆狂以喜。匪言不能，胡斯畏忌？」忌，語已詞也，通「已、矣」，「已、矣」作為語已詞在中古讀上聲，與「里、喜」正相押韻。

忌，因意義不同分別與陰聲韻、入聲韻相押，其來源既自有別，表動詞義「忌諱」之「忌」帶後綴*-g 具有語法上的辨義功能。

《詩經》押韻*-g 尾韻與陰聲韻來源之去聲韻關係，源於陰聲韻存在一構詞後綴*-g。儘管兩類後綴或韻尾來源不一，一為語法構詞後綴，一為語音層面韻尾，但兩者用相同的形式即*-g 表示，這是兩韻類之間可以諧聲、押韻的主要根據。同時，通過一些陰聲韻字因意義分別而有不同入韻語詞形式，亦可見此一語法後綴*-g 有語法構詞作用。

（2）《詩經》押韻*-g 尾韻與入聲韻來源之去聲韻關係

①異，《廣韻》：「奇也，《說文》『分也』」，「羊吏切」。鄭張尚芳上古音*lɯgs，白一平上古音*ljəks。其諧聲系列一分為二，與入聲相諧一類，與「冀、冀、屍」陰聲韻相諧一類。據此，中古去聲韻「異」來源於上古入聲韻。其在上古時期或有兩個讀音，與入聲相諧一類帶韻尾*-g，與去聲相諧一類帶韻尾*-gs。後來*-g 尾和*-gs 尾合併為*-gs，*-gs 依照歷史音變變為*-h，演變為中古的去聲。

異，《詩經》入韻 2 次，1 次與入聲相押。P435《小雅・鴻雁之什・我行其野》：「我行其野，言采其蓫。不思昏姻，求爾新特。成不以富，亦祇以異。」蓫，《廣韻》：「蓫薚，《爾雅》曰：『蓫薚，又蓫蕩茅』」，「方六切」。特，《廣韻》：「特牛，又獨也」，「徒得切」。「蓫、特、異」押韻，「蓫、特」為入聲，帶韻尾*-g，因此「異」也當帶塞輔音韻尾*-g。

另 1 次見於《國風・邶風・靜女》，與陰聲韻之中古平聲「貽」相押，此

例或係方言異讀。因為其後的《楚辭》「異」入韻 5 次，分別為「異、佩」、「佩、異」、「異、喜」、「載、異、再、識」、「意、異」，或與中古入聲韻字相押，或與上古陰聲韻來源之去聲韻（具構詞後綴*-g 的陰聲韻之去聲字）相押。綜合諧聲、《楚辭》押韻情況，《詩經》時期「異」保留有塞音尾*-g 一讀。曾先生（1988）將「異」定位於「入—去聲字」，也即*-gs 韻尾形式，似乎不能很好地解釋《詩經》或《楚辭》的押韻情況。

②背，《廣韻》：「脊背」，「補妹切」。／「棄背」，「蒲昧切」。《說文》：「膋也，從肉北聲。」北，《說文》：「乖也。從二人相背。」中古入聲，上古與「背」在「棄背」這一意義上常通用。由此知「背」上古當有入聲來源。「背」兩義鄭張尚芳分別擬音*pɯɯgs / *bɯɯgs，白一平擬音*pəks / *ɦpəks。《詩經》「背」入韻 4 次（其中 1 次為「北」的假借字，詳前文）。

P558《大雅・蕩之什・桑柔》：「民之罔極，職涼善背。為民不利，如云不克。民之回遹，職競用力。」P577《大雅・蕩之什・瞻卬》：「鞫人忮忒，譖始竟背。豈曰不極？伊胡為慝？」「極、克、力、忒、慝」中古入聲字，上古入聲職部，帶塞輔音韻尾*-g，「背」也帶有塞輔音韻尾*-g。「背」例中表示「棄背」義，即「背」的原始義。

P614《魯頌・駉之什・閟宮》：「俾爾昌而熾，俾爾壽而富。黃髮臺背，壽胥與試。」熾，《廣韻》：「盛也」，「昌志切」。《說文》：「盛也，從火㦢聲。」其諧聲系列一為入聲韻一為去聲韻，《詩經》入韻僅此 1 例，鄭張尚芳上古音擬為*thjɯgs，白一平上古音擬為*thjəks。富，《廣韻》：「豐於財」，「方副切」。從「畐」得聲的字除「富」外均為入聲韻，鄭張尚芳上古音擬為*pɯgs，白一平上古音擬為*pjəks。試，《廣韻》：「用也」，「式吏切」。《說文》從「式」得聲的字清楚地分為兩類，一類跟入聲相諧一類跟去聲相諧。鄭張尚芳上古音擬為*hljɯgs，白一平上古音擬為*hljəks。「背」所韻「熾、富、試」在上古諧聲系列中均存在與入聲相諧現象，上古均帶有*-gs 韻尾〔註53〕。背，例中表示「脊背」義。

「背」因意義不同，入韻形態亦相分別。表「棄背」義「背」原初形式帶有輔音韻尾*-g，表「脊背」義「背」在詞根基礎上附加後綴*-s 而成，此後綴

〔註53〕至於這些字上古是否同時存在*-g 韻尾異讀，據諧聲、《詩經》押韻等情況具體分析，個別討論。

為動轉化後綴〔註54〕。曾明路（1988）亦表示「『背』在先秦的情況屬條件異讀〔註55〕。」

③戒，《廣韻》:「慎也，具也，備也，警也」,「古拜切」。《說文》:「警也，從廾持戈，以戒不虞。」諧聲系列除個別例外字〔註56〕非常整齊，一為入聲韻一為去聲韻，鄭張尚芳上古擬音*kruɯgs，白一平上古擬音*krəks。戒，《詩經》入韻 3 次。

P476《小雅·甫田之什·大田》:戒、事。此例「戒」帶塞輔音韻尾*-g,「事」帶輔音後綴*-g，兩個*-g 的區別在於一個是語音層面的，一個是語法層面的。

P576《大雅·蕩之什·常武》:「既敬既戒，惠此南國。」國，《廣韻》:「邦國」,「古或切」。中古入聲，上古來源於塞輔音韻尾*-g。「戒」與「國」相押，當帶塞輔音韻尾*-g。

P467《小雅·谷風之什·楚茨》:「禮儀既備，鐘鼓既戒〔註57〕。」備，《廣韻》:「備具也，防也，咸也，皆也，副也，慎也，成也」,「平祕切」。古文獻中多與去入聲字相押，《詩經》入韻 2 次，1 例韻「載」、1 例韻「戒」。鄭張尚芳構擬了*-gs 韻尾，白一平構擬了*-ks 韻尾。「戒、備」共同的特點就是上古押韻與去入字相押，中古變讀去聲，上古當有共同的來源即*-gs 韻尾。不過，這兩個語詞又分別跟韻尾或後綴為*-g 的語詞相押，所以這兩個語詞上古早期可能還有*-g 韻尾的異讀交替形式存在。

結合諧聲和押韻可將「戒」上古來源兩分，即「戒」上古本有*-g 和*-gs 韻尾交替，只是後來*-g 在發展中與*-gs 合併，*-gs 後來弱化為*-h，到中古變

〔註54〕關於「背」構詞上涉及的聲母清濁交替問題，因韻文押韻注重韻和韻尾，聲母得不到反映，下文凡涉及聲母、前綴的語詞構詞本文一律不多討論。

〔註55〕曾明路:《上古「入—去聲字」研究》，北京大學碩士學位論文，1988 年，收錄於嚴家炎、袁行霈主編:《綴玉集——北京大學中文系研究生論文選編》，北京，北京大學出版社，1990 年版，第 541 頁。

〔註56〕見前文「事」字條注。

〔註57〕此條江有誥以「備、戒、告」入韻，之幽通韻，詳江有誥:《音學十書》，北京，中華書局，1993 年版，第 66 頁。王力以「備、戒、告」入韻，職覺合韻，詳《王力文集（第六卷）》，濟南，山東教育出版社，1986 年版，第 334 頁。金理新則認為「備、戒」押韻，「位、告」押韻，詳金理新:《上古漢語音系》，安徽，黃山書社，2002 年版，第 369 頁，採用金說。

讀去聲。曾明路（1988）舉先秦諸多韻文材料證成此點，與本文意見一致。

④祝，《廣韻》：「巫祝，又太祝令」，「之六切」。／「《說文》曰：『祭王贊詞』」，「職救切」。《說文》從祝得聲的字「柷」讀入聲，又今方言「祝」南昌、梅縣、廣州、陽江、廈門、潮州等地收塞音尾 k，太原、合肥、揚州、蘇州、福州等地收喉塞音尾ʔ，長沙、建甌等地保留入聲調，「祝」上古亦當屬入聲韻部。鄭張尚芳上古擬音為*tjug／*tjugs，白一平上古擬音分別為*tjuk／*tjuk。祝，《詩經》入韻 2 次。

P319《國風·墉風·干旄》：「素絲祝之，良馬六之。彼姝者子，何以告之？」六，《廣韻》：「數也」，「力竹切」。告，《廣韻》：「告上曰告」，「古沃切」。「六、告」上古均屬入聲覺部，帶韻尾*-g，「祝」與「六、告」相押，其上古當屬入聲覺部，帶塞輔音韻尾*-g。

P552《大雅·蕩之什·蕩》：「侯作侯祝，靡屆靡究。」究，《廣韻》：「窮也，深也，謀也，盡也」，「居祐切」。中古去聲，上古為陰聲韻部，帶*-s 韻尾，「祝」與「究」相押，亦當帶有相同的擦音韻尾。「祝」上古有*-gs 後綴的異讀音，這可由《廣韻》去入兩讀得知，加上《詩經》「祝」與去聲韻「究」押韻，更肯定「祝」上古存在*-g、*-gs 韻尾交替，後來兩個韻尾依照語音歷史演變分別變讀中古的入聲和去聲。由此例推測「祝」*-gs 韻尾相對於*-g 韻尾的演變，弱化時間比較早。《詩經》「祝」*-gs 韻尾可能已經弱化為擦音韻尾，可以跟*-s 擦音韻尾的「究」押韻。東漢張衡《西京賦》「祝、救」押韻，與本例同。

「祝」《詩經》中因意義分別入韻形態亦相分別：表示動詞「纏繞」義，押*-g 韻尾形式；表示動詞「詛咒或贊祝」義，押*-gs 韻尾形式。曾明路（1988）亦認為「祝」存在條件異讀。

⑤罩，《廣韻》：「竹籠，取魚具也」，「都教切」。《說文》：「捕魚器也，從网卓聲。」《說文》從卓得聲的字分為兩類，一類為陰聲韻之去聲，一類為入聲韻。因此「罩」上古極有可能為入聲韻，另「籗」《說文》：「罩魚者也，從竹靃聲。」從靃得聲的字均為入聲韻。鄭張尚芳為「罩」上古擬音*rteewɢs，白一平上古擬音*trewks。罩，《詩經》入韻 1 次。

P419《小雅·南有嘉魚之什·南有嘉魚》：「南有嘉魚，烝然罩罩；君子有酒，嘉賓式燕以樂。」毛傳：「罩，罩籗也。」《釋文》：「罩，張教反，徐又都學反，《字林》竹卓反，云捕魚器也。」樂，《廣韻》：「喜樂」，「盧各切」，

上古入聲藥部。「罩」與「樂」押韻，亦當帶有與「樂」相同的韻尾*-g。上古「罩」有*-g韻尾和*-gs韻尾的交替，中古「罩」字記錄*-gs韻尾的後期去聲形式，*-g韻尾形式在中古則換用了另一個文字形式「箹」記錄。箹，《廣韻》：「魚罩」，「士角切」／「側角切」。*-gs輔音韻尾弱化依據歷史音變演變成中古去聲，*-g韻尾形式演變成中古的入聲。

　　⑥莫，《廣韻》：「無也，定也，《說文》本模故切，日且冥也，從日古蜱中」，「慕各切」。／暮，《廣韻》：「日晚也，冥也」，「莫故切」。《說文》無暮字，蜱部莫字條下注：「日且冥也，從日在蜱中。」據《說文》，早期「莫」*mag〔註58〕表示「日晚」義，「莫」古文獻中除用於「日晚」義外還被假借作無定代詞，後來久借不歸，便為表示「天晚」本義的詞另造字形，即在原詞根字形上加形符「日」，詞形為原詞根*mag形式上附加*-s後綴。鄭張尚芳為這兩個語詞上古擬音分別為：*maag／*maags，白一平上古擬音分別為：*mak／*maks。《詩經》表示「日晚」義的語詞詞形以詞根形式表現，文字上仍以「莫」記錄，以*-gs後綴語音形式表現和「暮」記錄則是《詩經》以後的事〔註59〕。莫，《詩經》入韻10次。

　　P276《國風·周南·葛覃》：「葛之覃兮，施于中谷，維葉莫莫。是刈是濩，為絺為綌，服之無斁。」毛傳：「莫莫，成就之貌。」《釋文》：「莫，美博反。」斁，《廣韻》「厭也」，「羊益切」，上古入聲鐸部。「莫」與「斁」押韻，亦當帶有相同的韻尾*-g，「莫」正是以詞根形式入韻的。

　　P350《國風·齊風·東方未明》：「不能辰夜，不夙則莫。」毛傳：「莫，晚也。」《釋文》：「莫，音暮。」《釋文》注音點明古今字。夜，早期又作「夕」，兩字本是一詞，後加聲符區別，兩詞意義亦自有別，「夜」用作名詞，「夕」除用作名詞外另承擔了部分動詞的功能〔註60〕。「夜」《詩經》入韻或以詞根形式*ag或以派生形式*ags〔註61〕。莫，早期表示「日晚」義的語詞形式應為*mag，

〔註58〕此例上古擬音據金理新（2006）。

〔註59〕最早使用「暮」表示「日晚」義的文字記錄是《論語》。

〔註60〕參考金理新：《上古漢語形態研究》，合肥，黃山書社，2006年版，第319頁。

〔註61〕《詩經》1例「夜、夕」兩字重出：P447《小雅·節南山之什·雨無正》：夜、夕、惡。我們以為與入聲韻「惡」押韻的「夜、夕」語詞形式同為*-g韻尾，只是採取了不同的文字書寫形式以避同字重複。

與同以詞根形式入韻的「夜」正相押。

P361《國風‧唐風‧蟋蟀》：「蟋蟀在堂，歲聿其莫。今我不樂，日月其除。」毛傳：「除，去也。」《釋文》：「除直慮反。」「除」從阜余聲，諧聲均為陰聲系列，故「除」為陰聲韻，《詩經》兩次與「莫」押韻，這兩次「莫」均為入聲韻，一次與固、庶韻，庶，甲金文字形火上為石，石亦聲，以庶為聲符的諧聲系列如「跖、摭、席」也都為入聲字，「庶」為入聲字。故「除」當帶後綴*-g，此後綴*-g 可能具有非自主性語法功能。莫，日晚，語詞形式當為帶*-g 韻尾的詞根形式，與帶語法後綴*-g 的「除」正相押。

P412《小雅‧鹿鳴之什‧采薇》：「采薇采薇，薇亦作止；曰歸曰歸，歲亦莫止。」毛傳：「作，生也。」《廣韻》：「生也」，「則落切」，上古入聲鐸部。「莫」與「作」押韻，莫，「日晚」，上古形式當為詞根形式，帶入聲韻尾*-g。

P464《小雅‧谷風之什‧小明》：「昔我往矣，日月方除；曷云其還，歲聿云莫。念我獨兮，我事孔庶〔註62〕。」毛傳：「除，除陳生新也。」此例「除」與上例同，動詞，帶有非自主性語法意義，帶語法後綴*-g。庶，《廣韻》：「眾也」，「商署切」。從庶得聲的字既有陰聲系列又有入聲系列，且甲金文字形火上為石，石亦聲，故庶上古當為入聲字，帶韻尾*-g。莫，日晚，詞根形式與「除、庶」正相押。

P561《大雅‧蕩之什‧雲漢》：「旱既太甚，黽勉畏去。胡寧瘨我以旱？憯不知其故！祈年孔夙，方社不莫。昊天上帝，則不我虞。敬恭明神，宜無悔怒。」去，《廣韻》：「離也」，「丘倨切」，具有非自主性，即這種「災害」不是說話者主觀可以控制的，不是想讓它離去就能離去的。「去」諧聲系列除少數幾個字為入聲韻外均為陰聲韻，「去」上古當屬陰聲韻。因為語詞的非自主性質，其在上古當附加有可能表非自主功能後綴*-g。故，《說文》「使為之也，從攴古聲。」「古」諧聲系列均為陰聲韻，故亦當屬陰聲韻。《詩經》多

〔註62〕《詩經》分章押韻，一韻到底的篇章，出於韻尾和諧押韻考慮，本文會對各章韻段劃分酌情而定換韻情況。此例《詩經》篇目第一、三、四、五章均一韻到底，第二章據詩例也該一韻到底。本章分為兩個韻段，換韻，而這兩個韻實際上元音相同，只是韻尾微別。事實上《詩經》一章換韻也多是發生在元音相同或相近的韻之間，所以這種韻段劃分應該更便利對《詩經》押韻本質的解讀。本文在《詩經》韻段劃分時均按前述標準操作，後類此者均與此標準同。

與入聲來源的去聲相押〔註63〕，故其亦當帶有後綴*-g。虞，《說文》：「騶虞也，從虍吳聲」。諧聲系列均為陰聲韻，「虞」亦當屬陰聲韻。《廣韻》：「度也」，「遇俱切」。《詩經》入韻以「度也」入韻，分別與入聲來源的去聲「度」及*-g韻尾入聲字相押。我們看不出「虞」動物本義跟「度也」之音有何語源上的聯繫，也許正如高本漢（1940）所說，表示「度也」只是語詞之間的同音借用〔註64〕。只是表「度也」的「虞」《詩經》沒有一次是跟陰聲韻押韻的，這說明「度也」這一語詞在借用動詞「虞」語音形式時並非全借，而是在借入詞根的基礎上附加了可能具有名謂化功能的後綴*-g，這種假設似乎更能解釋《詩經》「度也」義「虞」的押韻。*-g 後綴經過語法類推與後來陰聲韻來源*-s 韻尾合流，最終完成歷史音變，以去聲形式留存在中古。《集韻》遇韻收有「虞」，釋義「度也」，說明歷史上某個時間段確實有過這個讀音，《集韻》正是「虞」早期形態構詞的最好保留。怒，從奴心聲，諧聲系列均為陰聲韻，「怒」亦當為陰聲韻。《廣韻》上去兩讀，異讀原因除去方言或協韻可能外，還另有一種可能，是上古語法音變的反映。《詩經》「怒」入韻9次，5次與帶*-ɦ韻尾的中古上聲字相押，動詞，另外4次或與陰聲來源或與入聲來源中古去聲相押，名詞，本例在其列。「怒」中古去聲的上古來源為後綴*-g〔註65〕。莫，日晚，以詞根形式與帶有語法意義後綴的陰聲韻部字相押。

以上6例《詩經》以「日晚」義入韻，與上古入聲韻或帶舌根塞音後綴的語詞押韻。

P467《小雅·谷風之什·楚茨》：「執爨踖踖，為俎孔碩，或燔或炙。君婦莫莫，為豆孔庶，為賓為客。獻酬交錯，禮儀卒度，笑語卒獲。神保是格。報以景福，萬壽攸酢。」毛傳：「莫莫言清靜而敬至也。」馬瑞辰按：「《爾雅·釋詁》：『貊，靜也。』又曰：『貉、嗼，定也。』《釋言》：『漠，清也。』《廣雅》：『莫，漠也。』莫與貊、貉、嗼、漠並通，故傳訓為清靜。《說文》：『嗼，跂嗼也。』亦與清靜義同〔註66〕」。莫在「定也」這一語義上與入聲韻字通用，

〔註63〕後文將有討論，此處不贅。

〔註64〕詳見高本漢：Grammata Serica Recensa，BMFEA，Vol.29，潘悟雲等譯：《漢文典（修訂版）》，上海，上海辭書出版社，1997年版，第33頁。

〔註65〕「怒」下文會有討論，不贅。

〔註66〕馬瑞辰：《毛詩傳箋通釋》，北京，中華書局，1989年版，第704頁。

其亦當帶塞音韻尾。踖,《廣韻》:「踧踖敬皃」,「資昔切」,上古入聲鐸部。碩,《廣韻》:「大也」,「常隻切」,上古入聲鐸部。炙,《廣韻》:曰:『炮肉也』」,「之石切」,上古入聲鐸部。庶,《廣韻》:「眾也」,「商署切」,上古入聲鐸部。客,《廣韻》:「賓客」,「苦格切」,上古入聲鐸部。錯,《廣韻》:「雜也」,「倉各切」,上古入聲鐸部。度,《廣韻》:「度量也」,「徒落切」,上古入聲鐸部。獲,《廣韻》:「得也」,「胡麥切」,上古入聲鐸部。格,《廣韻》:「《爾雅》云:『至也』」,「古伯切」,上古入聲鐸部。酢,《廣韻》:「酬酢」,「在各切」。「莫」與入聲鐸部字「踖、碩、炙、嘆、庶、客、錯、度、獲、格、酢」押韻,亦當帶有相同塞輔音韻尾*-g。

　　P519《大雅‧文王之什‧皇矣》:「皇矣上帝,臨下有赫。監觀四方,求民之莫。維此二國,其政不獲。維彼四國,爰究爰度。上帝耆之,憎其式廓。乃眷西顧,此維與宅。」毛傳:「莫,定也。」馬瑞辰按:「《廣雅‧釋詁》:『貊、嘆、安,定也。』莫即嘆之省借……踧嘆無聲則定矣〔註67〕。」嘆,《廣韻》:「莫白切」,上古入聲鐸部。赫,《廣韻》:「赤也,發也,明也,亦盛皃」,「呼格切」,上古入聲鐸部。獲,《廣韻》:「得也」,「胡麥切」,上古入聲鐸部。度,《廣韻》:「度,量也」,「徒落切」,上古入聲鐸部。廓,《廣韻》:「空也,大也,虛也」,「苦郭切」,上古入聲鐸部。宅,《廣韻》:「居也」,「場伯切」,上古入聲鐸部。「莫」與「嘆」通用,又與入聲鐸部字「赫、獲、度、廓、宅」押韻,其韻尾帶相同塞音韻尾*-g。

　　P548《大雅‧生民之什‧板》:「辭之懌矣,民之莫矣。」毛傳:「莫,定也。」《廣韻》:「無也,定也」,「慕各切」。懌,《廣韻》:「悅也,樂也」,「羊益切」。兩者同為上古入聲鐸部,韻尾同為塞輔音*-g。

　　以上3例「莫」以「定也」入韻,與上古入聲韻部字相押。

　　P357《國風‧魏風‧汾沮洳》:「彼汾沮洳,言采其莫;彼其之子,美無度。美無度,殊異乎公路。」毛傳:「莫,菜也。」《釋文》:「莫音暮。」洳,《廣韻》:「沮洳」,「人恕切」。度,《廣韻》:「法度」,「徒故切」。路,毛傳:「車也」,輅,《廣韻》:「車輅」,「洛故切」。「度、輅」與入聲廣泛諧聲,上古來源於*-gs韻尾音節。洳,《說文》作「澤」,「漸濕也」。古文獻入韻僅此1例,與帶*-gs韻

〔註67〕馬瑞辰:《毛詩傳箋通釋》,北京,中華書局,1989年版,第838頁。

尾音節相押，其上古亦當帶有同樣韻尾。莫，「菜也」，與入聲來源的中古去聲字相押。這一詞義我們以為是在詞根基礎上附加後綴*-s 派生出名詞來的，後來表示這一語義的語詞形式與表示「日晚」義派生語詞「暮」語音形式合併。

莫，《詩經》10 次入韻有 6 次是以表示「日晚」義的語詞形式入韻，3 次是以表示「定也」義語詞形式入韻，均帶塞輔音韻尾*-g，1 次以名詞植物名入韻，是在原詞根基礎上派生出的語詞，帶後綴*-s。

《詩經》借「莫」入韻 1 例，P453《小雅·節南山之什·巧言》：「奕奕寢廟，君子作之；秩秩大猷，聖人莫之。他人有心，予忖度之。躍躍毚兔，遇犬獲之。」毛傳：「莫，謀也」。《釋文》：「莫之，如字，又作漠同，一本作謨，案《爾雅》漠謨同訓謀，莫協韻為勝。」陳奐：「莫讀為謨，此假借字。《漢書敘傳》注、《後漢書·文苑·傅毅傳》注引詩作『謨』〔註68〕。」謨，《說文》：「議謀也，從言莫聲」。本字當為謨。作，《廣韻》：「為也，起也，行也，役也，始也，生也」，「則落切」，上古入聲鐸部。度，《廣韻》：「度，量也」，「徒落切」，上古入聲鐸部。獲，《廣韻》：「得也」，「胡麥切」，上古入聲鐸部。謨，《廣韻》：「謀也」，「莫胡切」。從莫得聲的字既有陰聲系列又有入聲系列，「謨」中古為陰聲模韻字，其上古來源自然來源於陰聲韻部比入聲韻部更符合解釋語音音變規律，所以鄭張尚芳為「謨」上古擬音*maa，白一平上古擬音*ma。我們認為「謨」上古可能存在一個交替形式，即附有語法後綴*-g 形式變體，從《詩經》「莫」借用，「漠」「謨」異文等現象，其上古時代很有可能存在塞音韻尾*-g 變體形式，這一形式消失較早，《釋文》時期已不再帶塞音後綴，所以陸德明才會「莫協韻為勝」。而此讀卻意外地收存於《集韻》暮韻，應該可以想像帶後綴*-g 的「謨」後來參與了語法音變，最後確實完成了去聲的演變，只是此讀未能被《玉篇》、《廣韻》等字書、韻書收存，《集韻》博採眾說，無疑保留了這個語詞早期的語法形態。「謨」與「作、度、獲」押韻，亦可補證「謨」上古帶有後綴*-g。

⑦帝，《廣韻》：「《說文》曰：『王天下之號也』，《爾雅》曰：『君也』」，「都計切」。《說文》解為「王天下之號也」，以為从丄朿聲。以「帝」為聲符的諧

〔註68〕陳奐：《詩毛氏傳疏》，北京，北京市中國書店，1984 年版：《小雅·節南山之什》第 41 頁。

聲系列均為去聲字。姚孝遂認為許慎「帝」字形義解說有誤，前文已有注解。鄭張尚芳（2003）認為：「甲金文象根商，非束聲〔註69〕」。商，中古入聲字，上古入聲錫部，「商」諧聲系列均為入聲字。鄭張尚芳為「帝」上古擬音*teegs，白一平上古擬音*teks。帝，《詩經》入韻 4 次。

P502《大雅・文王之什・文王》：「殷之未喪師，克配上帝。宜鑒于殷，駿命不易。」鄭箋：「天之不命不可改易」。易，《廣韻》：「變易」，「羊益切」，上古入聲錫部。帝，與「易」相押，亦當帶有相同的韻尾*-g。

P552《大雅・蕩之什・蕩》：「蕩蕩上帝，下民之辟。疾威上帝，其命多辟。」辟，《廣韻》：「《爾雅》：『皇王后，辟君也』」，「必益切」，上古入聲錫部 /《廣韻》：「同僻，誤也，邪僻也」，「芳辟切」，上古入聲錫部。帝，與「辟、辟」押韻，當帶有相同的韻尾*-g。

P313《國風・墉風・君子偕老》：「玼兮玼兮，其之翟也。鬒髮如雲，不屑髢也。玉之瑱也，象之揥也。揚且之皙也。胡然而天也，胡然而帝也。」翟，《廣韻》：「翟雉」，「徒歷切」，上古入聲藥部。「髢」與「鬄」為異文，《說文》無「髢」，鬄，《說文》：「髮也，从髟易聲」，《廣韻》：「說文髮也」，「思積切」，上古入聲錫部。揥，《廣韻》：「揥枝整釵也」，「他計切」，從帝得聲，鄭張尚芳上古音系擬音*theegs，白一平擬音*theks。皙，《廣韻》：「人白色也」，「先擊切」，上古入聲錫部。帝，與「翟、鬄、揥、皙」押韻，因其後語氣詞「也」入韻，其前入韻字押韻要求放寬，在主元音相同的情況下，韻尾可以有差異。

P614《魯頌・駉之什・閟宮》：「春秋匪解，享祀不忒。皇皇后帝，皇祖后稷。」此例前文已作討論，帝，與陰聲韻來源的「解」押韻，在主元音相同的情況下它們必然帶有相同的韻尾形式，而這個韻尾形式就是*-g。

《詩經》押韻反映「帝」有韻尾*-g 形式，這一形式後來與韻尾*-gs 形式合流，依照歷史音變塞音韻尾*-g 弱化，最終完成向中古去聲的音變過程。

⑧造，《廣韻》：「至也」，「七到切」/「造作」，「昨早切」。《說文》：「就也，从辵告聲」。告，《廣韻》去入兩讀，其上古有不同的韻尾來源，分別為*-g、*-gs。從其得聲的「造」《廣韻》去聲，上古亦可能有兩種形式的來源，

〔註69〕鄭張尚芳：《上古音系》，上海，上海教育出版社，2003 年版，第 303 頁。

韻尾*-g 和*-gs 交替。鄭張尚芳上古擬音分別為*skhuugs／*sguuʔ，白一平古擬音*tshuks／*dzuʔ。造，《詩經》入韻 3 次。

P331《國風·王風·兔爰》：「有兔爰爰，雉離于罦。我生之初，尚無造；我生之後，逢此百憂。尚寐無覺！」此例交韻，「罦、憂」韻，「造、覺」韻。覺，《廣韻》「曉也」，「古岳切」，上古入聲覺部。造，與「覺」押韻，當帶有相同韻尾*-g。

P597《周頌·閔予小子之什·閔予小子》：「閔予小子，遭家不造，嬛嬛在疚。於乎皇考，永世克孝。」「子、疚」押韻，「造、孝」押韻。孝，《廣韻》「孝順」，「呼教切」，上古來源於陰聲韻，上古早期帶語法後綴*-g，造，與「孝」押韻，帶有相同韻尾形式*-g。

此 2 例「造」以「至也」義入韻。造，早期存在*-g、*-gs 韻尾交替形式。以後韻尾*-g 合併於韻尾*-gs，依據歷史音變規律完成中古去聲演變。

P336《國風·鄭風·緇衣》：「緇衣之好兮，敝予又改造兮。」好，「善也美也」，「呼晧切」，上古陰聲幽部*-ɦ 韻尾。造，《廣韻》：「造作」，「昨早切」，上古來源於入聲韻尾。造，表示「作」義語詞是在入聲韻尾形式基礎上附加未完成體後綴*-ɦ 構成的，後綴*-ɦ 具有弱化其前輔音功能，表示「作」義「造」語詞形式演變為直接附加在元音後*-ɦ 後綴形式，與「好」元音韻尾相同，正相押韻。

⑨裼，《廣韻》：「袒衣」，「先擊切」，《說文》：「袒也，从衣易聲」。「易」中古入聲字，諧聲系列大部分為入聲韻。裼，上古亦當屬入聲韻，鄭張尚芳歸入錫部，上古擬音*sleeg，白一平上古擬音*slek。裼，《詩經》入韻 1 次。

P436《小雅·鴻雁之什·斯干》：「乃生女子，載寢之地。載衣之裼，載弄之瓦。」地，《廣韻》：「土地」，「徒四切」，鄭張尚芳陰聲歌 2 部，上古擬音*l'jeels。瓦，《廣韻》：「泥瓦屋」，鄭張尚芳陰聲歌 1 部，上古擬音*ŋʷraals。裼，毛傳「裸也」，《釋文》：「他計反，韓詩作『禘』，音同」。《集韻》「錫」韻、「霽」韻下分別收有「裼」字，說明早期「裼」存在*-gs、*-g 兩種韻尾交替形式。據《釋文》，此例顯係*-gs 韻尾形式入韻。據發音響度原則，*-s 響度高於濁塞輔音，因此*-gs 中*-g 受*-s 影響弱化，同時*-s 受*-g 濁音影響發音上帶有濁音性質，*-gs 韻尾發音上近於［z］；*-s 響度低於流音韻尾*-l，受流音韻尾次濁性質影響，*-ls 的*-s 發音近於［z］。「地、裼、瓦」在主元音同為

前不圓唇元音，韻尾發音音色相近的情況下鄰韻相押。

　　《詩經》押韻*-g 尾韻除與陰聲韻來源之去聲韻有密切關係，與入聲韻來源之去聲韻關係同樣密切。除了兩類共同的上古塞音尾來源外，我們難以解釋兩者之間的押韻關係。《詩經》*-g 尾與*-gs 尾押韻，發音音色顯然難以和諧。眾多上古入聲來源的中古去聲韻字，即上古*-gs 尾韻字，早期極大可能存在*-g 尾異讀交替形式。正因為這類語詞存在*-g 尾、*-gs 尾交替形式，可以頻繁地與上古入聲韻字押韻，諧聲行為、包括漢藏語音對應表現亦與押韻一致。當然，這些異讀可以是如曾先生（1988）提到的新舊異讀、方言異讀、條件異讀（主要）等情況。故此，可以說某些上古入聲來源的中古去聲字本有入聲一讀的交替形式，只不過隨著形態慢慢消失，入聲讀音漸漸與相應的去聲讀合併。同字異讀押韻據意義區別表現出的不同語詞形態，可看出後綴*-s 在語詞形態中扮演了語法構詞後綴角色。

2. 《詩經》押韻*-d 尾韻與去聲韻關係

　　中古去聲韻上古來源有二：陰聲韻來源、入聲韻來源。*-d 尾韻與此不同來源的去聲韻存在押韻關係，語音表現形式一致。由於兩類不同的來源，押韻形態自有分別。

　　在進行《詩經》押韻入聲韻與兩類去聲韻關係討論之前，有必要先對上古*-d 尾、*-ds 尾韻與更早時期的*-b 尾、*-bs 尾韻之間的關係作一簡要說明。從《詩經》押韻看來，*-b 尾、*-bs 尾韻存在與舌尖韻尾*-d 尾、*-ds 尾韻相押事實。這類現象誠如李方桂所言：「我們可以說諧聲字代表了較古的現象，到了《詩經》時期*-b 尾已經都變成*-d 尾了〔註70〕。」儘管李氏的*-b 尾指向陰聲韻尾，其同部位入聲韻尾當有相同的演變方向。高本漢（1934）對李方桂先生 1932 年與其商榷文《東冬屋沃之上古音》提出諧聲的字體必定較《詩經》的詩歌為更古的意見表示接受，並以詩歌*-d 尾韻押韻與諧聲事實的矛盾例子證明《詩經》時代的*-b 尾已經依據異化作用成了*-d 尾〔註71〕。蒲立本（Pulleyblank，1962）將唇音韻尾向舌尖音韻尾演變解釋為*-ps 同化而成*-ts

---

〔註70〕詳李方桂：《上古音研究》，北京，商務印書館，1980 年版，第 36 頁。

〔註71〕〔瑞典〕高本漢著，張世祿譯：《漢語詞類》，上海，商務印書館，1937 年版，第 70 頁。

的結果。結合諧聲分析，上古*-b 尾、*-bs 尾韻與*-d 尾、*-ds 尾韻押韻是不爭的事實。諧聲與《詩經》押韻表現出的語詞韻尾形式矛盾，當係語音演變所致，諧聲時代一部分*-b 尾、*-bs 尾韻《詩經》時代已變成*-d 尾、*-ds 尾韻。

（1）《詩經》押韻*-d 尾、*-ds 尾韻與*-b 尾、*-bs 尾韻關係

①巿，《廣韻》：「《說文》曰：『韠也』」，「經典作韍」，「分勿切」，《說文》「從巾，象連帶之形」，巿，《說文》諧聲系列或為入聲字或為中古祭泰夬廢韻類字，故「巿」上古屬入聲韻，鄭張尚芳歸入物 2 部，擬為*pud< *pub，白一平歸入物部，上古擬音*pjət。

巿，《詩經》入韻 1 次。P384《國風・曹風・候人》：「彼候人兮，何戈與祋；彼其之子，三百赤芾。」祋，《廣韻》：「殳也」，「丁外切」，上古來源於*-ds 韻尾音節。鄭張尚芳歸入祭 3 部，擬音*toods，白一平歸入月部，擬音*tots。「祋」與「巿（芾）」押韻，據鄭張擬音，主元音同為後元音，帶有圓唇性質，韻尾同為舌尖塞音韻尾，《詩經》時期「巿（芾）」已完成*pud< *pub 演變。至於韻尾*-ds 和*-d 之間押韻，可能*-ds 形式有個*-d 韻尾交替形式或者*-d 形式有個*-ds 韻尾交替形式，就如同舌根塞音韻尾*-gs 和*-g 之間的押韻情況一樣，只是後來這些交替形式隨著形態弱化不對稱地保留了其中某一種形式。「祋」或「巿」可能的形態交替形式由於文獻材料有限，不能明確究竟哪一個存在形態變體或是兩者都有。

②泄，《廣韻》：「水名，在九江」，「余制切」。泄，古通「洩」，《左傳・隱公元年》：「大隧之外，其樂也洩洩」。《釋文》「洩洩，舒散也。洩，羊世反。」洩，《廣韻》：「同泄」，「以制切」。《說文》「從水世聲」，世，「葉」之初文。因此鄭張尚芳「泄」上古歸入蓋 2 部，擬音*lebs，白一平上古歸入盍部，擬音*ljeps。泄，《詩經》入韻 3 次。

P547《大雅・生民之什・民勞》：「民亦勞止，汔可小愒。惠此中國，俾民憂泄。無縱詭隨，以謹醜厲。式遏寇虐，無俾正敗。戎雖小子，而式弘大。」愒，《廣韻》：「《爾雅》：『貪也』，《說文》『息也』」，「去例切」，上古來源於*-ds 韻尾。厲，《廣韻》「惡也」，「力制切」，上古來源於*-ds 韻尾。敗，《廣韻》：「自破曰敗，《說文》：『毀也』」，「薄邁切」，上古來源於*-ds 韻尾。大，《廣

韻》「小大也」,「徒蓋切」,上古來源於*-ds 韻尾。泄,與「愒、厲、敗、大」押韻,當有相同的韻尾形式*-ds,《詩經》時期「泄」韻尾*-ds< *-bs 已完成。

P548《大雅・生民之什・板》:「天之方蹶,無然泄泄。」蹶,《廣韻》:「行急遽皃」,「居衛切」,上古來源於*-ds 韻尾形式。泄,與「蹶」相押,帶有相同的韻尾形式*-ds,說明「泄」韻尾*-ds< *-bs 演變已完成。

P358《國風・魏風・十畝之間》:「十畝之外兮,桑者泄泄兮,行與子逝兮。」毛傳:「泄泄,多人之貌」。外,《廣韻》:「表也」,「五會切」,上古來源於*-ds 韻尾。逝,《廣韻》:「往也,行也,去也」,「時制切」,上古來源於*-ds 韻尾。泄,與*-ds 韻尾的「外、逝」押韻,當帶有相同的韻尾形式,*-ds < *-bs 已完成。

③旆,《廣韻》:「旗也,繼旐曰旆」,「蒲蓋切」,《說文》:「繼旐之旗也,沛然而垂,从㫃宋聲」,宋,《說文》「艸木盛宋宋然,象形八聲,讀若輩」,《廣韻》未錄,大徐本《說文》「普活切」,據反切屬中古入聲字,其諧聲系列或為中古入聲字或為中古祭泰夬廢四類去聲韻字。「旆」上古入聲來源,鄭張尚芳歸入祭 3 部,上古擬音*boobs,白一平歸入月部,上古擬音*bots。旆,《詩經》入韻2次。

P415《小雅・鹿鳴之什・出車》:「彼旟旐斯,胡不旆旆!憂心悄悄,僕夫況瘁。」此例係交韻,「旐、悄」韻,「旆、瘁」韻。瘁,《廣韻》「病也」,「秦醉切」,上古來源於*-ds 韻尾,鄭張尚芳歸入隊 2 部,擬音*zuds,白一平歸入物部,擬音*sdjuts。「旆,瘁」主元音同為後圓唇元音,韻尾或為*-bs 或為*-ds,我們以為「旆」之唇音韻尾已完成向舌尖塞音的演變,即*-ds< *-bs 已完成。在主元音相近韻尾相同的情況下「旆、瘁」押韻。

P528《大雅・生民之什・生民》:「蓺之荏菽,荏菽旆旆,禾役穟穟。」穟,《廣韻》:「禾秀」,「徐醉切」,上古來源於*-ds 韻尾音節,鄭張尚芳歸入隊 2 部,上古擬音*ljuds,白一平歸入物部,上古擬音*zjuts。旆,《詩經》時代*-ds < *-bs 已完成,「旆、穟」主元音相近,韻尾相同,互相押韻。

④勩,《廣韻》:「勞也」,「余制切」/「羊至切」,《說文》「勞也,从世貰聲」,貰,从世得聲,世聲系列除中古入聲字外均為中古祭泰夬廢四類韻字。世,「葉」之初文。因此鄭張尚芳「勩」上古歸入蓋 2 部/內 2 部,擬音*lebs / *libs,白一平上古歸入盍部/緝部,擬音*ljeps / *ljips。勩,《詩經》入韻

2 次。

P447《小雅・節南山之什・雨無正》：「周宗既滅，靡所止戾。正大夫離居，莫知我勩。」毛傳：「戾，定也」，戾，《廣韻》：「定也」，「郎計切」，上古來源於*-ds 韻尾音節，鄭張尚芳隊 1 部，上古擬音*ruːuds。勩，《廣韻》：「勞也」，「余制切」／「羊至切」，上古來源於*-bs 韻尾音節，鄭張尚芳內 2 部／蓋 2 部，上古擬音*libs／*lebs。「戾、勩」主元音同為不圓唇元音，韻尾一為*-bs，一為*-ds。我們以為「勩」*-ds< *-bs 這一過程已完成，在主元音相近、韻尾相同情況下「戾、勩」押韻。

P303《國風・邶風・谷風》：「有洸有潰，既詒我肄。不念昔者，伊余來墍。」毛傳：「肄，勞也」，肄，《廣韻》無「勞」義，係「勩」之同音借用。勩，《廣韻》：「勞也」，「羊至切」，上古來源於*-bs 韻尾音節，鄭張尚芳內 2 部，上古擬音*libs。墍，《廣韻》：「息也」，「許既切」，上古來源於*-ds 韻尾音節，鄭張尚芳隊 1 部，上古擬音*gruds。「勩、墍」主元音同為高不圓唇元音，韻尾一為*-bs，一為*-ds。「勩」*-ds< *-bs 這一過程已完成，在主元音相近、韻尾相同情況下「勩、墍」押韻。

⑤對，《廣韻》：「荅也，當也，配也，揚也，應也」，「都隊切」，《說文》：「膺無方也，从丵从口从寸」，从對得聲的字均為中古去聲字。而《小雅・節南山之什・雨無正》：「聽言則荅」，鄭箋「荅，猶對也。」據此知「荅」和「對」是一對同根詞。荅，根據聲符「合」，上古屬入聲韻，與其同根的「對」可能的形式也當來源於入聲，鄭張尚芳將其歸入內 2 部，為其擬音*tuːubs，白一平歸入緝部，上古擬音*k-lups。對，《詩經》入韻 4 次。

P519《大雅・文王之什・皇矣》：「帝作邦作對，自大伯王季。」對，毛傳：「配也」，《廣韻》：「配也」，「都隊切」，上古來源於*-bs 韻尾音節，鄭張尚芳歸入內 2 部，上古擬音*tuːubs。季，《廣韻》：「昆季也，又少也，小稱也」，「居悸切」，上古來源於*-ds 韻尾音節，鄭張尚芳歸入質 1 部，上古擬音*kʷids。「對、季」主元音同為高元音，「季」受聲母影響與「對」一樣發音帶有圓唇性質。「對、季」押韻，我們以為「對」*-ds< *-bs 已經完成，才會有相近元音相同韻尾下的鄰韻相押。

P447《小雅・節南山之什・雨無正》：「不畏于天。戎成不退，饑成不遂。曾我暬御，憯憯日瘁。凡百君子，莫肯用訊。聽言則荅，譖言則退。」退，《廣

韻》:「卻也」,「他內切」,上古來源於*-bs 韻尾音節,鄭張尚芳入內 3 部,上古擬音*nhuubs。遂,《廣韻》:「達也,進也,成也」,「徐醉切」,上古來源於*-ds韻尾音節,鄭張尚芳入隊 2 部,上古擬音*ljuds。瘁,《廣韻》:「病也」,「秦醉切」,上古來源於*-ds 韻尾音節,鄭張尚芳入隊 2 部,上古擬音*zuds。訊,鄭箋「告也」,《釋文》「用訊,音信,徐息悴反,告也,又音碎」,王力「誶,今本作『訊』。」看來,王力所依的本子與徐邈所見本子相同,兩字互為異文。從押韻來看,我們取故本「誶」字為宜。誶,《廣韻》:「言也」,「雖遂切」/「告也」,「蘇內切」,上古來源於*-ds 韻尾音節,鄭張尚芳入隊 2 部,分別擬音*suds / *suuds。菅,其與「對」為一對同根詞,此處正是以「對」入韻。對,《廣韻》「菅也」,「都隊切」,上古來源於*-bs 韻尾音節,鄭張尚芳歸入內 3 部,上古擬音*tuubs。「退、遂、瘁、誶、對、退」主元音均為後高圓唇元音,韻尾除「對、退」外均為*-ds,我們以為「對、退」的*-ds< *-bs 韻尾演變《詩經》時期已經完成,因此這些入韻字在主元音韻尾均相同的情況下鄰韻相押。

P552《大雅·蕩之什·蕩》:「文王曰咨!咨汝殷商!而秉義類,彊禦多懟。流言以對,寇攘式內。」類,《廣韻》:「善也,法也,等也,種也」,「力遂切」,上古來源於*-ds 韻尾音節,鄭張尚芳入隊 2 部,上古擬音*ruds。懟,《廣韻》:「怨也」,「直類切」,上古來源於*-bs 韻尾音節,鄭張尚芳入內 3 部,上古擬音*dubs。對,《廣韻》:「菅也」,「都隊切」,上古來源於*-bs 韻尾音節,鄭張尚芳歸入內 3 部,上古擬音*tuubs。內,《廣韻》:「入也」,「奴對切」,上古來源於*-bs 韻尾音節,鄭張尚芳歸入內 3 部,上古擬音*nuubs。「懟、對、內」均為*-bs 韻尾音節,其中「懟、對」諧聲,「內」《詩經》共入韻 2 次,均與上古*-ds 韻尾來源音節押韻。此三字與「類」主元音同為後高圓唇元音,「懟、對、內」的*-ds< *-bs 韻尾演變《詩經》時期已經完成,與「類」在主元音韻尾均相同的情況下鄰韻相押。

P558《大雅·蕩之什·桑柔》:「大風有隧,貪人敗類。聽言則對,誦言如醉。匪用其良,覆俾我悖。」隧,《廣韻》:「埏隧墓道也」,「徐醉切」,上古來源於*-ds 韻尾音節,鄭張尚芳隊 2 部,上古擬音*ljuds。類,《廣韻》:「善也,法也,等也,種也」,「力遂切」,上古來源於*-ds 韻尾音節,鄭張尚芳隊 2 部,上古擬音*ruds。對,《廣韻》:「菅也」,「都隊切」,上古來源於*-ds 韻尾音節,鄭張尚芳內 3 部,上古擬音*tuubs。醉,《廣韻》「將遂切」,上古來源

於*-ds 韻尾音節，鄭張尚芳隊 2 部，上古擬音*ʔsuds。悖，《廣韻》：「心亂」，「蒲昧切」，上古來源於*-ds 韻尾音節，鄭張尚芳隊 1 部，上古擬音*buɯuds。「悖」主元音受聲母圓唇特徵影響帶有圓唇性質，與「隧、類、對、醉」後高圓唇元音發音相近，除「對」外，各入韻字韻尾同為*-ds，「對」已完成*-ds < *-bs 韻尾演變，與「隧、類、醉、悖」在主元音相同或相近、韻尾相同的基礎上鄰韻相押。

⑥內，《廣韻》：「入也」，「奴對切」，《說文》：「入也，从口，自外而入也」。納，《廣韻》：「內也」，「奴答切」，《廣雅》：「入也」。《左傳‧襄公二十七年》：「子鮮曰：『逐我者出，納我者死』。」《釋文》：「納，本作內，音納。」《尚書‧禹貢》《釋文》「納，入也。」高本漢（1934）指出「內、納、入」三詞「只是同一語根的三種形態罷了〔註72〕。」高說至確，「入、納」為一對同根詞，「內」為「納」的派生名詞〔註73〕，在「納」詞根基礎上附加後綴*-s 而成。鄭張尚芳上古入內 3 部，擬音為*nuubs，白一平入緝部，上古擬音*nups。內，《詩經》入韻 2 次，均以名詞義「內部」入韻。

P552《大雅‧蕩之什‧蕩》：類、懟、對、內，此例前文已述，係中古去聲上古入聲緝物兩部來源鄰韻相押。

P554《大雅‧蕩之什‧抑》：「夙興夜寐，灑埽庭內。」寐，《廣韻》：「寢也，臥也，息也」，「彌二切」，上古來源於*-ds 韻尾音節，鄭張尚芳入至 1 部，上古擬音*mids。內，與「寐」主元音同為高不圓唇元音，「內」已完成*-ds < *-bs 韻尾演變，與「寐」韻尾相同情況下鄰韻相押。

⑦位，《廣韻》：「正也，列也，涖也」，「於愧切」，上古來源於*-bs 韻尾音節，鄭張尚芳內 1 部，擬音*ɢʷrɯbs。位，《詩經》入韻 1 次。P540《大雅‧生民之什‧假樂》：「不解于位，民之攸墍。」墍，《廣韻》：「息也」，「具冀切」，

〔註72〕〔瑞典〕高本漢著，張世祿譯：《漢語詞類》，上海，商務印書館，1937 年版，第 70 頁。

〔註73〕早期表示「入也」義語詞形式為*nuub，文字記錄形式為「內」。後來在這一詞根基礎上派生出名詞義「內部」來，語詞形式為*nuubs，文字記錄形式為「內」，而原來表示基本義「入也」詞根語詞的文字記錄形式則在本字的基礎上附加形符構成「納」字記錄，在「入也」這一語義上「內」與「納」為古今字的關係，可以相通。「內」《廣韻》釋義為「內」的本義，語音形式是派生詞表示「內部」義的語音形式，《廣韻》「內」本義的語音形式則保存在「納」語音形式中。

上古來源於*-ds 韻尾音節，鄭張尚芳隊 1 部，擬音*gruɯds。「位、墜」主元音相同，「位」*-ds< *-bs 演變已完成，與「墜」主元音相同韻尾相同鄰韻相押。

《詩經》押韻反映出的上古*-d 尾、*-ds 尾韻與*-b 尾、*-bs 尾韻之間的關係主要存在於中古入聲物韻，去聲祭、泰、夬、廢、隊、至六類韻上。以上幾類韻系上古來源關係錯綜，但並不代表這些韻系沒有一對一的直接來源形式。請看下例，*-d 尾、*-ds 尾即與*-b 尾、*-bs 尾不相關。

艾，《廣韻》「草名，一名冰臺，又老也、長也、養也」，「五蓋切」／「治也」，「魚肺切」。《說文》：「冰臺也，从艸乂聲。」其諧聲系列為中古去聲泰廢韻字。鄭張尚芳上古擬音分別為*ŋaads／*ŋads，白一平上古擬音*ŋats／*ŋjats。艾，《詩經》入韻 5 次。

P333《國風·王風·采葛》：艾、歲

P448《小雅·節南山之什·小旻》：艾、敗

P614《魯頌·駉之什·閟宮》：大、艾、歲、害

此 3 例「艾」均與帶*-ds 韻尾字押韻。

P432《小雅·鴻雁之什·庭燎》：「夜未艾。庭燎晣晣。君子至止，鸞聲噦噦。」晣，《說文》「昭晣，明也，从日折聲」。《廣韻》「星光也，亦作晰」，「徵例切」。晣來源於上古*-ds 韻尾。噦，《廣韻》「鳥聲」，「呼會切」，上古來源於*-ds 韻尾。「艾」與「晣、噦」押韻，帶有相同的韻尾形式*-ds。

P480《小雅·甫田之什·鴛鴦》：「乘馬在廄，摧之秣之；君子萬年，福祿艾之。」秣，《廣韻》「同䬴，馬食穀也」，「莫撥切」，上古入聲月部，韻尾*-d。艾，與「秣」押韻，此二字後均有語氣詞「之」入韻，「艾、秣」押韻條件放寬，在主元音相同情況下*-ds 韻尾的「艾」可以和*-d 韻尾的「秣」相押。

（2）《詩經》押韻*-d 尾韻與陰聲韻來源之去聲韻關係

《詩經》押韻*-d 尾韻與陰聲韻來源之去聲韻關係分明，無一例接觸。然而儘管兩者關係分明，同族詞（如無與蔑、枯與渴、愉與悅等之間的語音關係），漢藏語音交叉對應（如侯部「鉤」對應藏語 kjo-ba「鐵鉤」、侯部「垢」對應藏語 ɦgo-ba「玷污、傳染、污染」、侯部「愚」對應藏語 rŋod-pa「欺騙」、侯部「驅」對應藏語 skjod-pa「走、去、行」）等卻都支持上古漢語時期可能存在一個構詞後綴*-d。這一後綴功能在上古漢語中消失得較早，金理新（2006）

指出，「構詞後綴*-d 起碼在諧聲時代已經只是一種殘餘的構形形式了〔註74〕」。因此，《詩經》押韻罕見這種後綴形式也就不足為怪了。由於《詩經》押韻*-d 尾韻與陰聲韻來源之去聲韻關係沒有提供可能的*-d 後綴例證，本文暫不擬對此後綴多作評論。

（3）《詩經》押韻*-d 尾韻與入聲韻來源之去聲韻關係

①害，《廣韻》：「傷也」，「胡蓋切」。《說文》：「傷也，从宀从口。宀、口，言从家起也，丯聲。」于省吾先生從甲骨文金文字形說起認為「害」从「余」得聲，裘錫圭先生認為可能从「古」得聲〔註75〕。鄭張尚芳（2003）：「金文象穑頭，非丯聲，似穑初文加古聲，訣通胡〔註76〕。」從害得聲的字既有陰聲韻（限於中古去聲）又有入聲韻。害，金文用作：一、祈求，通匃。《伯家父簋》：「用易（賜）害（匃）眉壽黃耇。」二、通「介」，大。《𤔲叔多父盤》：「受害（介）福。」三、通「曷」。何、什麼。《毛公鼎》：「邦𢆶（將）害（曷）吉。」四、保衛，通「敔」。《師克盨》：「干害（敔敔王）身，乍（作）爪牙〔註77〕。」其通假系列除第四個用法外為中古去聲或入聲字〔註78〕。根據諧聲、通假情況反映出「害」跟去聲和入聲淵源頗深，鄭張尚芳為「害」上古擬音*gaads，白一平上古擬音*gats。

害，《詩經》入韻8次，既與*-ds 韻尾的字相押，又與*-d 韻尾的字相押。

P309《國風·邶風·泉水》：「載脂載舝，還車言邁。遄臻于衛，不瑕有害。」邁，《廣韻》：「行也，遠也」，「莫話切」，上古來源於*-ds 韻尾。害，與「邁」押韻，有相同的上古來源，韻尾為*-ds。

P311《國風·邶風·二子乘舟》：「二子乘舟，汎汎其逝。願言思子，不瑕有害。」逝，《廣韻》：「往也，行也，去也」，「時制切」，上古來源於*-ds 韻尾。害，與「逝」押韻，有相同的上古來源，韻尾為*-ds。

〔註74〕金理新：《上古漢語形態研究》，合肥，黃山書社，2006年版，第450頁。

〔註75〕參看陳初生編：《金文常用字典》，西安，陝西人民出版社，2004年版，第745頁。

〔註76〕鄭張尚芳：《上古音系》，上海，上海教育出版社，2003年版，第346頁。

〔註77〕見王文耀：《簡明金文詞典》，上海，上海辭書出版社，1998年版，第294頁。

〔註78〕例外與「敔」相通，它們的主元音同為*a，「敔」可能帶有與「害」相同韻尾，而這一陰聲韻語詞的塞音韻尾反映的可能是一種形態變化。魚月之間的這種形態交替參看金理新：《上古漢語形態》，合肥，黃山書社，2006年版，第442頁。

P614《魯頌・駉之什・閟宮》:「俾爾昌而大,俾爾耆而艾。萬有千歲,眉壽無有害。」大,《廣韻》:「小大也」,「徒蓋切」,上古來源於*-ds 韻尾。艾,《廣韻》:「老也,長也,養也」,「五蓋切」,上古來源於*-ds韻尾。歲,《廣韻》:「相銳切」,上古有*-ds韻尾來源。害,與「大、艾、歲」押韻,韻尾同為*-ds。

P460《小雅・谷風之什・蓼莪》:「南山烈烈,飄風發發。民莫不穀,我獨何害?」烈,《廣韻》:「猛也」,「良薛切」,上古入聲月部。颰[註79],《廣韻》:「疾風」,「方伐切」,上古入聲月部。害,與「烈、颰」押韻,韻尾為*-d。

P462《小雅・谷風之什・四月》:「冬日烈烈,飄風發發。民莫不穀,我獨何害?」烈,《廣韻》:「猛也,熱也,火也」,「良薛切」,上古入聲月部。颰,《廣韻》:「疾風」,「方伐切」,上古入聲月部。害,與「烈、颰」押韻,韻尾為*-d。

P528《大雅・生民之什・生民》:「誕彌厥月,先生如達。不拆不副,無菑無害。」月,《廣韻》:「魚厥切」,上古入聲月部。達,《廣韻》:「通達」,「唐割切」,上古入聲月部。害,與「月、達」押韻,韻尾同為*-d。

P552《大雅・蕩之什・蕩》:「人亦有言,顛沛之揭。枝葉未有害,本實先撥。殷鑒不遠,在夏后之世。」揭,《廣韻》:「揭起」,「居竭切、渠列切、丘竭切、居列切」,上古入聲月部。撥,《廣韻》:「理也,絕也,除也」,「北末切」,上古入聲月部。世,《廣韻》:「代也」,「舒制切」,除高本漢以外其餘各家給「世」的上古來源均定位於唇音韻尾來源,比如李方桂儘管將「世」歸入祭部,但懷疑它的早期形式*sthjadh< *sthjabh?,鄭張尚芳構擬為*hljebs,鄭張體系認為*-bs 在上古晚期和*-ds 合併> *-s,白一平擬為*hljeps。「世」為「葉」之古文,《詩經・商頌・長發》:「昔在中葉。」毛傳:「葉,世也。」世,早期確為唇音韻尾來源,前人多有論證,不贅。世,《詩經》入韻2次,1例「世、世」押韻,暫且不論,此例「世」與*-d 韻尾字相押,至少可以說明「世」的唇音韻尾在《詩經》時代已經變成舌尖塞音韻尾*-d 了。鄭張尚芳為「葉」上古擬音為*hljeb / *leb,白一平上古擬音*hljep / *ljep,如此看來,「世」早期語音形式具有去入兩讀,分別為*hljeb> *hljed 或*hljep> *hljet、*hljebs>

〔註79〕後起分化字「颰」為後造字,先秦文獻中未見此字用例,後例同。

*hljeds 或*hljeps> *hljets。又《春秋繁露・天地之行》「世、罰」為韻。此例與入聲月部的「揭、撥」相押，形式為*-d 韻尾。害，與「揭、撥、世」相押，帶有相同韻尾*-d。

P579《大雅・蕩之什・召旻》：「池之竭矣，不云自頻。泉之竭矣，不云自中。溥斯害矣，職史斯弘，不栽我躬。」竭，《廣韻》「盡也」，「其謁切、渠列切」，上古入聲月部。害，與「竭、竭」押韻，帶有相同韻尾*-d。

「害」上古存在*-ds 韻尾和*-d 韻尾語詞形式的交替，後來*-d 韻尾慢慢與*-ds 韻尾合併，《楚辭》「害」入韻 2 次，就已經與帶*-ds 韻尾的「艾」、「敗」押韻了，最後根據歷史音變完成韻尾在中古向聲調的演變。曾先生（1988）提出聯綿式語詞連讀變調，在我們看來這只能用來解釋一部分聯綿詞形式*-d 尾詞與「前入—去聲字」押韻的現象，其他非聯綿式*-d 尾詞與「前入—去聲字」押韻則找不到語音依據。故我們主張*-d 尾詞與「前入—去聲字」押韻也存在與「後入—去聲字」相同的異讀原因。

②歲，《廣韻》：「《釋名》曰：『歲越也，越故限也』」，「相銳切」。《說文》「木星也，越歷二十八宿，宣徧陰陽，十二月一次，從步戌聲，律曆書名五星為五步。」戌，中古入聲字，諧聲系列為中古去聲祭泰夬廢四韻的字和入聲字，「歲」上古來源於入聲。鄭張尚芳上古擬音*sqhʷads，白一平上古擬音*swjats，另據《集韻》又增擬了「歲」上古入聲讀音*sqhʷad / *swjat。也就是說鄭張尚芳和白一平的系統裏都承認「歲「上古除了*-ds 韻尾來源外還有*-d 韻尾來源，即在上古時期「歲」具有*-ds 和*-d 兩種韻尾交替形式。歲，《詩經》入韻 4 次，分別與*-ds、*-d 韻尾語詞押韻。

P388《國風・豳風・七月》：「一之日觱發，二之日栗烈。無衣無褐，何以卒歲？」毛傳：「觱發，風寒也」，冹，《說文》：「一之日潷冹，從仌犮聲。」冹，《廣韻》：「寒冰」，「分勿切」，上古入聲月部。烈，《廣韻》：「猛也，熱也，火也」，「良薛切」，上古入聲月部。褐，《廣韻》：「衣褐」，「胡葛切」，上古入聲月部。歲，與「冹、烈、褐」押韻，帶有相同韻尾*-d。

P528《大雅・生民之什・生民》：「取羝以軷。載燔載烈，以興嗣歲。」軷，《廣韻》：「將行祭名」，「蒲撥切」，上古入聲月部。烈，《廣韻》：「熱也火也」，「良薛切」，上古入聲月部。「歲」與「軷、烈」押韻，帶有相同韻尾*-d。

P333《國風·王風·采葛》:「彼采艾兮；一日不見，如三歲兮。」艾，《廣韻》:「草名，一名冰臺」,「五蓋切」,上古來源於*-ds 韻尾。歲，與「艾」押韻，亦當帶有相同韻尾*-ds。

P614《魯頌·駉之什·閟宮》:「俾爾昌而大，俾爾耆而艾。萬有千歲，眉壽無有害。」此例前文已討論，入韻字「大、艾、害」均源於上古*-ds 韻尾，「歲」也以*-ds 韻尾入韻。

「歲」上古實有兩種韻尾交替形式：*-d 和*-ds。兩種形式後來獨立演變，一個成了中古的去聲調，一個成了中古的入聲調，此入聲調一讀的非通用性導致其在歷史舞臺上沒能保持自己的位置，因此《玉篇》、《切韻》、《廣韻》等一系列韻書都沒有收存此讀，唯獨收字旨在「務從該廣」的《集韻》收錄了「歲」不常用的入聲調一讀。

③斾，《廣韻》:「旗也，繼旒曰斾」,「蒲蓋切」。《說文》:「繼旒之旗也，沛然而垂。从㫃巿聲。」巿，中古入聲，其諧聲系列為陰聲韻之去聲和入聲韻。鄭張尚芳上古擬音*boobs，白一平上古擬音*bots。《詩經》「斾」入韻 3次。

P415《小雅·鹿鳴之什·出車》:「彼旟旐斯，胡不斾斾！憂心悄悄，僕夫況瘁。」瘁，《廣韻》:「病也」,「秦醉切」,上古來源於物部*-ds 韻尾。斾，與「瘁」押韻，斾，上古祭部，主元音據鄭張尚芳、白一平為*o，與「瘁」主元音*u 相近，韻尾當同為*-ds。鄭張尚芳擬音*boobs。我們認為《詩經》時期「斾」*-bs 韻尾已經變成*-ds 韻尾，所以在主元音相近情況下才可有「斾」與「瘁」押韻。

P528《大雅·生民之什·生民》:「藝之荏菽，荏菽斾斾，禾役穟穟。」穟，《廣韻》「禾秀」,「徐醉切」,上古來源於物部*-ds 韻尾。斾，與「穟」押韻，與上例相同，在主元音相近情況下有相同的韻尾*-ds。

P625《商頌·長發》:「武王載斾，有虔秉鉞。如火烈烈，則莫我敢曷。苞有三蘗，莫遂莫達，九有有截。韋顧既伐，昆吾夏桀。」鉞，《廣韻》:「同戉」,「方伐切」,上古入聲月部。烈，《廣韻》:「熱也，火也」,「良薛切」,上古入聲月部。曷通遏，遏，《廣韻》:「遮也，絕也，止也」,「烏葛切」,上古入聲月部。蘗，《廣韻》:「木余」,「魚列切」,上古入聲月部。達，《廣韻》:「通達」,「唐割切」,上古入聲月部。截，《廣韻》:「《廣雅》云：『盛也，斷也』」,

「昨結切」，上古入聲月部。伐，《廣韻》：「徵也」，「房越切」，上古入聲月部。桀，《廣韻》：「夏王名」，「渠列切」，上古入聲月部。「鉞、烈、遏（曷）、蘗、達、截、伐、桀」帶有相同的韻尾形式*-d，斾，與之押韻，亦當帶有相同的韻尾*-d。

「斾」上古早期存在*-bs 和*-b 形式交替，後來這兩個形式相應地合併到*-ds 和*-d 韻尾中去，《詩經》時期這種合併已完成。上古後期*-d 韻尾與*-ds 韻尾形式再次合併，最終完成向中古去聲的演變。

④逝，《廣韻》：「往也，行也，去也」，「時制切」。《說文》：「往也，从辵折聲。」折，中古入聲，折聲系列或為中古入聲韻或為中古去聲祭韻字，故「逝」上古來源於入聲，鄭張尚芳上古擬音*ljeds，白一平上古擬音*djats。逝，《詩經》入韻 6 次。

P311《國風・邶風・二子乘舟》：逝、害

P361《國風・唐風・蟋蟀》：逝、邁、外、蹶

P376《國風・陳風・東門之枌》：逝、邁

此 3 例「逝」與帶*-ds 韻尾的字相押，後 3 例「逝」情況有些複雜。

P358《國風・魏風・十畝之間》：「十畝之外兮，桑者泄泄兮，行與子逝兮。」毛傳：「泄泄，多人之貌」。鄭張尚芳上古歸蓋 2 部，擬音*lebs，鄭張體系認為*-bs 在上古晚期和*-ds 合併> *-s，白一平上古歸盍部，擬音*ljeps。泄，古通「洩」，洩，鄭張尚芳上古擬音*leds，白一平上古擬音 ljets。泄，《詩經》入韻共 3 次，不論本例，均與*-ds 韻尾字相押，《詩經》時期「泄」的*-bs 韻尾已經合併到*-ds 韻尾中。本例「逝」，來源於*-d 韻尾，與「泄」押韻，兩者具有相同的韻尾*-ds。

P482《小雅・甫田之什・車舝》：「間關車之舝兮，思變季女逝兮。」舝，《廣韻》「同轄，車軸頭鐵」，「胡瞎切」，上古入聲月部。逝，與「舝」相押，這兩個入韻字後均有語氣詞「兮」入韻，對語氣詞前入韻字「舝、逝」押韻要求放寬，在主元音相同的情況下韻尾可以存在差別，因此我們可以認為此例「逝」以*-ds 韻尾與月部*-d 韻尾的「舝」相押。

P554《大雅・蕩之什・抑》：「莫捫朕舌，言不可逝矣。」舌，《廣韻》：「口中舌也」，「食列切」，上古入聲月部。逝，與「舌」相押，亦當帶有相同的韻尾形式*-d。

「逝」上古存在*-ds 和*-d 韻尾交替兩種形式，由於它在《詩經》中僅 1 例與*-d 韻尾形式語詞入韻，又《楚辭》「逝」入韻 3 次，分別與*-ds< *-bs 韻尾的「蓋」、*-ds 韻尾的「帶、際」、*-ds 韻尾的「歲」相押，我們推知「逝」*-d 韻尾與*-ds 韻尾形式在《詩經》時期即有合併傾向。*-ds 韻尾形式最終依據歷史音變規律完成向中古去聲的演變。

⑤兌，《廣韻》：「突也」，「杜外切」。《說文》：「說也，从儿㕣聲。」徐鉉以為㕣非聲，「當从口从八，象氣之分散」，朱駿聲從徐鉉。《說文》㕣聲系列為中古陽聲韻，許說「兌」㕣聲頗為可疑。我們極贊成徐鉉「兌」字會意之說，從甲骨文、小篆字形看來都是一個人上一個口，八，分也，即人喜悅之時氣之出形。從兌得聲的字或為中古入聲韻或為祭泰夬廢這類去聲韻，「兌」早期與「說」互訓通用，表喜悅義的「說」中古讀入聲。「兌」早期有入聲來源。兌，鄭張尚芳上古擬音*l'oods，白一平上古擬音*lots。兌，《詩經》入韻 2 次。

P509《大雅・文王之什・皇矣》：「帝省其山，柞棫斯拔，松柏斯兌。」拔，《廣韻》：「拔擢」，「蒲八切」，上古入聲物部，鄭張尚芳物 2 部，上古擬音*bruud。兌，與「拔」相押，主元音同為後元音，具有圓唇性質，當帶有相同的韻尾*-d。

P519《大雅・文王之什・綿》：「柞棫拔矣，行道兌矣。混夷駾矣，維其喙矣。」拔，《廣韻》：「拔擢」，「蒲八切」，上古入聲物部。駾，《廣韻》：「奔突也」，「他外切」，上古來源於*-ds 韻尾。毛傳：「喙，困也」，瘝，《廣韻》：「困極也，《詩》云：『昆夷瘝矣』，本亦作喙」，「許穢切」，「喙」本義鳥嘴，因同音假借為「瘝」，上古同來源於*-ds 韻尾。兌，與「拔、駾、喙」押韻，其後語氣詞「矣」入韻，「兌、拔、駾、喙」押韻條件放寬，*-ds 韻尾「駾、喙」可與*-d 韻尾「拔」相押，至於「兌」韻尾形式，既可理解為*-ds 韻尾亦可認為*-d 韻尾，鑒於上例相同的結構語義，此例「兌」帶*-d 韻尾。

《詩經》押韻反映「兌」早期存在*-d 韻尾形式，並不能排除這一形式可能存在一個韻尾交替*-ds 韻尾變體形式存在。因為「兌」在早期甲骨文中常用來記錄表示「急速」義「銳」這一語詞，而「銳」從兌得聲，中古讀去聲，上古為*-ds 韻尾形式。「兌」上古時期既與入聲的「說」互訓通用，又與*-ds 韻尾的「銳」通用，我們懷疑它存在*-ds 和*-d 兩種韻尾形式交替。《詩經》以後，

-ds 韻尾合併了-d 韻尾形式，完成向中古去聲的演變。

⑥至，《廣韻》：「到也」，「脂利切」。「至」諧聲系列除少數幾個中古陰聲韻外均為中古入聲韻，「至」上古當為入聲字。鄭張尚芳歸為至 2 部，上古擬音*tjigs，白一平歸質部，上古擬音*tjits。至，《詩經》入韻 4 次。

P395《國風・豳風・東山》：垤、室、窒、至

P416《小雅・鹿鳴之什・杕杜》：至、恤

P460《小雅・谷風之什・蓼莪》：恤、至

此 3 例入韻字「垤、室、窒、恤」均為中古入聲字，傳統上古質部，鄭張均劃歸質 2 部*-g 韻尾類〔註80〕，白一平上古質部*-t 韻尾類。且不論質部是否當二分的問題，僅就「至」與上列入聲質部字相押來看，「至」亦當帶有相同的入聲韻尾形式，這點毫無疑義，又先秦典籍《淮南子・兵略訓》「至、挃」押韻，《易林》「至、瑟」、「至、恤」押韻。

P484《小雅・甫田之什・賓之初筵》：「以洽百禮，百禮既至。」禮，《廣韻》：「《說文》曰：『履也，所以事神致福也』」，「盧啟切」。《說文》「从示从豊」。「豊」諧聲系列均為陰聲韻，故「禮」亦當屬陰聲韻。《爾雅》：「履禮也」，「戛禮也」，戛，《廣韻》：「禮也」，「古黠切」，上古入聲質部，鄭張擬音*kriig，白一平擬音*krit。據此，表示「事神致福」語義的語詞早期形式是一個入聲韻尾形式，後來產生了附加後綴-ɦ 的語詞交替形式，這個附加後綴-ɦ的語詞交替形式慢慢取代原來的入聲韻尾形式，成為這個語詞的主要語音形式，同時由於後綴-ɦ 的弱化輔音作用，其前的入聲韻尾最終弱化消失，韻尾被後綴-ɦ占位，演變成中古上聲。「禮、至」押韻，至，帶有與「禮」早期相同的塞音韻尾形式*-d。

既然「至」在先秦典籍中如此頻繁地用作入聲，後來的去聲演變實在不好解釋。其實，「至」除了在《詩經》中一律用為入聲形式外，在其他文獻中存在與*-ds 韻尾（據傳統分部擬音，與鄭張尚芳相別）相押的現象。《楚辭・九章》「至、比」押韻，《楚辭・九辯》「濟、至」押韻，《文子》「棄、至」押韻，這類情況可能的解釋是「至」早期存在*-ds、*-d 兩種韻尾交替形式，只是在《詩經》中的表現形式是*-d 韻尾形式。

〔註80〕鄭張尚芳「脂質真」韻部二分，金理新討論甚詳，見金理新《上古漢語音系》，合肥，黃山書社，2002 年版，第 406～411 頁。

⑦瘁，《廣韻》：「病也」，「秦醉切」。《說文》無瘁字，僅在注釋中出現瘁字。悴，《說文》：「憂也，从心卒聲」。卒，上古入聲物部，諧聲系列除去入聲韻就是陰聲韻之去聲。鄭張尚芳上古擬音*zuds，白一平上古擬音*sdjuts。瘁，《詩經》入韻 5 次。

P460《小雅‧谷風之什‧蓼莪》：蔚、瘁

P577《大雅‧蕩之什‧瞻卬》：類、瘁

P415《小雅‧鹿鳴之什‧出車》：旆、瘁

P447《小雅‧節南山之什‧雨無正》：退、遂、瘁、誶（訊〔註81〕）、對（荅）、退

以上 4 例「瘁」與上古*-ds 韻尾來源「蔚」、「類」押韻，帶有相同韻尾形式*-ds。第 3 例《小雅‧鹿鳴之什‧出車》：「彼旟旐斯，胡不旆旆！憂心悄悄，僕夫況瘁。」旆，《廣韻》：「旗也」，「蒲蓋切」，鄭張尚芳上古歸祭 3 部，擬音*boobs，白一平上古歸月部，上古擬音*bots。「旆」與「瘁」押韻，兩字主元音相近，一為*o 一為*u，韻尾應當具有相同形式*-ds，故鄭張此處所擬*boobs＞ *boods 已完成。

第 4 例《小雅‧節南山之什‧雨無正》：「戎成不退，饑成不遂。曾我暬御，憯憯日瘁。凡百君子，莫肯用訊。聽言則荅，譖言則退。」《釋文》：「用訊，音信，徐息悴反，告也，又音碎。」誶，《廣韻》：「告也」，「蘇內切」／「言也」，「雖遂切」。誶，上古來源於*-ds 韻尾形式。遂，《廣韻》：「達也，進也，成也，安也，止也，往也，從志也」，「徐醉切」，上古來源於*-ds 韻尾形式。鄭箋：「荅，猶對也。」又《大雅‧蕩之什‧桑柔》：「聽言則對，誦言如醉。」鄭箋：「對，荅也」。荅和對是一對同根詞，本例「荅」即為「對」。對，《廣韻》：「荅也」，「都隊切」。鄭張尚芳上古歸內 2 部，擬音*tuubs，白一平歸緝部，上古擬音*k-lups。退，《廣韻》：「卻也」，「他內切」，鄭張尚芳上

〔註81〕括號內《詩經》用字或為本字或為假借字，以括號形式與其前對應的後起分化字或本字相分別，後類此者同，不再一一分別說明是本字、假借字分別或是後起分化字、本字區別，行文討論亦同。本文取語詞的後起分化字或本字語音形式考察《詩經》語詞入韻語音情況。（此處後起分化字與文字學家所言「後起本字」說法相類，即如古漢語「益溢、然燃、莫暮、要腰」一類字對中後一字即為前字的後起分化字。）

古歸內 3 部，擬音*nhuubs，白一平歸緝部，上古擬音*hnups。緝部來源的「內、退」與物部來源的「遂、誶、瘁」押韻，具有相同主元音，韻尾亦當相同，那麼從內聲的「內、退」韻尾形式《詩經》時期已完成*-bs> *-ds 音變。

P447《小雅・節南山之什・雨無正》：「哀哉不能言，匪舌是出，維躬是瘁。」馬瑞辰按：「今按《說文》『疝，病也。』出即疝之省借，言匪舌是病，維躬是病也。《說文》正文無瘁字，惟萃字注云『讀若瘁』。又曰：『悴，憂也。讀與《易・萃卦》同。』瘁當即悴之或體〔註82〕。」疝，《廣韻》：「《說文》曰：『病也』」，「五忽切」，上古入聲物部。「瘁」與「疝」押韻，亦當帶有相同的韻尾*-d。

「瘁」早期具有韻尾*-d 形式，還可補充其他典籍韻文證明：劉向《九歎・怨思》「悴、埲」押韻，《九歎・惜賢》「悴、鬱」押韻。「瘁」上古存在*-ds 和*-d 韻尾交替兩種形式。

⑧肆，《廣韻》：「陳也，恣也，極也，放也」，「息利切」。《說文》：「極、陳也，從長隶聲。」《說文》隶聲系列為陰聲韻之去聲和入聲韻，故「肆」上古當來源於入聲韻。鄭張尚芳上古擬音*hljɯɯds，白一平上古擬音*sjəts。肆，《詩經》入韻 1 見，與入聲物部字相押。

P519《大雅・文王之什・皇矣》：「臨衝茀茀，崇墉仡仡。是伐是肆，是絕是忽，四方以無拂。」茀，《廣韻》：「草多」，「敷勿切」，上古入聲物部。仡，假借為「圪」，圪，《說文》：「牆高也，從土乞聲」，並引詩「崇墉圪圪」。圪，上古入聲物部。忽，《廣韻》：「滅也」，「呼骨切」，上古入聲物部。拂，《廣韻》：「去也，拭也，除也，擊也」，「敷勿切」，上古入聲物部。「肆」與帶入聲韻尾*-d「茀、圪、忽、拂」相押，亦當帶有相同的韻尾。故此，「肆」早期除*-ds 韻尾形式外，當還有一個*-d 尾變體形式。

如同《詩經》*-g 尾韻與*-gs 尾韻相押，《詩經》*-d 尾韻與*-ds 尾韻亦存在廣泛頻繁的押韻現象。不論是*-g 尾、*-gs 尾，還是*-d 尾、*-ds 尾，兩類韻尾的發音音色上相差太大，實在難以韻尾和諧相押。同樣地，我們以為《詩經》押韻*-d 尾韻與*-ds 尾韻之間的押韻原因，與某些語詞上古本就並存*-d 尾與*-ds 尾兩種交替形式。故此，這些語詞既可以與*-d 尾韻押韻，又可與*-ds

---

〔註82〕馬瑞辰：《毛詩傳箋通釋》，北京，中華書局，1989 年版，第 627 頁。

尾韻押韻。同族詞、漢藏語音交叉對應亦支持這一假設。

3.《詩經》押韻*-b 尾韻與去聲韻關係

《詩經》押韻中舌根塞音尾*-g 韻部、舌尖塞音尾*-d 韻部與相應的去聲韻字關係密切，與諧聲、異讀、同族詞、漢藏語音交叉對應表現出來的情況正相一致。不過，上古唇塞音尾*-b 韻部的《詩經》押韻情況有別於上述兩類，除去《詩經》時代已變為*-d 尾、*-ds 尾的韻字外，*-b 尾、*-bs 尾韻一般自相押韻，不像前兩類在入聲、去聲之間表現出複雜的對應關係。可以說，《詩經》押韻*-b 尾韻與去聲韻關係分別界線清楚。

通過對《詩經》押韻入聲韻與去聲韻關係一一梳理，發現入聲韻、去聲韻的錯綜關係主要存在舌根音尾*-g、舌尖音尾*-d 的幾個韻部之間。這種關係，與形態構詞後綴有關。

（二）《詩經》押韻入聲韻與上聲韻關係

我們知道，諧聲系統中，中古上聲可以廣泛跟平聲諧聲，跟去聲諧聲，甚至亦跟入聲諧聲。跟平聲、去聲諧聲可以認為三者都來源於陰聲韻，上聲或去聲的上古韻尾實質不過是一個構詞後綴。而上聲跟入聲的諧聲關係，一如去聲與入聲的諧聲關係，跨越了陰聲韻與入聲韻語音層面的界線。那麼，究竟是什麼促成這一跨越成為可能的呢？就諧聲系統而言，中古平聲一般不跟入聲諧聲，而上聲、去聲可以跟入聲諧聲。《詩經》押韻表現相類，也存在上聲、去聲與入聲相押的情況。如此，中古上聲的上古來源在某種程度上與中古去聲上古來源可能有相似之處。而這種相似表現為中古的上聲上古亦存有入聲來源，導致其塞尾弱化的後綴據金理新（2006）為*-ɦ，最終完成了向中古上聲的演變。

1.《詩經》押韻*-g 尾韻與上聲韻關係

（1）懆，《廣韻》：「憂心」，「采老切」。《說文》：「愁不安也，从心喿聲」。从喿得聲的字均為陰聲韻，「懆」上古亦當為陰聲韻宵部字。鄭張尚芳上古擬音*shaawʔ，白一平上古擬音*tshawʔ。懆，《詩經》入韻 2 次，均借「慘」代之。

P554《大雅‧蕩之什‧抑》：「昊天孔昭，我行靡樂。視爾夢夢，我心慘慘。誨爾諄諄，聽我藐藐。匪用為教，覆用為虐。借曰未知，亦聿既耄。」「樂、藐、虐」係上古*-g 韻尾入聲藥部字，「耄」前文證為帶有語法後綴*-g 的陰聲

宵部字，「懆」與帶*-g 韻尾的「樂、藐、虐」入韻，跟「毫」上古來源相同，早期當源於入聲韻尾*-g，後來的發展中產生了附加有不及物動詞性質後綴*-ɦ 的*-g-ɦ 交替形式，以後*-g 韻尾形式消失，留下*-g-ɦ 形式，此形式後綴*-ɦ 具有弱化入聲韻尾*-g 的作用，演變到最後*-g 韻尾脫落，變成中古上聲。

P378《國風·陳風·月出》：「月出照兮，佼人燎兮。舒夭紹兮，勞心慘兮。」「照也「照、燎、紹」為陰聲宵部字，上古帶有不同韻尾，有*-s，-ɦ。慘，根據上例押韻認為帶有後綴*-g。「照、燎、紹、慘」後均有語氣詞「兮」可以認為入韻，因此對語氣詞前的入韻字韻尾要求放寬，同一主元音下不同韻尾的字可以互押。

（2）垢，《廣韻》：「塵垢」，「古厚切」。《說文》：「濁也，从土后聲」。《說文》「后」諧聲系列均為陰聲韻，「垢」亦當為陰聲幽部。鄭張尚芳上古擬音*kooʔ，白一平上古擬音*koʔ。垢，《詩經》入韻 1 次，與入聲韻相押。

P558《大雅·蕩之什·桑柔》：「大風有隧，有空大谷。維此良人，作為式穀。維彼不順，征以中垢。」谷，《廣韻》：「山谷」，「古祿切又余蜀切」，上古入聲屋部。谷，《廣韻》：「善也」，「古祿切」，上古入聲屋部。「垢」與「谷、谷」押韻，亦當帶有韻尾*-g，《集韻》收有「居六切」一音，後來此詞產生了與之並存的*-g-ɦ 交替形式，最後以*-g-ɦ 形式取代了*-g 形式。*-g-ɦ 形式由於後綴*-ɦ 的影響塞輔音韻尾弱化，與來自陰聲韻的*-ɦ 韻尾合流，依照歷史音變完成中古上聲的演化。

（3）祀，《廣韻》：「年也，又祭祀」，「詳里切」。《說文》：「祭無已也，从示巳聲。祀或从異。」「異」金文象雙手舉物之形，即《說文》「異」字，「舉也」。藏語 ɦ-degs-pa「舉起、抬高、向上撐」。鄭張尚芳上古擬音*ljɯʔ，白一平上古擬音*zjəʔ。「巳」諧聲系列全為陰聲韻字，而「異」諧聲系列除少數幾個字「冀、冀、廙」為陰聲韻字外其餘皆為入聲字，因此有理由相信「祀」及其異文形式「禩」反映了「祀」這一語詞在上古時代的陰入兩讀。《詩經》「祀」入韻 10 次，分別與陰聲、入聲韻字相押。

P467《小雅·谷風之什·楚茨》：祀、食、福、式、皿（稷）、敕（勑）、極、億

P515《大雅·文王之什·旱麓》：祀、福

P595《周頌·臣工之什·潛》：祀、福

P467《小雅‧谷風之什‧楚茨》：棘、稷、穄（翼）、億、食、祀、侑、福

以上 4 例「祀」與入聲職部字相押〔註83〕，「祀」顯然是以其入聲讀入韻，這一語詞的記錄形式為「禩」。禩，《廣韻》「詳里切」，其陰聲讀當來源於與「祀」異文互用的影響。

P528《大雅‧生民之什‧生民》：祀、子、止

P528《大雅‧生民之什‧生民》：祀、子

P528《大雅‧生民之什‧生民》：秠、芑、秠、畝、芑、負、祀

P528《大雅‧生民之什‧生民》：祀、悔

P595《周頌‧臣工之什‧雝》：祀、子

P614《魯頌‧駧之什‧閟宮》：子、祀、爾（耳）

以上 6 例「祀」與陰聲韻之上聲相押，說明「祀」與這類字有相同的上聲韻尾*-ɦ，

「祀」《詩經》詞義無別，兩分押韻、分別清楚，上古來源就不能簡單的根據中古讀音向上推。「祀」在上古時期具有陰入兩讀，至少《詩經》時期仍然是有分別的，只是後來隨著漢語形態慢慢消失，這種分別變得模糊，最終合流，演變成了中古的上聲韻。

《詩經》押韻*-g 尾韻與上聲韻的接觸雖然少，但亦非偶然。同族詞、諧聲事實、包括漢藏同源對應表現出的交叉現象等，無一不說明陰聲韻之中古上聲韻與*-g 尾韻之間存在某種關係。這種關係，我們認為與中古上聲上古入聲來源有關。塞音尾*-g 在後綴*-ɦ、的作用下弱化，最終演變成中古的上聲韻。

2. 《詩經》押韻*-d 尾韻與上聲韻關係

上古*-d 後綴除了在諧聲、同族詞，以及漢藏同源對應交叉等方面有所表現外，《詩經》押韻*-d 尾韻一律自身內部相押。也就是說，《詩經》*-d 尾韻與中古上聲韻之間無押韻關係，兩類分界清晰。

3. 《詩經》押韻*-b 尾韻與上聲韻關係

《詩經》押韻*-b 尾韻除去《詩經》時代已變為*-d 尾、*-ds 尾的韻字外，*-b 尾、*-bs 尾韻自相押韻。也即，《詩經》押韻*-b 尾韻與上聲韻關係分別清楚。

〔註83〕第 4 例「侑」據「又」字條當有後綴*-g。

綜觀《詩經》押韻舌根音尾、舌尖音尾、唇塞音尾與上聲韻之間的關係，只有舌根音尾與上聲韻偶而接觸。這種偶而接觸得以實現，與上聲韻上古有入聲一源有關，後來由於後綴*-ɦ作用塞音尾弱化，最終變為中古的上聲韻。

（三）《詩經》押韻入聲韻與平聲韻關係

根據我們對《詩經》押韻考察，發現《詩經》入聲韻與陰聲韻之去聲韻、上聲韻關係相對密切，與陰聲韻之平聲韻關係極其疏遠，這點可從其與陰聲韻之平聲韻之間的押韻看出來。遍查《詩經》押韻未見一例能真正稱得上是入聲韻與平聲韻之間的押韻。不論是舌根音*-g尾韻、舌尖音*-d尾韻，還是唇塞音*-b尾韻皆未見得真正意義上的與平聲韻押韻的用例。故此，可以說入聲韻與陰聲韻之平聲韻分別劃然，互不牽涉。所以為上古陰聲韻之平聲韻構擬塞音尾，人為將其與入聲韻牽扯在一起極不合適。

通過對《詩經》押韻入聲韻與陰聲韻關係的一一考察，入聲韻與陰聲韻的關係是有條件地集中於某幾個韻部。而這些條件又都能結合諧聲事實、異讀、同族詞依據、甚至漢藏同源對應的交叉關係等方面找到支持的根據。也就是說，《詩經》中與*-g尾入聲韻押韻的陰聲韻來源之去聲韻都有相應的塞音尾構詞後綴，與*-g、*-d尾入聲韻押韻的入聲韻來源之去聲韻在於有相應的*-g尾、*-gs尾交替形式、*-d尾、*-ds尾交替形式；《詩經》中與*-g尾入聲韻押韻的上聲韻上古都有塞音尾一源。除去這些有條件的陰入相押的情況，《詩經》押韻未見一例真正意義上的陰入相押。因此，我們認為上古陰聲韻大可不必拘泥於陰入表象關係擬出一套塞輔音韻尾來。至於陰入關係的條件、規律因為後綴作用形成，這些後綴都能表達一定的語法意義，可以從《詩經》入韻語詞形態語法意義概括中找到答案。

三、《詩經》押韻入聲韻與陽聲韻關係

《詩經》押韻入聲韻除與陰聲韻之去聲韻、上聲韻存在押韻關係外，與陽聲韻無一例接觸。上古韻部陰、陽、入三分，各有不同的韻尾形式，陰聲韻零韻尾或流音韻尾、元音韻尾，陽聲韻鼻音韻尾，入聲韻塞音韻尾。詩歌韻文押韻首先要求的是韻尾和諧，在韻腹相同或相近的情況下即可押韻。準此原則，《詩經》押韻陰、陽、入本該三分。然而，《詩經》押韻的情況又絕非如此簡單，除了本身陰、陽、入自押以外，又存在相互間混押的現象。通

過前文對《詩經》押韻的清理，發現入聲韻的押韻情況相對比較複雜，既可以自押，又可以與陰聲韻之去聲韻、上聲韻押韻。而入聲韻的塞音尾是一定的，那麼與它有押韻關係的陰聲韻，自然引起諸多學者在擬音時考慮其與入聲韻非同一般的關係。這種考慮是值得肯定的，但同時考慮得出的結論卻是值得商榷的。前文對此問題討論頗多，我們的意見是把陰聲韻與入聲韻人為地用語音符號聯繫在一起是無意義的，入聲韻與陰聲韻之間的押韻關係因為諸多形態構詞後綴的紐帶而相聯繫。我們必須肯定陰、陽、入三分之間清晰的界線關係，韻尾和諧押韻在詩文押韻中佔據著極其重要的地位。

四、《詩經》押韻陰聲韻與陽聲韻關係

《詩經》陰聲韻偶而與陽聲韻押韻，集中於歌元微文四部。

（一）歌元押韻

《詩經》歌元押韻 3 見。P311《國風·邶風·新臺》：「新臺有泚，河水彌彌。燕婉之求，籧篨不鮮。」毛傳：「泚鮮明貌」，《釋文》：「泚，音此，徐又七禮反，鮮明貌，《說文》作玼，云新色鮮也。」泚，《廣韻》：「水清」，「雌氏切」／「千禮切」。泚，《說文》：「從水此聲」，「此」聲符諸家均入支部，鄭張尚芳上古擬音*sheʔ／*sheeʔ，白一平上古擬音*tshjeʔ／*tsheʔ。金理新（2002）從聲訓、異文及《詩經》押韻證明了歸入支部的「此」聲符早期應歸麗部，對應於鄭張尚芳歌 2 部〔註84〕。彌，《廣韻》：「水盛皃也」，「綿婢切」，上古陰聲歌部，鄭張尚芳歸入歌 2 部，擬音*mnelʔ，白一平上古擬音*mjejʔ。鮮，《廣韻》：「少也」，「息淺切」，上古陽聲元部，鄭張尚芳歸入元 2 部，擬音*senʔ，白一平上古擬音*sjenʔ。「泚、彌、鮮」押韻，此三字主元音相同，韻尾或為*-lʔ或為*-nʔ，舌尖鼻音韻尾*-n 與舌尖流音韻尾*-l 由於方音部位相近，聽感相似，江淮官話、西南官話輔音聲母 n、l 還常不分。流音韻尾現在仍見於一些方言，據周流溪（2000），湖北通城、江西湖口的贛方言都有帶-l韻尾的音節，作者舉通城方言例達 dʻal、力 dʻil，同時指出朝鮮語用-l 尾對應漢語-d 尾。「達、力」中古為入聲舌尖音 d 尾字，而方言中讀作流音尾 l，那麼同為舌尖部位來源的鼻音 n 與 l 在某些方面也有可能相近。周流溪同時列出

〔註84〕金理新：《上古漢語音系》，合肥，黃山書社，2002 年版，第 433 頁。

藏緬語流音韻尾音節對應於漢語的陽聲韻、開音節、入聲韻例字，其中的陽聲韻例很有啟發性：藏文 spor 對應漢語「搬」，phur 對應漢語「粉」，ser 對應漢語「霰」，ɦphrul 對應漢語「變」。金理新（2002）從《詩經》歌元押韻情況、結合漢藏同源語言比較將歌部擬為流音韻尾*-r，元部一部分為流音韻尾*-l，這在《詩經》押韻方面同樣具有解釋力，即流音*-r 和*-l 可以交替且就聽覺而言兩者十分接近。鄭張尚芳上古元部*-n 韻尾形式在歌元押韻上一樣有說服力。

P376《國風・陳風・東門之枌》：「穀旦于差，南方之原。不績其麻，市也婆娑。」鄭箋：「差，擇也」，《釋文》：「鄭初佳反，王音嗟，韓詩作嵯，徐七何反」，馬瑞辰以為當依韓詩作嵯〔註85〕。嵯，《廣韻》：「諮也」，「子邪切」，上古陰聲歌部，鄭張尚芳歌 1 部，上古擬音*ʔsljal。原，《廣韻》：「廣平曰原」，「愚袁切」，上古陽聲元部，鄭張尚芳元 1 部，上古擬音*ŋʷan。麻，《廣韻》：「麻紵」，「莫霞切」，上古陰聲歌部，鄭張尚芳歌 1 部，上古擬音*mraal。娑，《廣韻》：「婆娑，舞者之容」，「素何切」，上古陰聲歌部，鄭張尚芳歌 1 部，上古擬音*saal。「差、原、麻、娑」主元音相同，韻尾或為*-l 或為*-n，兩韻尾聽感相近。

P565《大雅・蕩之什・崧高》：「申伯番番，既入于謝，徒御嘽嘽。」番，《廣韻》：「《爾雅》曰：『番番，矯矯，勇也』」，「博禾切」，上古陰聲歌部，鄭張尚芳歌 1 部，上古擬音*paal。嘽，《說文》：「馬喘，一曰喜也」，《廣韻》：「馬喘」，「他干切」，上古陽聲元部，鄭張尚芳元 1 部，上古擬音*thaan。「番、嘽」主元音相同，韻尾聽感相近，相互押韻。

（二）微歌元押韻

《詩經》微歌元押韻 1 見。P459《小雅・谷風之什・谷風》：「習習谷風，維山崔嵬。無草不死，無木不萎。忘我大德，思我小怨。」嵬，《廣韻》：「崔嵬」，「五灰切」，上古陰聲微部，鄭張尚芳微 2 部，上古擬音*ŋguul。萎，《廣韻》：「蔫也」，「於為切」，上古陰聲歌部，鄭張尚芳歌 3 部，上古擬音*qrol。怨，《廣韻》：「怨讎」，「於袁切」，上古陽聲元部，鄭張尚芳元 3 部，上古擬音*qon。「嵬、萎、怨」主元音同為後元圓唇元音，韻尾*-l、*-n 發音部位相

〔註85〕馬瑞辰：《毛詩傳箋通釋》，北京，中華書局，1989 年版，第 405 頁。

同，發音音色就聽感而言非常接近，現代西南官話、江淮官話還存在 l、n 相混不分的事實。以上入韻字在主元音相近、韻尾相近情況下鄰韻相押。

（三）微文押韻

《詩經》微文押韻 4 見。P311《國風‧邶風‧新臺》:「新臺有洒，河水浼浼。燕婉之求，籧篨不殄。」《釋文》「有洒，七罪反，高峻也。韓詩作漼，音同云鮮貌。」根據前章「新臺有泚」言新臺水清，本章「新臺有洒」考慮意義相近。漼，《說文》:「新也」，《廣韻》:「新水狀也」，正合文義，「洒」係「漼」之近音借用。漼，《廣韻》:「七罪切」，上古陰聲微部，據諧聲聲符鄭張尚芳當微 2 部，可擬音為 **shuul?〔註 86〕。浼，《廣韻》:「水流平皃」，「武罪切」，上古陰聲微部，鄭張尚芳微 2 部，上古擬音 *muul?。殄，《廣韻》:「絕也」，「徒典切」，上古陰聲文部，鄭張尚芳文 1 部，上古擬音 *l'ɯɯn?。「漼、浼、殄」主元音同為後高元音，韻尾或為 *-l? 或為 *-n?，l、n 發音音色相近，*-l?、*-n? 就聽感而言非常接近，現代方言有大量例證，茲不贅舉。以上三字主元音相近、韻尾發音相近，正相押韻。

P432《小雅‧鴻雁之什‧庭燎》:「夜鄉晨。庭燎有煇。君子至止，言觀其旂。」晨，《廣韻》:「早也明也」，「植鄰切」／「埴鄰切」，上古陽聲文部，鄭張尚芳文 1 部，上古擬音 *djɯn／*ɦljɯn。煇，《廣韻》:「光也」，「許歸切」，上古陰聲微部，鄭張尚芳微 2 部，上古擬音 *qhul。旂，《廣韻》:「《爾雅》曰:『有鈴曰旂』」，「渠希切」，上古陰聲微部，鄭張尚芳微 1 部，上古擬音 *gul。「晨、煇、旂」主元音同為後高元音，韻尾 *-l、*-n 均為舌尖中音，聽感而言相當接近，此三字主元音相近、韻尾發音相近，正相押韻。

P489《小雅‧魚藻之什‧采菽》:「觱沸檻泉，言采其芹；君子來朝，言觀其旂。」P610《魯頌‧駉之什‧泮水》:「思樂泮水，薄采其芹。魯侯戾止，言觀其旂。」芹，《廣韻》:「水菜」，「巨斤切」，上古陽聲文部，鄭張尚芳文 1 部，擬音 *gɯn。旂，《廣韻》:「《爾雅》曰:『有鈴曰旂』」，「渠希切」，上古陰聲微部，鄭張尚芳微 1 部，上古擬音 *gul。韻尾 *-l、*-n 為舌尖中音，聽感而言相當接近，「芹、旂」主元音相同，韻尾相近，相互押韻。

《詩經》押韻陰聲韻與陽聲韻關係主要集中於舌尖音尾的韻部。這些韻

〔註 86〕此字鄭張古音字表未收，據其上古音體系而擬，故用 ** 表示。

部之所以能夠相互押韻，與其韻尾發音相近有關。舌尖流音韻尾*-l 與舌尖鼻音韻尾*-n 就聽感而言，音色極其近似，在韻腹又相同或相近的情況下押韻成為可能。

五、《詩經》押韻鄰韻相押問題

《詩經》存在鄰韻相押現象，原因主要在於入韻字韻尾相同、韻腹相近，其次入韻字韻尾相近、韻腹相同或相近亦會導致鄰韻相押。鄰韻相押也分兩類情況：比較頻繁的接觸、偶然隨機的接觸。本文考察《詩經》押韻問題上古語音以鄭張─潘、白一平系統兩相對照，兩家在上古韻部劃分及具體歸部上偶有齟齬，凡遇此類並參王力傳統分部酌以說明。

（一）《詩經》頻繁鄰韻相押

1. 脂微鄰韻相押類

此類包括脂微押韻、質物押韻、真文押韻三小類。

（1）脂微押韻

《詩經》押韻脂微關係最為密切，合韻最為常見。脂微押韻除去因韻字歸部分歧對合韻理解不同韻例外共 27 見。

P286《國風·召南·草蟲》：薇、悲、夷

P372《國風·秦風·蒹葭》：萋、晞、湄、躋、坻

P377《國風·陳風·衡門》：遲、饑

P384《國風·曹風·候人》：隮、饑

P412《小雅·鹿鳴之什·采薇》：騤、依、腓

P412《小雅·鹿鳴之什·采薇》：遲、饑

P436《小雅·鴻雁之什·斯干》：飛、躋

P440《小雅·節南山之什·節南山》：夷、違

P448《小雅·節南山之什·小旻》：哀、違、依、底

P462《小雅·谷風之什·四月》：薇、桋、哀

P476《小雅·甫田之什·大田》：淒（萋）、祈、私、

P558《大雅·蕩之什·桑柔》：騤、夷、黎、哀

P614《魯頌·駉之什·閟宮》：依、遲

P625《商頌・長發》：違、齊、遲、躋、遲、祗、圍

P407《小雅・鹿鳴之什・常棣》：韡、弟

P420《小雅・南有嘉魚之什・蓼蕭》：泥（泥）、悌、弟、愷

P541《大雅・生民之什・公劉》：戻（依）、濟、几

以上對應於鄭張尚芳的微1脂1押韻，此類入韻字主元音或為微1*-ɯl、脂1*-il 或為微1*-ɯlʔ、脂1*-ilʔ，主元音同為高不圓唇元音，韻尾相同、相近主元音鄰韻相押。

P310《國風・邶風・靜女》：煒、美

此例對應於鄭張尚芳的微1脂2押韻，入韻字韻母或為微1*-ɯlʔ或為脂2*-iʔ，主元音同為高不圓唇元音，韻尾相同，鄰韻相押〔註87〕。

P284《國風・召南・采蘩》：祁、歸

P415《小雅・鹿鳴之什・出車》：歸、夷

P568《大雅・蕩之什・烝民》：騤、喈、齊、歸

P597《周頌・臣工之什・有客》：追、綏、威、夷

以上對應於鄭張尚芳微2脂1押韻，此類入韻字主元音或為微2*-ul 或為脂1*-il，主元音同為高元音，韻尾同為流音韻尾，相近主元音、相同韻尾鄰韻相押。

P310《國風・邶風・北風》：喈、霏、歸

P406《小雅・鹿鳴之什・四牡》：騑、陟（遲）、歸、悲

P466《小雅・谷風之什・鼓鍾》：喈、湝、悲、回

以上對應於鄭張尚芳微1微2脂1押韻，此類入韻字主元音或為微1*-ɯl、微2*-ul 或為脂1*-il，主元音同為高元音，韻尾同為流音韻尾，相近主元音、相同韻尾鄰韻相押。

P467《小雅・谷風之什・楚茨》：尸、歸、遲、私

此例對應於鄭張尚芳微2脂1脂2押韻，入韻字韻母或為微2*-ul 或為脂1*-il、脂2*-i，主元音同為高不圓唇元音，韻尾或為零韻尾或為流音韻尾，鄰

〔註87〕不過鄭張尚芳（2008）《「美」字的歸部問題》一文分別從詩經叶韻、諧聲、轉注通假、同源詞、漢藏比較、分韻規則六個方面考察了「美」字使用情況，得出結論決定改弦易轍，歸此前脂2部的「美」入微1部。那麼此條「煒、美」押韻以鄭張後來的古音改動看就不能算脂微押韻例了。

韻相押。

P534《大雅・生民之什・行葦》：葦、履、體、苨（泥）

此例對應於鄭張尚芳微1脂1脂2押韻，此類入韻字主元音或為微1*-ɯlʔ、或為脂1*-ilʔ、脂2*-iʔ，主元音同為高元音，韻尾相同，相近主元音、相同韻尾鄰韻相押。

（2）質物押韻

《詩經》質物押韻7見，其中最後2例為質物月三部鄰韻相押。

P554《大雅・蕩之什・抑》：「庶人之愚，亦職維疾；哲人之愚，亦維斯戾。」疾，《廣韻》：「病也，急也」，「秦悉切」，上古入聲質部，鄭張尚芳質1部，上古擬音*zid。戾，《廣韻》：「罪也，曲也」，「練結切」，上古入聲物部，鄭張尚芳物1部，上古擬音*rɯɯd。「疾、戾」主元音同為高不圓唇元音，韻尾相同。主元音相近、韻尾相同情況下鄰韻相押。

P452《小雅・節南山之什・小弁》：「譬彼舟流，不知所屆。心之憂矣，不遑假寐。」屆，《廣韻》：「至也」，「古拜切」，上古來源於*-ds 韻尾音節，鄭張尚芳隊1部，擬音*krɯɯds，白一平物部，擬音*krəts。寐，《廣韻》：「寢也，臥也，息也」，「彌二切」，上古來源於*-ds 韻尾音節，鄭張尚芳至1部，上古擬音*mids，白一平質部，上古擬音*mjits。「屆、寐」主元音同為高元音，韻尾相同，鄰韻相押。

P326《國風・衛風・芄蘭》：「容兮遂兮，垂帶悸兮！」遂，《廣韻》：「達也，進也，成也，安也，止也，往也」，「徐醉切」，上古來源於*-ds 韻尾音節，鄭張尚芳隊2部，上古擬音*ljuds。悸，《廣韻》：「心動也」，「其季切」，上古來源於*-ds 韻尾音節，鄭張尚芳至1部，上古擬音*gʷids。「遂、悸」主元音同為高元音，又「悸」主元音受聲母圓唇影響帶有圓唇性質，與「遂」均有圓唇特徵，韻尾同為*-ds，主元音相近、韻尾相同鄰韻相押。「遂、悸」入韻2次。

P330《國風・王風・黍離》：「彼黍離離，彼稷之穗。行邁靡靡，中心如醉。」穗，《廣韻》：「同采」，「徐醉切」，上古來源於*-ds 韻尾音節，鄭張尚芳至1部，上古擬音*sGʷids。醉，《廣韻》：「將遂切」，上古來源於*-ds 韻尾音節，鄭張尚芳隊2部，上古擬音*ʔsuds。「穗、醉」主元音同為高元音，均帶有圓唇特徵，韻尾同為*-ds，主元音相近韻尾相同鄰韻相押。

P440《小雅·節南山之什·節南山》：「昊天不惠，降此大戾。君子如屆，俾民心闋。」惠，《廣韻》：「仁也」，「胡桂切」，上古來源於*-ds 韻尾音節，鄭張尚芳至 1 部，上古擬音*ɡʷiids。戾，《廣韻》：「罪也」，「郎計切」，上古來源於*-ds 韻尾音節，鄭張尚芳隊 1 部，上古擬音*ruɯɯds。屆，《廣韻》：「至也，舍也」，「古拜切」，上古來源於*-ds 韻尾音節，鄭張尚芳隊 1 部，上古擬音*kruɯɯds。闋，毛傳：「息也」，《釋文》「心闋，苦穴反，息也」，《廣韻》：「終也」，「苦穴切」，上古入聲質部，鄭張尚芳質 1 部，上古擬音*khʷiid。「惠、戾、屆、闋」主元音同為高不圓唇元音，韻尾或為*-ds 或為*-d，相互押韻，這些入韻字本或有*-d 或有*-ds 韻尾交替形式。

P577《大雅·蕩之什·瞻卬》：「瞻卬昊天，則不我惠。孔填不寧，降此大厲。邦靡有定，士民其瘵。蟊賊蟊疾，靡有夷屆。」惠，《廣韻》：「仁也」，「胡桂切」，上古來源於*-ds 韻尾音節，鄭張尚芳至 1 部，上古擬音*ɡʷiids。厲，《廣韻》：「惡也」，「力制切」，上古來源於*-ds 韻尾音節，鄭張尚芳祭 1 部，上古擬音*m·rads。瘵，《廣韻》：「病也」，「側界切」，上古來源於*-ds 韻尾音節，鄭張尚芳祭 2 部，上古擬音*ʔsreeds。屆，《廣韻》：「至也」，「古拜切」，上古來源於*-ds 韻尾音節，鄭張尚芳隊 1 部，上古擬音*kruɯɯds。「惠、厲、瘵、屆」主元音發音相近，韻尾相同，鄰韻相押。

P489《小雅·魚藻之什·采菽》：「其旂淠淠，鸞聲嘒嘒。載驂載駟，君子所屆。」毛傳：「淠淠，動也」，《廣韻》「匹詣切」，上古來源於*-ds 韻尾音節，鄭張尚芳至 1 部，上古擬音*phrids。嘒，《廣韻》：「聲急」，「呼惠切」，上古來源於*-ds 韻尾音節，鄭張尚芳祭 2 部，上古擬音*qhʷeeds。駟，《廣韻》：「一乘四馬」，「息利切」，上古來源於*-ds 韻尾音節，鄭張尚芳至 1 部，上古擬音*hljids。屆，《廣韻》：「至也」，「古拜切」，上古來源於*-ds 韻尾音節，鄭張尚芳隊 1 部，上古擬音*kruɯɯds。「淠、嘒、駟、屆」主元音發音相近，韻尾相同，鄰韻相押。

（3）真文押韻

《詩經》真文押韻 6 見。

P279《國風·周南·螽斯》：詵、振

P492《小雅·魚藻之什·菀柳》：天、臻、矜

P501《小雅・魚藻之什・何草不黃》：矜、民

P558《大雅・蕩之什・桑柔》：洵（旬）、民、瘨（填）、矜

P584《周頌・清廟之什・維清》：典、禋

此 5 例對應於鄭張尚芳真 1 文 1 鄰韻相押，入韻字主元音同為高不圓唇元音，韻尾同為舌尖鼻音*-n，主元音相近、韻尾相同情況下鄰韻相押。第 4 例《大雅・蕩之什・桑柔》：「菀彼桑柔，其下侯旬。捋采其劉，瘼此下民。不殄心憂，倉兄填兮。倬彼昊天，寧不我矜？」毛傳：「旬言陰均也」，《釋文》：「如字，又音荀，均也」，旬，《廣韻》無「均」義，係「洵」之同音借用。洵，《廣韻》：「均也」，「詳遵切」，上古陽聲真部，鄭張尚芳真 1 部，擬音*sɢʷin。民，《廣韻》：「《說文》曰：『眾萌也』」，「彌鄰切」，上古陽聲真部，鄭張尚芳真 1 部，擬音*min。填，毛傳：「長也」，箋義同，馬瑞辰以為讀如「胡寧瘨我以旱」之瘨，以為當訓為病〔註88〕。瘨，《廣韻》：「病也」，「都年切」，上古陽聲真部，鄭張尚芳真 1 部，擬音*tiin。矜，《廣韻》：「本矛柄也」，「巨巾切」，上古陽聲文部，鄭張尚芳文 1 部，擬音*ɡrɯn。「洵、民、瘨、矜」主元音同為高不圓唇元音，韻尾同為舌尖鼻音*-n，主元音相近，韻尾相同，鄰韻相押。

P535《大雅・生民之什・既醉》：壼、胤

此例對應於鄭張尚芳文 2 真 1 押韻，主元音同為高元音，韻尾或為*-ns 或為*-nʔ，不同韻尾押韻。《詩經》中不乏異調相押，這可能與入韻字本身伴隨發音的實際音高值相近有關，即「壼、胤」實際發音音高音值可能非常相近，所以不同韻尾押韻。

2. 之魚鄰韻相押類〔註89〕

《詩經》之魚相押 9 例。

P318《國風・墉風・蝃蝀》：雨、母

P576《大雅・蕩之什・常武》：士、祖、父、武〔註90〕（戎）

〔註88〕馬瑞辰：《毛詩傳箋通釋》，北京，中華書局，1989 年版，第 961 頁。

〔註89〕此類包括之魚相押、職鐸押韻、蒸陽押韻三小類，《詩經》鄰韻相押有第一類，無後兩類，文不贅。

〔註90〕江有誥於「戎」下注：疑當作武，說見總論。古韻總論：常武之以修我戎當作武，說文武从戈从止作武，戎从戈从甲作戎，二字相似故訛。見江有誥：《音學十書》，北京，中華書局，1993 年版，第 83、26 頁。

P579《大雅‧蕩之什‧召旻》：苴、止

P601《周頌‧閔予小子之什‧載芟》：旅、以

上述 4 例的入韻字中古讀上聲，為陰聲韻，上古來源於附加濁擦音韻尾*-ɦ 的音節〔註91〕。

P601《周頌‧閔予小子之什‧載芟》：且、茲

P604《周頌‧閔予小子之什‧桓》：家、之

P448《小雅‧節南山之什‧小旻》：膴、謀

此 3 例的入韻字中古讀平聲，為陰聲韻，上古來源於零韻尾音節。

P456《小雅‧節南山之什‧巷伯》：者、謀、虎

P509《大雅‧文王之什‧綿》：膴、飴、謀、龜、時、茲

上 2 例各例入韻字據《廣韻》讀音為平上相押，其上古來源亦自有別。《詩經》如此頻繁的平上相押，跟入韻字本身的假借通假、伴隨音高有必然的聯繫。

《詩經》押韻之部和魚部的關係主要集中在《雅》、《頌》部分。魚部和之部在《詩經》中可以押韻的事實表明兩者在《詩經》時代主元音就聽覺而言是相當接近的。關於這一點，金理新（2002）有過詳細論證，對之魚主元音的構擬及理據也一併作了論述。

之魚入韻的韻例有 7 例據中古讀音看來是相當和諧的，其上古有共同的韻尾來源，另 2 例根據《廣韻》讀音均為平上相押。

《大雅‧文王之什‧綿》：「周原膴膴，堇荼如飴。爰始爰謀，爰契我龜。曰止曰時，築室於茲。」韓詩作「周原腜腜」，「腜」與「膴」古通用。腜，《廣韻》「莫杯切」，上古陰聲之部。膴，上古陰聲魚部，因兩音相近故得通用。而「腜」上古為零韻尾音節，表示「土地腴美膴膴然」的「膴」早期語音形式亦當為零韻尾音節，《說文》「讀若謨」可見一斑，且《詩經》中「膴」與陰聲韻零韻尾音節字「飴、謀、龜、時、茲」押韻。後來大概為了區別本義「無骨臄」和引申義「土地腴美」，給「土地腴美」義「膴」添加了韻尾*-ɦ 形式，到了中古演變成了上聲。

《小雅‧節南山之什‧巷伯》：「彼譖人者，誰適與謀？取彼譖人，投畀

豻虎。」者，《廣韻》：「語助」，「章也切」，上古陰聲魚部，鄭張尚芳上古擬音*tjaaʔ。謀，《廣韻》：「謀計也」，「莫浮切」，上古陰聲之部，鄭張尚芳上古擬音*mɯ。虎，《廣韻》：「獸名」，「呼古切」，上古陰聲魚部，鄭張尚芳上古擬音*qhlaaʔ。「謀」聲母次濁，而濁音發音音高相對低沉，整個音節伴隨的音高受聲母影響相對較低，與「者、虎」這類音節伴隨的音高可能比較接近，在主元音相近情況下不同韻尾可以押韻。

金理新（2002）在段王二家以外補充了大量《詩經》之魚合韻的例子，有些上文已列出，未列出的存疑，下文一一說明。

《周頌‧清廟之什‧時邁》：「時邁其邦，昊天其子之。實右序有周，薄言震之。莫不震疊。懷柔百神，及河喬嶽，允王維后。明昭有周，式序在位，載戢干戈，載櫜弓矢。我求懿德，肆於時夏。允王保之。」金理新以「夏、之」押韻，定為之魚合韻。《時邁》全章無韻，以末句「夏、之」入韻，不知此章押韻韻式，帶有一定的主觀隨意性。故此未取。

《大雅‧蕩之什‧崧高》：「申伯番番。既入于謝，徒御嘽嘽。周邦咸喜，戎有良翰。不顯申伯，王之元舅，文武是憲。」此例「番、嘽、翰、憲」歌元合韻，為句尾韻。金理新以「謝、喜、伯」入韻，此三字位於奇句，或不入韻。

《大雅‧生民之什‧卷阿》：「鳳皇于飛，翽翽其羽，亦集爰止。藹藹王多吉士，維君子使，媚于天子。」此例「止、士、使、子」入韻。金理新以「羽、止、士、使、子」之魚合韻。「羽」可以認為不入韻，本篇下章「鳳皇于飛，翽翽其羽，亦傅于天。藹藹王多吉人，維君子命，媚于庶人。」「羽」不入韻，「天、人、命、人」押韻。如據金理新「羽」入韻，那麼下章不就可能魚真合韻了？

《大雅‧文王之什‧思齊》：「不聞亦式，不諫亦入。肆成人有德，小子有造。古之人無斁，譽髦斯士。」此例語序可能有誤，正確的語序可能是「不諫亦入，不聞亦式。肆小子有造，成人有德。古之人無斁，譽髦斯士。」「式、德、士」偶句入韻，金理新「斁、士」之魚合韻也值得商榷。此條金理新本人表示放棄。

《周頌‧閔予小子之什‧訪落》：「訪予落止，率時昭考。於乎悠哉！朕未有艾。將予就之，繼猶判渙。維予小子，未堪家多難。紹庭上下，陟降厥家。」本例「止、考」韻，「渙、難」韻，「下、家」韻。金理新以「止、哉、

之、子、下、家」之魚合韻，「止、哉、之、子、下」五字處於奇句句尾，「家」
為偶句句尾，這種押韻方式並不多見。

《周頌・臣工之什・載見》：「率見昭考，以孝以享，以介眉壽，永言保之。
思皇多祜，烈文辟公，綏以多福，俾緝熙于純嘏。」本例「考、壽、保」押韻，
「祜、嘏」押韻。金理新「之、祜、福、嘏」之魚合韻，韻段處理不同，入韻
字既有陰聲韻之部魚部，又有入聲韻職部，這讓人很難理解帶有韻尾*-g 的字
如何做到跟帶有喉擦音韻尾*-ɦ 的字和諧，且不說跟陰聲韻零韻尾「之」韻尾
和諧了。

《詩經》之魚部入韻字有相同的韻尾來源且主元音相近，可以合韻。

3. 幽宵鄰韻相押類〔註92〕

幽宵兩部的密切關係，王力（1980）就有說明〔註93〕，金理新（2002）進
一步從諧聲、押韻等方面討論了幽宵密切的關係，並對白一平、鄭張尚芳上
古幽宵一分為二、一分為三的語音系統格局提出質疑〔註94〕。白一平、鄭張尚
芳兩位先生幽宵一分為二、一分為三的語音構擬從《詩經》押韻看未見不妥，
本文對幽宵一部二分三分保留意見。

《詩經》幽宵押韻共計 10 例，分別為：

零韻尾或半元音韻尾*-w 音節

P331《國風・王風・君子陽陽》：繇（陶）、翿、敖

P480《小雅・甫田之什・桑扈》：觩（觗）、柔、敖、逑（求）

P547《大雅・生民之什・民勞》：休、逑、惄、憂、休

以上 3 例依鄭張尚芳系統為幽1、幽2、宵1 押韻。

P354《國風・齊風・載驅》：滔、儦、敖

此例依鄭張尚芳系統為幽1、宵1、宵2 押韻。

P388《國風・豳風・七月》：蔞、蜩

P394《國風・豳風・鴟鴞》：譙（誚）、翛、翹、搖、嘵

此例依鄭張尚芳系統為幽2、宵2 押韻。

〔註92〕此類包括幽宵押韻、覺藥押韻兩小類，《詩經》鄰韻相押見前一小類，後一小類未
　　　見，文不贅論。

〔註93〕王力：《龍蟲並雕齋文集（一）》，北京，中華書局，1980 年版，第 147 頁。

〔註94〕金理新：《上古漢語音系》，合肥，黃山書社，2002 年版，第 371～373 頁。

以上入韻字均為陰聲韻幽宵部字，在鄭張尚芳、白一平兩位先生系統中或為零韻尾音節或為帶半元音*-w 韻尾音節。兩種音節主元音或本來相近或受半元音*-w 韻尾影響相近，至少就聽覺而言兩音是相當接近的，因此可以押韻。

*-ɦ 韻尾音節〔註95〕

P378《國風·陳風·月出》：皎、嫽（僚）、糾、悄

此例依鄭張尚芳系統為幽 2、宵 2 押韻。

P554《大雅·蕩之什·抑》：酒、紹

此例依鄭張尚芳系統為幽 1、宵 2 押韻。

以上 2 例均為陰聲韻幽宵部字，在鄭張尚芳、白一平兩位先生系統中或為零韻尾音節附加喉塞音韻尾*-ʔ形式或為半元音*-w+*-ʔ韻尾形式。

P516《大雅·文王之什·思齊》：廟、保

P441《小雅·節南山之什·正月》：酒、殽

以上 2 例幽宵陰聲韻部押韻存在不同韻尾相押的情況。陰聲韻部不同韻尾例外相押，我們以為與入韻字本身伴隨的音高成分有關，濁聲元音高相對低沉，使整個音節伴隨的音高降低，與非濁母的*-ɦ韻尾字伴隨的音高可能比較接近，在主元音相近情況下，不同陰聲韻韻尾也會押韻。後文詳說，不贅。

4. 幽侯鄰韻相押類

此類包括幽侯押韻、覺屋押韻、冬屋押韻。

（1）幽侯押韻

金理新指出「由於幽部的主元音 u 和侯部的主元音 o 彼此之間讀音相近，所以《詩經》中幽部也可以和侯部通叶〔註96〕」。《詩經》幽侯押韻共見 3 例，分別如下：

〔註95〕金理新不贊成幽宵二分三分，他的上古語音體系在陰聲韻幽宵兩部要麼為零韻尾、要麼為*-ɦ韻尾、*-s韻尾，不存在半元音韻尾*-w。關於中古上聲上古來源於*-ɦ韻尾詳見金理新：《上古漢語形態研究》，合肥，黃山書社，2006 年版，第 380～383 頁。事實上此處不論是鄭張、白一平兩位先生的*-ʔ還是金理新*-ɦ並無區別意義，考慮前文涉及構詞部分採用金理新*-ɦ韻尾說，為求一致，我們沿用這一說法，後文類此者同，不再出注。

〔註96〕金理新：《上古漢語音系》，合肥，黃山書社，2002 年版，第 380 頁。

零韻尾音節或半元音韻尾*-w 音節

P369《國風・秦風・小戎》：收、軸、驅

此例依鄭張尚芳系統為幽 2、侯部押韻。

P384《國風・曹風・候人》：咮、韝（媾）

此例依鄭張尚芳系統為幽 1、侯部押韻。

以上 2 例入韻字均為陰聲韻幽侯部字，侯部為零韻尾音節，幽部在鄭張尚芳、白一平兩位先生系統中或為零韻尾音節或為帶半元音*-w 韻尾音節。幽部不同韻尾音節與侯部零韻尾音節押韻，與前文幽宵押韻情況相類，兩種音節主元音或本來相近或受半元音*-w 韻尾影響相近，就聽覺而言兩音相當接近，因此可以押韻。

*-s 韻尾音節

P514《大雅・文王之什・棫樸》：椆、趣

椆，鄭張尚芳歸幽 1 部*-s 韻尾，趣，上古侯部*-s 韻尾。「椆、趣」主元音相近，韻尾相同，相互押韻。

（2）覺屋押韻

《詩經》覺屋押韻 1 例。

P494《小雅・魚藻之什・采綠》：「終朝采綠，不盈一匊。予髮曲局，薄言歸沐。」箋云：「綠，王芻也，易得之菜也」。菉，《說文》：「王芻也，从艸录聲」。《廣韻》：「菉蓐草」，「力玉切」，故本字為「菉」，「綠」係「菉」之同音借用。菉，上古入聲屋部。匊，《廣韻》：「物在手」，「居六切」，上古入聲覺部，鄭張尚芳歸入覺 1 部*-ug 韻母形式。局，《廣韻》：「曲也」，「渠玉切」，上古入聲屋部。沐，《廣韻》：「沐浴，《說文》曰：『濯髮也』」，「莫卜切」，上古入聲屋部。「菉、匊、局、沐」主元音相近，韻尾同為塞輔音*-g，因而可以鄰韻相押。

（3）冬東押韻

《詩經》東冬押韻 3 例。

P341《國風・鄭風・山有扶蘇》：松、龍、充、童

P420《小雅・南有嘉魚之什・蓼蕭》：濃、沖、噰（雝）、同

P526《大雅・文王之什・文王有聲》：功、崇、豐

以上入韻字上古或為東部*-oŋ 韻母，或為冬部*-uŋ 韻母，韻尾相同、韻腹

相近，鄰韻相押。

5. 魚侯鄰韻相押類〔註97〕

魚侯之間的關係在上古漢語中是相當密切的，魚部和侯部之間常常組成同源關繫詞。我們知道，藏語的 o 元音和 a 元音常常可以交替，上古漢語魚侯之間的交替與藏語 o 元音和 a 元音交替是相平行的。《詩經》魚侯相押共見 3 例，分別為：

P441《小雅・節南山之什・正月》：愈、後、口、口、癒（愈）、侮

P509《大雅・文王之什・綿》：後、侮

P534《大雅・生民之什・行葦》：樹、侮

以上入韻字上古為陰聲韻侯部、魚部字，帶有相同的韻尾形式*-ɦ，在韻尾相同、主元音相近情況下相互押韻。

上列五大類《詩經》鄰韻相押原因都在於韻尾相同、韻腹相同或相近前提下完成的。下列三類則是在韻尾相近、韻腹相同或相近情況下發生。

6. 耕真押韻

《詩經》耕真押韻 14 見，分別為：

-ns 和-ŋs 韻尾相押

P299《國風・邶風・擊鼓》：敻（洵）、信

P318《國風・墉風・蝃蝀》：信、命

P445《小雅・節南山之什・十月之交》：電、令

P570《大雅・蕩之什・韓奕》：佃（甸）、命、命、命

-n 和-ŋ 韻尾相押

P308《國風・邶風・簡兮》：榛、枌、人、人、人

P353《國風・齊風・盧令》：鈴（令）、仁

P362《國風・唐風・揚之水》：粼、命、人

P366《國風・唐風・采苓》：苓、巔、伸（信）

P552《大雅・蕩之什・蕩》人、刑

P545《大雅・生民之什・卷阿》：天、人、令（命）、人

〔註97〕魚侯鄰韻相押類包括魚侯押韻、鐸屋押韻、陽東押韻，《詩經》押韻存在第一類合韻，後兩類無，文不贅。

-n 和-ŋs 韻尾或*-ns 和*-ŋ 韻尾相押

P350《國風・齊風・東方未明》：顛、令

P489《小雅・魚藻之什・采菽》：命、申

P540《大雅・生民之什・假樂》：命、申

-ns 和-ŋs 韻尾相押、*-n 和*-ŋ 韻尾相押兩類對應於鄭張尚芳的耕部和真 1 部押韻，主元音同為前高元音*-i，耕部*-ŋ 韻尾受前高元音影響發音前移近於舌尖鼻音*-n。上古耕部字和真部字主元音相同韻尾音色相近情況下鄰韻相押。*-n 和*-ŋs 韻尾或*-ns 和*-ŋ 韻尾相押，其實這裡的*-ŋs、*-ŋ 受主元音影響發音音色上近於*-ns、*-n，但這種有*-s 和無*-s 韻尾之間的押韻與其後語氣詞「之」入韻，語氣詞前押韻要求放寬有關。主元音相同情況下不同韻尾可以押韻。

P315《國風・墉風・定之方中》：零、人、田、人、淵、千

此例對應鄭張尚芳耕部（零）、真 1（人、淵、千）、真 2（田）。其實將鄭張尚芳的真 2 併入真 1 部，則與上例*-n 和*-ŋ 韻尾耕部、真 1 押韻完全一樣。根據鄭張的分類，在主元音*-i 後的真 2 部*-ŋ 韻尾、主元音*-e 後的耕部*-ŋ 韻尾受前元音影響發音部位前移，音色上近於舌尖鼻音韻尾*-n，「零、人、田、人、淵、千」主元音相同或相近，韻尾發音相近，鄰韻相押。

俞敏先生（1980）《東漢以前的姜語和西羌語》一文中考察齊語和羌語的語音特徵時提到一條——《齊風》的韻有一個特點：在 i、e 元音後頭的-ŋ 經常變-n。藏文動詞將來式的變化中恰有例子證明-ŋ、-n 互換也是 e 元音影響-ŋ 變-n。其實《詩經》14 例耕真押韻的用例並不限於《齊風》，《唐風》、《邶風》等包括大小雅都存在這一語音事實。故此，我們以為《詩經》耕真押韻與其說是反映了古代方音特點，不如說是一種普遍的語音特徵表現。當然，這種語音特徵是建立在生理發音特徵近似性基礎上的。

7. 冬侵押韻

冬侵押韻《詩經》凡 10 見，分別為：

冬部：侵部——終部〔註98〕

〔註98〕分類據白一平——鄭張尚芳，後不注者同此。另鄭張尚芳終部即白一平、傳統的冬部。

P286《國風・召南・草蟲》：螽、忡、降

P415《小雅・鹿鳴之什・出車》：蟲、螽、忡、降、戎

P515《大雅・文王之什・旱麓》：中、降

P537《大雅・生民之什・鳧鷖》：濼、宗、宗、降、崇

冬部：侵部──終部：侵 3

P369《國風・秦風・小戎》：中、驂

P552《大雅・蕩之什・蕩》：諶、終

冬部：侵部──終部：侵 1

P388《國風・豳風・七月》：沖、陰

P516《大雅・文王之什・思齊》：宮、臨

P561《大雅・蕩之什・雲漢》：爐、宮、宗、臨、躬

P541《大雅・生民之什・公劉》：飲、宗

　　正是《詩經》冬侵如此密切的關係，王力先生早期《漢語史稿》中就沒有把「冬部」獨立出來。實際上*-m 輔音韻尾先秦至兩漢一直就有向*-ŋ 韻尾發展的趨勢，且冬部某些具體字在同源語言仍為*-m 輔音韻尾，因此鄭張尚芳（1987）、潘悟雲（2000）、金理新（2002）等人均認同冬部並非原來就有，是漸漸發展而來的事實，即*-um＞ *-uŋ，*-ŋ 韻尾是受元音*-u 異化而來。通過《詩經》押韻情況、結合秦漢其他典籍冬侵合韻的事實，我們認為《詩經》時期冬部尚未完全獨立，正處於從侵部慢慢分離過程中〔註 99〕。

　　以上 10 例在個別字的具體歸部處理上，白一平和鄭張尚芳存在差異，主要表現在：1.「降」白一平歸侵部，鄭張尚芳歸終部，但兩家擬音實際相同。2. 白一平的侵部（*-əm 和*-um）交叉對應於鄭張尚芳的侵 1 和侵 3 部。鄭張

〔註 99〕周祖謨（1984）分析《詩經》冬侵押韻情況後指出這一合韻事實有地域限制，範圍皆在關中，即古代雍州地區，由此以為《詩經》時代冬部已經獨立，少量的冬侵合韻係方音現象。詳周祖謨：《漢字上古音東冬分部的問題》，1984 年 5 月 21 日日本二十九屆國際東方學者會議講演稿，收錄於周祖謨：《周祖謨自選集》，北京，首都師範大學出版社，2008 年版，第 109～110 頁。王力（1980：99）舉出西漢《淮南子・覽冥訓》「音、降」押韻、司馬相如《上林賦》「蓼、風、音、宮、窮」押韻。可見西漢尚有冬侵押韻，而此二家活動區域一在楚地一在蜀郡，皆未在周氏所言關中雍州地域範圍內。可見，冬侵押韻方音說的偪限。

尚芳侵部三分與白一平侵部三分的異同比較潘悟雲（2000）已有論述，本文不贅。

　　其實對於鄭張尚芳收唇收舌韻部主元音二分或三分不少學者存在疑問，因為在他們看來，這種韻部多分不合《詩經》押韻的事實。針對此類疑惑，鄭張尚芳提出首先要區分韻母系統與韻部的概念，同時指出不同元音可以因為發音音位相近而押韻。就侵部三分的不同韻母侵 1*-ɯm 侵 3*-um 同時與冬部*-uŋ 相押來看，其元音發音部位同為後元音，只在侵 1 侵 3 之間存在圓唇與非圓唇的對立，而這種元音對立，我們以為完全可以因為韻尾的圓唇性質而填補上。我們贊成鄭張尚芳的觀點，不同主元音自然可以押韻，因為詩歌押韻事實上對韻尾要求比對元音要求嚴格，相同韻尾條件下，元音相同或相近能夠押韻。以上諸例均是在元音或為*-ɯ 或為*-u 情況下韻尾*-m 和*-ŋ 相押，而這種不同韻尾相押現象，事實上仍是*-m 韻尾與*-m 韻尾之間的押韻。至少在《詩經》時代這幾例與侵部押韻的字韻尾仍然保持唇音性質。

8. 職質押韻

　　職質押韻《詩經》7 見。P484《小雅·甫田之什·賓之初筵》：「其未醉止，威儀抑抑；曰既醉止，威儀怭怭。是曰既醉，不知其秩。」毛傳：「抑抑，慎密也」，《釋文》：「抑於力反」，《廣韻》：「按也，《說文》作归，从反印」，「於力切」。王力上古歸質部，鄭張尚芳、白一平將其歸入職部。怭，《廣韻》：「慢也」，「毗必切」，上古入聲質部。秩，《廣韻》：「積也，次也，常也，序也」，「直一切」，上古入聲質部。抑，與「怭、秩」押韻。

　　P540《大雅·生民之什·假樂》：「威儀抑抑，德音秩秩。無怨無惡，率由群匹。」匹，《廣韻》：「偶也，配也，合也，二也」，「譬吉切」，上古入聲質部。秩，上古入聲質部。抑，與「秩、匹」押韻。抑，《詩經》入韻 2 次，均與入聲質部字相押，又《楚辭》中入韻 1 次，與入聲質部「替」押韻。根據《詩經》押韻分布情況，似乎「抑」入質部更合理，但考慮到「抑」中古入職韻，我們很難理解*-d 韻尾演變成*-k 韻尾。相反，假設「抑」上古是職部字，由於職部前元音影響韻尾*-g 發音部位前移，與質部*-id 發音相近，鄰音相押。

　　鄭張尚芳脂質真一分為二，與微物文合韻的稱為脂 1 質 1 真 1，韻尾為*-l、*-d、*-n，與脂質真自身或與《切韻》之職蒸、支錫耕韻通變的稱為脂 2 質 2 真 2，韻尾為*ø、*-g、*-ŋ。鄭張尚芳指出脂質真二分主要從諧聲來看存

在兩種韻尾來源，如果單從《詩經》押韻考慮，脂質真與微物文本來完全可以像侵緝、幽覺那樣分別並為一部的。根據鄭張尚芳的意思，按照《詩經》押韻的話，脂 1 質 1 真 1 可以跟微 1 物 1 文 1 合併為一部，而脂 2 質 2 真 2 則是脂部的主要來源。鄭張尚芳根據漢語內部材料如諧聲、通假、轉注、韻文及同源語言比較將脂 2 質 2 真 2 擬為舌根音韻尾，脂 2 質 2 真 2 被置於收喉韻部中，同時鄭張尚芳提供脂 2 質 2 真 2 與其他收喉各部一樣的中古語音演變依據。

鄭張尚芳韻母系統表格空檔已被補足，然而就脂質真有無一分為二的必要，金理新（2002）對此質疑，從諧聲、韻文、漢藏同源詞比較及音位理論等方面論證了脂質真沒有二分的必要，同時指出「現實語言的語音系統往往出現空位，而沒有空位的語音系統在現實語言的中反倒是少見的〔註 100〕。」我們贊成金理新的觀點，至少就《詩經》押韻情況看來脂質真實在沒有區別的必要。僅就上例我們作一說明，「秩」鄭張尚芳歸質 2 部，韻尾*-g；「匹」鄭張尚芳歸質 1 部，韻尾*-d。韻尾*-g 的職部字「抑」與兩個不同韻尾如何押韻？鄭張尚芳的質 1 質 2 區別並未如鄭張劃分標準那麼涇渭分明，質 1 部也能跟質 2 部、《切韻》職韻相押。不同韻尾例外押韻只能是個例，而脂質真二分所帶來的不同韻尾相押的事實絕非個例，脂質真兩分後其間錯綜的押韻關係至少是不允許這種劃分的。

P526《大雅・文王之什・文王有聲》：「築城伊淢，作豐伊匹。」毛傳：「淢，成溝也」。《釋文》：「淢況域反，字又作洫，韓詩云洫深也」。洫，《廣韻》：「溝洫」，「況逼切」，上古入聲職部。「淢、洫」古同音通用。匹，《廣韻》：「偶也，配也，合也，二也」，「譬吉切」，上古入聲質部。匹，與「淢」押韻，與上例同，職部的「洫」受前元音影響韻尾*-g 發音部位前移，與質部*-id 發音相近，鄰音相押。

P492《小雅・魚藻之什・菀柳》：「有菀者柳，不尚息焉。上帝甚蹈，無自暱焉。俾予靖之，後予極焉。」鄭箋：「極誅也」，《釋文》：「毛如字，至也，鄭音棘，誅也」，馬瑞辰：「箋以極為殛之假借，與次章邁之為行，讀同《左傳》『將行子南』同義，故箋又云『後反殛放我〔註 101〕』。」殛，《廣韻》：「誅

〔註 100〕金理新：《上古漢語音系》，合肥，黃山書社，2002 年版，第 414 頁。
〔註 101〕馬瑞辰：《毛詩傳箋通釋》，北京，中華書局，1989 年版，第 772 頁。

也」，「紀力切」，上古入聲職部。息，《廣韻》：「止也」，「相即切」，上古入聲職部。昵，《廣韻》：「近也」，「尼質切」，上古入聲質部。「息、昵、㥀」押韻，職部的「昵」受前元音影響韻尾*-g 發音部位前移，與質部*-id 發音相近，鄰音相押。且此三入韻字後均有語氣詞「焉」可以認為入韻，對語氣詞前韻字押韻要求放寬。

P344《國風・鄭風・東門之墠》：「東門之栗，有踐家室。豈不爾思，子不我即。」栗，《廣韻》：「堅也，又果木也」，「力質切」，上古入聲質部，鄭張尚芳質 2 部，擬音*rig。室，《廣韻》：「房也」，「式質切」，上古入聲質部，鄭張尚芳質 2 部，擬音*hlig。即，《廣韻》：「就也」，「子力切」，上古入聲職部，鄭張尚芳職部，擬音*ʔsɯg。

P350《國風・齊風・東方之日》：「東方之日兮；彼姝者子，在我室兮。在我室兮，履我即兮。」日，《廣韻》：「《說文》曰：『實也』」，「人質切」，上古入聲質部，鄭張尚芳質 2 部，擬音*njig。室，《廣韻》：「房也」，「式質切」，上古入聲質部，鄭張尚芳質 2 部，擬音*hlig。即，《廣韻》：「就也」，「子力切」，上古入聲職部，鄭張尚芳職部，擬音*ʔsɯg。

P541《大雅・生民之什・公劉》：「止旅乃密，芮鞫之即。」密，《廣韻》：「靜也」，「美畢切」，上古質部，鄭張尚芳質 2 部，擬音*mrig。即，《廣韻》：「就也」，「子力切」，上古入聲職部，鄭張尚芳職部，擬音*ʔsɯg。

以上 3 例情況相同，上古職部「即」分別與質部「栗、室」、「日、室」、「密」相押，關鍵一點在於「即」主元音是一個前元音〔註102〕，韻尾*-g 受其影響發音部位前移，與質部*-id 發音相近，偶而相押。

《詩經》押韻頻繁鄰韻相押現象，告訴我們鄰韻相押的韻部韻尾、韻腹（主元音）關係密切，或者說兩相鄰韻部主元音相近、韻尾相同或音色相近。這種鄰韻頻繁押韻對於上古漢語韻部主元音、陰聲韻韻部韻尾構擬提供了可資參考的材料與數據，富有一定意義。

〔註102〕職部主元音各家有不同擬音，高本漢、王力、李方桂、白一平擬為*-ə，鄭張尚芳、潘悟雲擬為*-ɯ，金理新擬為*-e。根據職部與質部頻繁的押韻現象，我們推測這個元音應當具有使舌根鼻音韻尾前移的性質，那麼可能的結論只能是職部主元音是一個前元音，只有前元音才有使舌根韻尾前移的可能。

（二）《詩經》偶然鄰韻相押

1. 之幽偶然鄰韻相押類

此類包括之幽押韻、職覺押韻、蒸冬押韻〔註103〕。

（1）之幽押韻

《詩經》之幽押韻 3 見，分別為：

P598《周頌・閔予小子之什・訪落》：止、考

P603《周頌・閔予小子之什・絲衣》：紑、俅、鶬（基）、牛、鼐

此 2 例分別為中古的上上相押、平平相押，即上古之幽韻部的零韻尾、*-ɦ 韻尾音節押韻，是在韻尾相同主元音相近前提下押韻。

P577《大雅・蕩之什・瞻卬》：「人有土田，女反有之。人有民人，女覆奪之。此宜無罪，女反收之。彼宜有罪，女覆說之。」此例韻例為交韻，「有、收」押韻，「奪、說」押韻。因為入韻字後均有語氣詞「之」可以入韻，對語氣詞前入韻字入韻要求放寬，因此帶*-ɦ 韻尾的「有」與零韻尾的「收」能夠合韻。

這三例之幽合韻情況，金理新（2002）未有提及，其所辯證諸例為段玉裁《六書音均表》之幽合韻 10 例。如果拿此 3 例跟前述 9 例之魚合韻〔註104〕相比，似乎之魚的關係比之幽來得更密切些。這在上古韻部主元音構擬方面很有啟示，金理新（2002）有所論及。

（2）覺職押韻

《詩經》覺職押韻 3 見，分別為：

-g 韻尾音節或-wɢ 韻尾音節

P388《國風・豳風・七月》：穋、麥

此例據鄭張尚芳上古系統為覺2、職部押韻。

P528《大雅・生民之什・生民》：夙、育、稷

P554《大雅・蕩之什・抑》：告、則

〔註103〕《詩經》蒸冬無押韻例，不過倒有蒸侵押韻例。由於冬部與侵部之間的淵源關係，蒸侵押韻附於此類最後討論。

〔註104〕之魚合韻我們作了全面考察，對金理新（2002）所列例證也作了嚴格篩選，確定的押韻韻例限前文 9 例。

此 2 例據鄭張尚芳上古系統為覺 1、職部押韻。

覺部和職部押韻關係，金理新（2002）以為跟輔音韻尾*-g 限制有關，在金理新看來，之部和幽部關係並非想像的那樣密切，兩者在入聲韻部上的偶然接觸是完全可以理解的〔註105〕。

（3）蒸侵押韻

《詩經》蒸侵押韻 2 見。P369《國風·秦風·小戎》：「虎韔鏤膺，交韔二弓，竹閉緄縢。言念君子，載寢載興。厭厭良人，秩秩德音。」毛傳：「膺，馬帶也」，鄭箋：「鏤膺，有刻金飾也」，《釋文》：「鏤膺，魯豆反，下於澄反」。膺，《廣韻》「於陵切」，上古陽聲蒸部，鄭張尚芳擬音*qɯŋ。弓，《廣韻》：「弓矢」，「居戎切」，上古陽聲蒸部，鄭張尚芳擬音*kʷɯŋ。縢，《廣韻》：「竹縢」，「徒登切」，上古陽聲蒸部，鄭張尚芳擬音*lʼɯɯŋ。興，《廣韻》：「盛也，舉也，善也，《說文》曰：『起也』」，「虛陵切」，上古陽聲蒸部，鄭張尚芳擬音*qhɯɯŋ。音，《廣韻》：「《說文》曰：『聲也』」，「於金切」，上古陽聲侵部，鄭張尚芳侵 1 部，上古擬音*qrɯm。「膺、弓、縢、興、音」主元音同為後高不圓唇元音，韻尾或為*-ŋ 或為*-m，圓唇塞音*-m 韻尾在後元音*-ɯ 影響下發音後移，音色上近於舌根塞音尾*-ŋ。以上入韻字在主元音相同、韻尾相近情況下鄰韻相押。

P506《大雅·文王之什·大明》：「殷商之旅，其會如林。矢于牧野，維予侯興。上帝臨女，無貳爾心。」林，《廣韻》：「林木」，「力尋切」，上古陽聲侵部，鄭張尚芳侵 1 部，上古擬音*g·rɯm。興，《廣韻》：「盛也，舉也，善也」，「虛陵切」，上古陽聲蒸部，鄭張尚芳擬音*qhɯɯŋ。心，《廣韻》「息林切」，上古陽聲侵部，鄭張尚芳侵 1 部，上古擬音*slɯm。「林、興、心」主元音相同，韻尾*-m 受後元音影響發音部位向舌根後移，與韻尾*-ŋ 發音部位接近。以上三字在主元音相同、韻尾相近情況下鄰韻相押。

2. 歌微偶然鄰韻相押類

此類包括歌微押韻、元文押韻、月物押韻（月物押韻 2 例前文質物押韻類已論及）。

〔註105〕金理新：《上古漢語音系》，合肥，黃山書社，2002 年版，第 370 頁。

（1）歌微押韻

《詩經》歌微押韻 4 見。P388《國風・豳風・七月》：「七月流火，九月授衣。」火，《說文》：「毀也」，《廣韻》「呼果切」，上古陰聲歌部，鄭張尚芳古音字表歸入歌 1 部，諧聲表「火」聲符既入微 2 部又入歌 3 部，韻部分部表則明確列「火」為歌 3*-ol「0 長」介音代表字。我們且將「火」字看作歌 3 部。衣，《廣韻》：「上曰衣，下曰裳」，「於希切」，上古陰聲微部，鄭張尚芳歸入微 1 部，擬音*qul。金理新（2002）認為與坐部*-or（對應於鄭張尚芳歌 3 部*-ol）相叶的微部應為罪部*-ur（對應於鄭張尚芳微 2 部*-ul）〔註106〕。對部分字歌微歸部及擬音分歧本文不多作評論。不論是鄭張尚芳的*-ol 韻尾、*-ul 韻尾還是金理新的*-or、*-ur 韻尾，它們的主元音都是後元音，聲母均為小舌音，而小舌音早期帶有圓唇性質。潘悟雲（2000）在解釋上古云母為什麼大多是合口字的原因時曾有言：「前元音往往非圓唇，後元音往往圓唇，這是一個語言的普遍現象。輔音也是如此，後舌位的輔音有圓唇化的趨勢。所以拉丁語的*-q 後總是帶著 u。云母*G 後面產生一個過渡音 w，變成合口字，也是這個道理〔註 107〕。」同時指出合口過渡音的增生也發生在其他小舌音後面，雖然其他小舌音比起云母字來要少得多，其中即舉上古影母 1 例開口字演變為中古合口例。因此即使是鄭張尚芳的*-ul 韻尾，其韻母也帶有圓唇的性質，主元音發音部位的接近發音方法的對應以及相同韻尾形式，是歌微合韻的主要根據。「火、衣」押韻《詩經》2 見。

P388《國風・豳風・七月》：「七月流火，八月萑葦。」葦，《廣韻》：「蘆葦」，「于鬼切」，上古陰聲微部，鄭張尚芳歸入微 1 部，擬音*Gʷul？。火，我們取鄭張尚芳韻部分部表中所列歌 3 部*-ol 韻尾。「火、葦」主元音發音部位同為後元音，發音方法上均具有圓唇性質，韻尾相同，因而可以鄰韻相押。

P282《國風・周南・汝墳》：「魴魚赬尾，王室如燬。雖則如燬，父母孔邇。」尾，《廣韻》：「首尾也」，「無匪切」，上古陰聲微部，鄭張尚芳微 1 部，擬音*mul？。燬，《廣韻》：「火盛」，「許委切」，上古陰聲歌部，鄭張尚芳歌 1 部，擬音*hmral？。邇，《廣韻》：「近也」，「兒氏切」，上古陰聲歌部，鄭張尚

〔註106〕金理新：《上古漢語音系》，合肥，黃山書社，2002 年版，第 420 頁。

〔註107〕潘悟雲：《漢語歷史音韻學》，上海，上海教育出版社，2000 年版，第 348～349 頁。

芳歌 2 部，擬音*njel?。根據鄭張尚芳體系，「尾、燬、燬，邇」主元音同為不圓唇元音，發音相近，韻尾相同，可以鄰韻相押。如此一來，似乎不必如金理新那般將歌微合韻的入韻字限定在歌 3 即坐部*-or 與微 2*-ur 之間了。

（2）元文押韻

《詩經》元文押韻 3 見。P322《國風·衛風·碩人》：「巧笑倩兮，美目盼兮。」倩，《廣韻》：「倩利，又巧笑皃」，「倉甸切」，上古陽聲元部，鄭張尚芳元 2 部，上古擬音*shleens。盼，《廣韻》：「美目」，「匹莧切」，上古陽聲文部，鄭張尚芳文 1 部，上古擬音*phruuns。「倩、盼」後語氣詞「兮」入韻，語氣詞前押韻要求放寬，相同韻尾情況下，相近主元音，同為開口元音鄰韻相押。

P467《小雅·谷風之什·楚茨》：「我孔熯矣，式禮莫愆。工祝致告，徂賚孝孫。」愆，《廣韻》：「過也」，「去乾切」，上古陽聲元部，鄭張尚芳元 1 部，上古擬音*khran。孫，《廣韻》：「《爾雅·釋親》曰：『凡子之子為孫』」，「思渾切」，上古陽聲文部，鄭張尚芳文 2 部，上古擬音*suun。「愆、孫」韻尾同為舌尖鼻音韻尾情況下，相近主元音鄰韻相押。

P561《大雅·蕩之什·雲漢》：「旱既太甚，滌滌山川。旱魃為虐，如惔如焚。我心憚暑，憂心如熏。群公先正，則不我聞。昊天上帝，寧俾我遯？」川，《廣韻》：「山川也」，「昌緣切」，上古陽聲元部，鄭張尚芳元 3 部，上古擬音*khjon。焚，《廣韻》：「焚燒」，「符分切」，上古陽聲文部，鄭張尚芳文 2 部，上古擬音*bun。熏，《廣韻》：「火氣盛皃」，「許云切」，上古陽聲文部，鄭張尚芳文 2 部，上古擬音*qhun。聞，《廣韻》：「《說文》曰：『知聲也』」，「無分切」，上古陽聲文部，鄭張尚芳文 1 部，上古擬音*muun。遯，據馬瑞辰當讀如「屯難」之屯[註108]，「屯」係「遯」近音借用。屯，《廣韻》：「難也」，「陟輪切」，上古陽聲文部，鄭張尚芳文 2 部，上古擬音*tun。以上各入韻字或為元部*-on 韻母，或為文部*-un、*-uun 韻母，其中*-uun 韻母受圓唇聲母影響發音帶有圓唇性質，與元部*-on 韻母、文部*-un 主元音具有相同的圓唇性質，又具有相同相近的發音部位，皆為後元音，韻尾同為舌尖鼻音韻尾，相近的主元音相同韻尾可以鄰韻相押。

〔註108〕馬瑞辰：《毛詩傳箋通釋》，北京，中華書局，1989 年版，第 983 頁。

3. 歌脂偶然鄰韻相押類

此類包括歌脂押韻、月質押韻、元真押韻三小類。

（1）歌脂押韻

《詩經》歌脂押韻 3 見。P416《小雅·鹿鳴之什·杕杜》：「卜筮偕止，會言近止，征夫邇止。」偕，《廣韻》：「俱也」，「古諧切」，上古陰聲脂部，鄭張尚芳脂 1 部，上古擬音*kriil。邇，《廣韻》：「近也」，「兒氏切」，上古陰聲歌部，鄭張尚芳歌 2 部，上古擬音*njel?。「偕、邇」主元音同為前元音，發音接近，韻尾同為流音韻尾*-l。流音*-l 的發音響度比*-?或*-ɦ 大，因此*-l 和*-l?之間押韻韻尾至少說來不會不和諧，因為實際發音的音值*-?受前面流音韻尾響度影響獨立音位的發音已很模糊，在押韻上不具有明顯的區別性。又「偕、邇」後語氣詞「止」入韻，語氣詞前押韻要求放寬，相近主元音情況下不同韻尾可以押韻。

P476《小雅·甫田之什·大田》：「無害我田穉。田祖有神，秉畀炎火。」穉，《廣韻》「晚禾」，「直利切」，上古陰聲脂部，鄭張尚芳脂 1 部，上古擬音*l'ils。火，《廣韻》「呼果切」，上古陰聲歌部，鄭張尚芳歌 1 部，上古擬音*qʰʷaal?。「穉、火」主元音同為前元音，發音部位接近，具有相同流音韻尾*-l。同樣地，*-l 的發音響度比*-s、*-?或*-ɦ 大，因此*-ls 和*-l?之間押韻韻尾不會不和諧，因為實際發音音值*-s、*-?受前面流音韻尾響度影響獨立音位的發音已很模糊。這種情況鄰韻不同韻尾可以相押。

P534《大雅·生民之什·行葦》：「戚戚兄弟，莫遠具爾。或肆之筵，或授之几。」弟，《廣韻》：「兄弟」，「徒禮切」，上古陰聲脂部，鄭張尚芳脂 1 部，上古擬音*diil?。爾，陳奐以為古「邇」字，並引顏師古《漢書注》解詩「莫遠具爾」「爾近也」釋義為證〔註 109〕。邇，《廣韻》：「近也」，「兒氏切」，上古陰聲歌部，鄭張尚芳歌 2 部，上古擬音*njel?。几，《廣韻》：「案屬」，「居履切」，上古陰聲脂部，鄭張尚芳脂 1 部，上古擬音*kril?。「弟、邇、几」主元音同為前元音，發音相近，韻尾同為*l?，鄰韻相押。

（2）質月押韻

《詩經》質月押韻 3 見。P445《小雅·節南山之什·十月之交》：「天命不

〔註109〕陳奐：《詩毛氏傳疏》，北京，北京中國書店，1984 年版，《生民之什》第 12 頁。

徹，我不敢效，我友自逸。」毛傳：「徹道也」，《廣韻》：「道也」，「直列切」，上古入聲月部，鄭張尚芳月 2 部，上古擬音*thed。逸，《廣韻》：「過也，縱也」，「夷質切」，上古入聲質部，鄭張尚芳質 2 部，上古擬音*lig。「徹、逸」主元音同為前元音，發音相近，*-g 韻尾在*-i 元音影響下往往發音部位前移，發音上接近*-d，「徹、逸」可以鄰韻相押。

　　P484《小雅・甫田之什・賓之初筵》：「鐘鼓既設，舉醻逸逸。」設，《廣韻》：「置也，陳也」，「識列切」，上古入聲月部，鄭張尚芳月 2 部，上古擬音*hljed。逸，《廣韻》：「過也，縱也」，「夷質切」，上古入聲質部，鄭張尚芳質 2 部，上古擬音*lig。與前述諸例同，鄭張尚芳質 2 部*-g 尾受前面元音發音部位影響前移，發音上近於*-d，「設、逸」鄰韻相押。

　　以上 2 例質 2 部不擬為舌根塞音韻尾*-g，保留傳統的質部舌尖塞音韻尾*-d，更好說明質月之間押韻的韻尾關係。從《詩經》押韻看來鄭張尚芳的質 2 部既有跟舌根塞尾*-g 相押的情況又有跟舌尖塞音韻尾*-d 相押的情況，似乎完全沒必要人為地將質部分成兩類。我們可以解釋*-i 元音後的舌根音受前元音影響前移，發音近於*-d，因此質 2 部*-g 尾與月部*-d 尾相押；同理我們一樣可以解釋*-i 元音後的舌根音受前元音影響前移，發音近於*-d，因此職部*-g尾與質部的*-d 尾相押。如此一來，質部據《詩經》押韻似乎完全沒有分出*-g尾的必要〔註110〕。其同部位的陰聲陽聲韻部脂真的情況相同，不再贅述。

　　P452《小雅・節南山之什・小弁》：「菀彼柳斯，鳴蜩嘒嘒。有漼者淵，萑葦淠淠。」毛傳：「淠淠，眾也」，《釋文》：「徐孚計反，又匹計反，眾也」，《廣韻》未收此義，《集韻》霽韻下收有此條。淠，鄭張尚芳上古歸入至 1 部，擬音*phrids，白一平歸入質部，擬音*phrjits。嘒，《廣韻》：「聲急，《說文》：『小聲也』」，「呼惠切」，上古來源於入聲韻尾，鄭張尚芳歸入祭 2 部，擬音*qhʷeeds，白一平入月部，上古擬音*hwets。「嘒、淠」韻尾同為*-ds，主元音相近，均帶有唇音性質，鄰韻相押。

（3）元真押韻

　　《詩經》元真押韻 2 見。P528《大雅・生民之什・生民》：「厥初生民，

時維姜嫄。」民，《廣韻》：「《說文》曰：『眾萌也』」，「彌鄰切」，金文用作民眾、人民之民。上古陽聲真部，鄭張尚芳真 1 部，上古擬音*min。嫄，《廣韻》：「姜嫄，帝嚳元妃」，「愚袁切」，上古陽聲元部，鄭張尚芳元 1 部，上古擬音*ŋʷan。「民、嫄」同為舌尖鼻音韻尾，主元音同為前元音，均受聲母影響帶有唇音性質，可鄰韻相押。

P558《大雅・蕩之什・桑柔》：「四牡騤騤，旗旐有翩。亂生不夷，靡國不泯。民靡有黎，具禍以燼。於乎有哀，國步斯頻。」翩，《廣韻》：「飛兒」，「芳連切」，上古陽聲元部，鄭張尚芳元 2 部，上古擬音*phen。泯，《廣韻》：「沒也」，「彌鄰切」，上古陽聲真部，鄭張尚芳真 1 部，上古擬音*min。燼，《廣韻》：「燭餘」，「徐刃切」，上古陽聲真部，鄭張尚芳真 1 部，上古擬音*ljins。頻，《廣韻》：「數也，急也」，「符真切」，上古陽聲真部，鄭張尚芳真 1 部，上古擬音*bin。「翩、泯、燼、頻」主元音同為前元音，韻腹讀音相近鄰韻相押。

4. 其他偶然合韻相押類

之宵押韻 1 次。P484《小雅・甫田之什・賓之初筵》：「賓既醉止，載號載呶。亂我籩豆，屢舞僛僛。是曰既醉，不知其郵。」鄭箋：「郵過」，《釋文》：「音尤，過也」。尤，《廣韻》：「過也」，「羽求切」，上古陰聲韻之部。僛，《廣韻》：「醉舞兒」，「去其切」，上古陰聲韻之部。呶，《廣韻》：「喧呶」，「女交切」。《說文》：「讙聲也，從口奴聲」。奴聲系列均為陰聲韻，鄭張尚芳將其歸入宵 1 部，擬音*rnaaw，白一平歸宵部，擬音*nraw。呶，與「僛、郵」押韻，同為陰聲韻部，宵部帶有圓唇*-w 使主元音發音舌位後移，與之部主元音*ɯ 發音部位相近，可偶而相押。

元陽押韻 1 次。P554《大雅・蕩之什・抑》：「其維哲人，告之話言。順德之行。」言，《廣韻》：「言語也」，「語軒切」，上古陽聲元部，鄭張尚芳元 1 部，上古擬音*ŋan。行，《廣韻》：「行步也」，「戶庚切」，上古陽聲陽部，鄭張尚芳上古擬音*graaŋ。「言、行」主元音相同，韻尾一為舌尖鼻音一為舌根鼻音。*-an 和*-aŋ 聽感而言相對接近，這在現代某些方言區如湘語、吳語等還有*-an 和*-aŋ 相混的現象。「言、行」主元音相同，韻尾相近，偶而相押。

陽真押韻 1 次。P482《小雅・甫田之什・車舝》：「陟彼高岡，析其柞薪。」岡，《廣韻》「《爾雅》曰：『山脊岡』」，「古郎切」，上古陽聲陽部，*-ŋ 韻尾音

節。薪，《廣韻》：「柴也」，「息鄰切」，上古陽聲真部，鄭張尚芳歸入真 2 部
*siŋ，白一平真部*sjin。「岡、薪」押韻，兩者主元音不同，偶而相押。

真冬蒸押韻，《詩經》1 見。P579《大雅‧蕩之什‧召旻》：「池之竭矣，不
云自頻。泉之竭矣，不云自中。溥斯害矣，職史斯弘，不烖我躬。」頻，《廣
韻》：「水厓」，「符真切」，上古陽聲真部，鄭張尚芳真 1 部，上古擬音*bin。中，
《廣韻》：「平也，成也，宜也」，「陟弓切」，上古陽聲冬部，對應於鄭張尚芳終
部，上古擬音*tuŋ。弘，《廣韻》：「大也」，「胡肱切」，上古陽聲蒸部，鄭張尚
芳上古擬音*gʷɯɯŋ。躬，《廣韻》：「同躳」，「居戎切」，上古陽聲冬部，鄭張
尚芳終部，上古擬音*kuŋ。「頻」與「中、弘、躬」主元音不同，韻尾一為舌尖
鼻音，一為舌根鼻音，而就聽感而言，*bin 與*biŋ 兩音相當接近，至少在音色
上以上入韻字的韻尾相當接近，偶而可相押韻。

談陽押韻 1 見。P627《商頌‧殷武》：「天命降監，下民有嚴。不僭不濫，
不敢怠遑。」此例交韻，「監、濫」韻，「嚴、遑」韻。嚴，《廣韻》：「嚴毅也，
威也，敬也」，「語�切」，上古陽聲談部，鄭張尚芳談 1 部，擬音*ŋam。遑，
鄭箋：「遑暇也」，係「偟」之同音借用，偟，《廣韻》：「偟暇」，「胡光切」，上
古陽聲陽部，鄭張尚芳擬音*gʷaaŋ。*-ŋ 韻尾受前元音影響發音部位前移，近於
舌尖中音*-n，與*-m 發音部位接近，音感相近。「嚴、遑」相同元音、相近韻
尾偶而相押。

侵談押韻 1 次。P379《國風‧陳風‧澤陂》：「彼澤之陂，有蒲菡萏；有
美一人，碩大且儼。寤寐無為，輾轉伏枕。」萏，《廣韻》：「菡萏，荷花未舒」，
「徒感切」，上古陽聲談部，鄭張尚芳談 3 部，擬音*l'oomʔ。儼，《廣韻》：「敬
也」，「魚掩切」，上古陽聲談部，鄭張尚芳談 1 部，擬音*ŋamʔ。枕，《廣韻》：
「枕席」，「章荏切」，上古陽聲侵部，鄭張尚芳侵 3 部，擬音*ʔljumʔ。「萏、
儼、枕」韻尾相同，主元音受韻尾影響帶有圓唇特徵，鄰韻偶而相押。

屋錫押韻 1 例。P441《小雅‧節南山之什‧正月》：「謂天蓋高，不敢不
局；謂地蓋厚，不敢不蹐。維號斯言，有倫有脊。哀今之人，胡為虺蜴。」
毛傳：「局曲也」，《釋文》：「不局，本又作跼，其欲反，曲也」。跼，《廣韻》：
「曲也」，「渠玉切」，上古入聲屋部。局，為「跼」之同音借用。蹐，《廣韻》：
「蹐地小步」，「資昔切」，上古入聲錫部。脊，《廣韻》：「背脊」，「資昔切」，
上古入聲錫部。蜴，《廣韻》：「晰蜴」，「羊益切」，上古入聲錫部。入韻字「跼、

蹐、脊、蝎」屬於不同韻部，主元音或為*-o 或為*-e，發音相異，它們可以押韻，可能是在相同塞輔音韻尾*-g 的作用下聽感上發音相近的緣故，偶然押韻。

盍緝押韻，《詩經》2 見。P514《大雅・文王之什・棫樸》：「淠彼涇舟，烝徒楫之；周王于邁，六師及之。」楫，《廣韻》：「舟楫」，「即葉切」，上古入聲盍部，鄭張尚芳盍 2 部，擬音*ʔseb。及，《廣韻》：「至也，逮也，連也」，「其立切」，上古入聲緝部，鄭張尚芳緝 1 部，擬音*gruːb。「楫、及」韻尾相同，主元音同為不圓唇元音，又「楫、及」後語氣詞「之」入韻，對語氣詞前入韻字押韻要求放寬，相同韻尾情況下相近主元音，偶而相押。P568《大雅・蕩之什・烝民》：「仲山甫出祖，四牡業業，征夫捷捷，每懷靡及。」業，《廣韻》：「敬也，嚴也」，「魚怯切」，上古入聲盍部，鄭張尚芳盍 1 部，擬音*ŋab。捷，《廣韻》：「疾也，克也，勝也，成也」，「疾葉切」，上古入聲盍部，鄭張尚芳盍 2 部，擬音*zeb。及，《廣韻》：「至也，逮也，連也」，「其立切」，上古入聲緝部，鄭張尚芳緝 1 部，擬音*gruːb。「業、捷、及」韻尾相同，主元音同為不圓唇元音，韻尾相同情況下相近主元音偶而相押。

職緝押韻 1 次。P424《小雅・南有嘉魚之什・六月》：「六月棲棲，戎車既飭。四牡騤騤，載是常服。玁狁孔熾，我是用急。王于出征，以匡王國。」飭，《廣韻》：「牢密，又整備也」，「恥力切」，上古入聲職部，鄭張尚芳擬音*lhɯɡ。服，《廣韻》：「服事，亦衣服，又行也，習也，用也，整也，亦姓」，「房六切」，上古入聲職部，鄭張尚芳上古擬音*buɡ。急，《廣韻》：「急疾，《說文》作㤂，褊也」，「居立切」，上古入聲緝部，鄭張尚芳緝 1 部，擬音*kruːb。國，《廣韻》：「邦國，又姓」，「古或切」，上古入聲職部，鄭張尚芳擬音*kʷɯːɡ。入韻字「飭、服、急、國」韻腹相同，韻尾或為舌根音*-g，或為唇塞音*-b，偶而例外押韻。

脂物押韻 1 見。P519《大雅・文王之什・皇矣》：「其德克明，克明克類，克長克君，王此大邦，克順克比。」類，《廣韻》：「善也」，「力遂切」，上古來源於*-ds 韻尾音節，鄭張尚芳隊 2 部，上古擬音*ruds。比，《廣韻》：「近也」，「毗至切」／「必至切」，上古陰聲脂部，鄭張尚芳脂 2 部，上古擬音*bis／*pis。*-s 響度比其前*-d 大，具有弱化*-d 功能，又*-d 帶有濁音性質，*-ds 發音近於英語［z］，*-s 響度比其前元音*-i 小，受元音濁音性質影響，發音近

於濁〔z〕。「類、比」主元音均為高元音，韻尾發音相近，偶而相押。

真質押韻 1 例。P579《大雅・蕩之什・召旻》：「彼疏斯粺，胡不自替？職兄斯引。」替，《廣韻》「廢也」，「他計切」，上古來源於*-ds 韻尾，鄭張尚芳歸入至 1 部，上古擬音*thiids。引，《廣韻》：「《爾雅》曰：『長也』」，「余忍切」／「余刃切」，上古陽聲真部，鄭張尚芳歸入真 1 部，上古擬音*lin? / *lins。此條「引」以「*lins」入韻，「替、引」主元音相同，為前高元音*-i，韻尾或為*-ds 或為*-ns。由於*-s 尾前塞音*-d、鼻音*-n 均為舌尖類，且均具濁音性質，*-ds、*-ns 韻尾發音部位接近，偶而相押。

幽東押韻 1 次。P428《小雅・南有嘉魚之什・車攻》：「決拾既佽，弓矢既調，射夫既同，助我舉柴。」此例抱韻，「佽、掌（柴）」韻，「調、同」韻。段玉裁說：「（『調』字）本音在三部（幽部）讀如『稠』，《車攻》以韻『同』字，屈原《離騷》以韻『同』字，東方朔《七諫》以韻『同』字，皆讀如『重』，此在合韻也〔註111〕。」江有誥以「調」音「同」與「同」押韻，王力以「調」「dyu，讀如 diong」與「同」押韻。錢大昕以「調、同」雙聲為韻，馬瑞辰持相同觀點，即「調、同」聲母相同，韻可相轉，「調」可讀如「同」〔註112〕。調，鄭張尚芳歸入幽 2 部，上古擬音*duuuw。同，上古陽聲東部，鄭張尚芳上古擬音*dooŋ。「調、同」主元音相近，韻尾一為陰聲韻流音韻尾，一為陽聲韻*-ŋ 韻尾，不同韻尾偶然押韻。

侯東押韻 1 見。P577《大雅・蕩之什・瞻卬》：「不自我先，不自我後。藐藐昊天，無不克鞏。無忝皇祖，式救爾後。」後，《廣韻》：「先後」，「胡口切」，上古陰聲侯部，鄭張尚芳上古擬音*goo?。《釋文》：「克鞏，九勇反，固也」，鞏，《廣韻》：「以皮束物」，「居悚切」，上古陽聲東部，鄭張尚芳上古擬音*koŋ?。「後、鞏」主元音相同，韻尾不論是鄭張尚芳的喉塞音韻尾*-?還是金理新的喉擦音韻尾*-ɦ，與陽聲韻韻尾*-ŋ 同屬喉音，「鞏」的韻尾形式相互作用，發音音色上近於陰聲韻的「後」，主元音相同情況下不同韻尾押韻。

《詩經》其他偶然合韻，有的發音音感相近押韻，有的例外相押。詩文押韻允許例外存在，有些例外在發音上能找到可能的解釋，有些例外暫時未能明

〔註111〕轉引自王力《王力文集（第六卷）》，濟南，山東教育出版社，1986 年版，第 294 頁。
〔註112〕馬瑞辰：《毛詩傳箋通釋》，北京，中華書局，1989 年版，第 555 頁。

確原因，或係方音影響或者有其他條件可以說明，又或者就是例外，記之以待來日。

（三）《詩經》押韻歸部不同所致鄰韻相押

1. 萋，《廣韻》「草盛皃」，「七稽切」，《說文》：「艸盛，从艸妻聲」。《詩經》入韻 6 次，其中 3 次與脂部字相押，2 次與微部字相押，1 次與脂部、微部相押。脂微關係密切，傳統韻部劃分此二部合為一類，自王力先生始脂微開始分部，妻聲系列王力先生歸脂部，上古擬音*-ei。鄭張尚芳與王力同，只是將這類與微部有押韻關係的脂部字稱為脂 1，上古擬音*-il。白一平妻聲系列入微部，微部在白氏體系中兩分，妻聲微部擬音為央元音*-əj。「萋」在《詩經》中錯綜的押韻情況由於這個字歸部不同也就表現出不一樣的押韻特點。

P416《小雅・鹿鳴之什・杕杜》：萋、悲

P416《小雅・鹿鳴之什・杕杜》：萋、悲、歸

此 2 例據白一平體系為微部內部押韻，據鄭張體系為脂微合韻。

P276《國風・周南・葛覃》：萋、喈

P415《小雅・鹿鳴之什・出車》：遲、萋、喈、祁

P545《大雅・生民之什・卷阿》：萋、喈

此 3 例據鄭張體系為脂 1 部內部押韻，據白一平體系為脂微合韻。

P372《國風・秦風・蒹葭》：萋、晞、湄、躋、坻

此例涉及 2 個入韻字歸部不同，除「萋」外尚有「湄」，鄭張尚芳入脂 1 部，白一平入微部，晞，鄭張尚芳微 1 部，對應白一平微部，「躋、坻」鄭張尚芳脂 1 部，對應白一平脂部。兩家歸部押韻均為微脂合韻。

上列韻腳字主元音相同或相近，韻尾相同，才會押韻。妻聲究竟該入哪個系列？《詩經》妻聲系列字與脂部字相押為主，與微部合韻數量少（可看作是主元音相近韻尾相同情況下的鄰韻相押），宜歸入脂部。那麼白一平體系脂微合韻 3 例實際都是脂 1 內部押韻。同諧聲系列「凄」情況相似，《詩經》入韻 3 次，1 次與脂部相押，1 次與微部相押，1 次與微、脂同時相押。鄭張尚芳與白一平體系對合韻看法剛好相反，鄭張歸入脂 1 內部相押的白氏為脂微相押，鄭張歸入脂微相押的白氏為微內部相押。

2. 郿，《廣韻》：「縣名」，「武悲切」，《說文》：「右扶風縣，从邑眉聲」。

眉聲系列王力先生入脂部，鄭張尚芳與王力同，入脂 1 部。白一平入微部。郿，《詩經》入韻 1 次，與微部字相押，據白氏體系為微部內部押韻，鄭張尚芳則為脂微合韻。其聲符眉，《詩經》入韻 1 次，與脂部相押，鄭張體系為脂部內部押韻，白一平為脂微合韻。我們贊成鄭張尚芳的歸部，從聲符押韻特點看來，似乎「郿」入脂部更具有說服力。至於「郿」脂微押韻，與入韻字主元音相近韻尾相同有關。

　　3. 維，《廣韻》：「豈也，隅也，持也，繫也」，「以追切」，《說文》：「車蓋維也，從糸隹聲」，隹聲系列王力先生入微部，上古擬音*-əi；鄭張尚芳入脂 2 部，上古擬音*-i；白一平入微部，上古擬音*-uj。維，《詩經》入韻 3 次，均與脂部字相押。其諧聲系列「惟、唯」均與脂部字相押，「崔、摧、推」均與微部字相押。「隹」聲交錯的押韻特點成為脂微劃分難以調和的分歧所在，「隹」聲不管是入脂部還是入微部，都面臨脂微合韻問題。鄭張尚芳則將與脂部押韻的「維、惟、唯」入脂 2 部，與微部押韻的「崔、摧、推」入微 2 部。古代所謂「同諧聲者必同部」，並非絕對，「一聲一部只是個通則，並不是不可逾越的禁條〔註113〕」，鄭張「隹」聲符系列的歸部可見一斑。隹聲如此一歸部，原來屬於脂微合韻的在鄭張體系裏就不存在合韻問題了。其實，就王力、白氏體系的歸部劃分也未嘗不可，因為《詩經》中脂微兩部之間的關係實在是太密切了，脂微合韻並非罕見，可以不必將「隹」聲劃歸兩個韻部。誠如鄭張尚芳所言「脂、真、質部與微、文、物部如果光從古韻押韻上著眼，它們相叶很普遍，本來完全可以像侵緝、幽覺那樣也分別並為一部的。其所以分成兩類，主要從諧聲看來，脂、質、真部有兩種韻尾來源：-i、-iŋ、-ig 與-il、-in、-id，至上古後期它們纔合併為-i／ij、-in、-id〔註114〕。」

　　4. 南，《廣韻》：「火方，亦果名」，「那含切」。《說文》：「艸木至南方，有枝任也。從宋羊聲。」郭沫若、唐蘭、于省吾先生從甲金文字形考證認為許慎解字有誤，「南」當為象形字，在甲骨文中常用為「瓦製樂器」義〔註115〕，這一語義在《詩經》、《禮記》中也有體現。南，清儒根據《詩經》押韻情況

〔註113〕鄭張尚芳：《上古音系》，上海，上海教育出版社，2003 年版，第 82 頁。

〔註114〕鄭張尚芳：《上古音系》，上海，上海教育出版社，2003 年版，第 168 頁。

〔註115〕于省吾主編、姚孝遂撰：《甲骨文字詁林》，北京，中華書局，1996 年版，第 2859
　　　　～2865 頁。

歸入侵部，這一歸部是經得起推敲的。鄭張尚芳則在此基礎上對侵部又作了細分別出侵1、侵2、侵3，將中古讀入覃韻的「南」歸入侵3部。白一平給「南」的歸部則另闢蹊徑，歸為談部，潘悟雲依據「南」諧聲系列為中古談（盍）、銜（狎）韻而不出現覃（合）、咸（洽）的諧聲系列將其劃歸傳統的談（盍）類，細分為談3部。我們以為將「南」劃歸談部頗值得商榷。南，《詩經》入韻7次，分別為：

P298《國風·邶風·燕燕》：音、南、心

P301《國風·邶風·凱風》：南、心

P378《國風·陳風·株林》：林、南、林、南

P516《大雅·文王之什·思齊》：音、男

P545《大雅·生民之什·卷阿》：南、音

P610《魯頌·駉之什·泮水》：心、南

P466《小雅·谷風之什·鼓鍾》：欽、琴、音、南、僭

「南」《詩經》中均與侵部字押韻，無一例與談部字相押。又《楚辭》1見，與侵部「楓、心」押韻。忽視這一整齊對應的押韻關係僅從諧聲考慮分部無異於高屋建瓴，更何況以「南」為聲符的諧聲字《說文》僅存「湳」。「楠、捕、諵」《說文》收「枏、抩、詽」異體形式，此三字從冄聲，上古屬談部。其他幾個「南」聲字「腩、繭、萳、繭、罱」究竟是不是諧聲時代造的字都很可疑。結合《詩經》押韻和「南」諧聲情況分析，可能的歸部只能是侵部。我們贊成鄭張尚芳的分部：侵1、侵2、侵3，由於侵1與侵3發音部位相同，發音方法一為圓唇一為非圓唇，而韻尾均閉塞，因而可以押韻。古漢越語「南」nom 南人與侵3部 um 同為舌位靠後的圓唇音，正相對應。因此「南」屬侵部。

六、《詩經》押韻附論

（一）《詩經》押韻入韻字上古讀音問題

根據《詩經》押韻，發現某些入韻字讀音中古、上古並不對應。比如一個中古上聲的字，其在上古韻文一律無例外地押平聲韻，這一語詞本來或就是平聲韻，中古變讀上聲可能另有原因。清代學者江有誥《音學十書·唐韻四聲正》對《詩經》押韻表現的讀音形式與《切韻》四聲的對應交叉關係有

所認識，據《詩經》押韻為入韻字注音。其中就有入韻字讀音與《切韻》讀音不符的，分為兩類情況：一、入韻字聲調與《切韻》完全不同，二、入韻字讀音有兩讀或三讀，《切韻》僅存一讀。誠然《詩經》中確實存在中古去聲或上聲的字一律與中古平聲字相押，這部分中古去聲或上聲字與其押韻的中古平聲字上古有相同的陰聲韻零韻尾來源，即江氏的平聲；但那些不一律與中古某一聲調字相押的入韻字，撇開《切韻》系韻書，說它有兩讀、三讀又過於隨意，則字音無所定，隨韻而定爾。李方桂先生（1971）對江有誥第一類字音聲調處理表示可以採納，但第二類則表示可疑，以為不敢十分肯定。考察《詩經》押韻，發現江氏第一類情況所言不差，亦非個例，這類韻腳字當與其押韻的字有相同的上古來源，茲錄於下並嘗試作可能的解釋，不當之處記之以來日。

1. 饗，《廣韻》：「歆饗」，「許兩切」。《說文》：「鄉人飲酒也。从食从鄉，鄉亦聲。」鄭張尚芳上古擬音*qhaŋ / ʔ〔註116〕，並注「鄉轉注字」〔註117〕，白一平上古擬音*xjaŋʔ。饗，《詩經》入韻5次，分別為：

P388《國風·豳風·七月》：霜、場、饗、羊、堂、觥、疆

P589《周頌·清廟之什·我將》：亨（享）、羊、王、方、饗

P421《小雅·南有嘉魚之什·彤弓》：藏、況（貺）、饗

P467《小雅·谷風之什·楚茨》：蹌、羊、嘗、亨、將、祊、明、皇、饗、慶、疆

P621《商頌·烈祖》：疆、衡、鶬、享、將、康、穰、饗、疆、嘗、將

饗，甲金文字形為𠨍，象兩人相向飲酒，即「鄉」字，由此義又引申出「相對而食」，於是在本字基礎上添加義符造出表示新義的字「饗」，我們推測「饗」早期讀音跟它初文一樣，韻母為*-aŋ。後來因為「鄉」被借用去記錄表示「鄉黨」的「鄉」，便由「饗」來記錄本義「相向而飲」、引申義「相向而食」的語詞文字記錄形式，語音不變。

饗，《詩經》6見，均表「歆饗」義。鄉，《詩經》4見，1例表示「相向」

〔註116〕鄭張尚芳古音字表指出：古音可能有兩種擬讀的，用／號分標（／號後的ʔ、s是據古韻叶韻注的，相當於上、去聲讀法），見鄭張尚芳：《上古音系》，上海，上海教育出版社，2003年版，第260頁。

〔註117〕鄭張尚芳：《上古音系》，上海，上海教育出版社，2003年版，第500頁。

義，3 例表示「鄉黨」義。「鄉」早期語音語義均由後造字「饗」負載了。饗，《詩經》入韻毫無例外與韻母為*-aŋ 的語詞相押，除個別爭議的語詞下文將作辯證。

《周頌・清廟之什・我將》：「我將我享，維羊維牛。維天其右之。儀式刑文王之典，日靖四方。伊嘏文王，既右饗之。」毛傳：「將大，享獻也」，箋云：「將猶奉也，我奉我享祭之」。馬瑞辰引莊述祖「將，古文作𪊱，見古彝器。其文或為𪊱彝尊鼎，或為𪊱彝，或為𪊱牛鼎，或為某作𪊱某寶尊彝」並按：「將、享對文，以將為𪊱之省借，訓烹〔註118〕。」𪊱，《玉篇》：「式羊切，煮也」，《廣韻》：「煮也」，「亦作鬺」。亨，《廣韻》：「煮也，俗作烹」，「撫庚切」。因此此例「享」實為「亨」之借字。本例入韻字「亨、羊、方、王」均為中古平聲陽韻，上古韻母為*-aŋ。

《小雅・南有嘉魚之什・彤弓》：「彤弓弨兮，受言藏之。我有嘉賓，中心貺之。鐘鼓既設，一朝饗之。」毛傳：「貺，賜也。」鄭箋：「貺者，欲加恩惠也。」馬瑞辰按：「貺通作況〔註119〕」。況，《廣韻》：「匹擬也，善也」，「許訪切」。藏，《廣韻》：「隱也，匿也」，「昨郎切」。「饗」與「藏、貺」押韻，因其後有語氣詞「之」可認為入韻，對語氣詞前的入韻字押韻要求放寬，因此韻母為*-aŋ 的「藏、饗」可與韻母為*-aŋ-s 的「貺」相押。

《小雅・谷風之什・楚茨》：「濟濟蹌蹌，絜爾牛羊。以往烝嘗。或剝或亨，或肆或將。祝祭于祊，祀事孔明。先祖是皇，神保是饗，孝孫有慶。報以介福，萬壽無疆。」入韻字上古均屬陽部，除「慶」1 例中古為去聲字外餘皆為平聲字，「慶」《詩經》入韻 7 次，除 1 次即本例「饗」（中古上聲字）入韻外餘 6 次押韻字均為平聲字，而此例在它們同時跟平聲字相押的情況下正可互證。

《商頌・烈祖》：「綏我眉壽，黃耇無疆。約軧錯衡，八鸞鶬鶬，以假以享，我受命溥將。自天降康，豐年穰穰。來假來饗，降福無疆。顧予烝嘗，湯孫之將。」入韻字除「享」中古為上聲陽韻外，餘皆為平聲陽韻字。享《詩經》入韻 5 次，均與平聲陽韻字相押。此例前文「以假以享」，後文「來假來饗」，「享」與「饗」古多通用，又「享」與「亨」通用，因此「享」在早期

〔註118〕詳見馬瑞辰：《毛詩傳箋通釋》，北京，中華書局，1989 年版，第 1053 頁。
〔註119〕同上書，第 538 頁。

可能亦當有平聲一讀。

　　根據《詩經》押韻情況，更支持「饗」早期承載「鄉」語音形式的設想，後來「饗」語音變化與它附加了語法動詞後綴-ɦ 相關，這個後綴的具體功能目前還不是很清楚，可能與表示「敬指」意義有關。這個後綴後來依據歷史音變成了中古的上聲。

　　古文獻中「饗」與平聲押韻，如《楚辭・天問》「饗」與「長」押，「饗」與「喪」押，《山海經》「饗」與「湯」押，「饗」與「剛」、「祥」押等等。所以「饗」早期韻母形式當為*-aŋ，後期才產生了附動詞後綴-ɦ 的形式。

　　2. 亯，《廣韻》：「獻也，祭也，臨也，向也，歆也，《書・傳》云：『奉上謂之亯』」，「許兩切」。《說文》：「獻也。从高省，曰象進孰物形。《孝經》曰：『祭則鬼亯之。』」鄭張尚芳上古擬音*qhaŋʔ，白一平上古擬音*xjaŋʔ。亯，《詩經》入韻 5 次，分別為：

　　P589《周頌・清廟之什・我將》：亯（享）、羊、方、王、饗〔註120〕

　　P412《小雅・鹿鳴之什・天保》：享、嘗、王、疆

　　P470《小雅・谷風之什・信南山》：享、明、皇、疆

　　P627《商頌・殷武》：鄉、湯、羌、享、王、常

　　P621《商頌・烈祖》：疆、衡、鶬、享、將、康、穰、饗、疆、嘗、將

　　第 1 例涉及假借，本字實為中古平聲的「亯」，前例辨證。第 2～4 例均與中古平聲相押，第 5 例與「饗」同時跟中古平聲字相押，可與「饗」互證。

　　根據「享」古文獻中押韻情況來看，均與平聲相押，其上古語音形式當與「饗」相同，後來音變過程中可能受「饗」語法類推影響附加了同樣的後綴形式*-ɦ。

　　3. 慶，《廣韻》：「賀也，福也」，「丘敬切」。《說文》：「行賀人也。从心从夊。吉禮以鹿皮為贄，故从鹿省。」鄭張尚芳上古擬音*khraŋs< *khraŋ〔註121〕，白一平上古擬音*khrjaŋs。慶，《詩經》入韻 7 次，意義為「賀也，福也」，均

〔註120〕此條前例已作辨證，本字實為亯，「享」為此義的後起分化字，亦即文字學上「後起本字」。

〔註121〕鄭張尚芳古音字表指出：古音標音前後標> ，< 號表示上古音前後期的變化，< 表來自更早某音，> 表變成晚期某音。見鄭張尚芳：《上古音系》，上海，上海教育出版社，2003 年版，第 261 頁。

與上古陽聲韻*-ŋ尾相押。

　　P467《小雅‧谷風之什‧楚茨》：將、慶

　　P473《小雅‧甫田之什‧甫田》：明、羊、方、臧、慶

　　P473《小雅‧甫田之什‧甫田》：梁、京、倉、箱、粱、慶、疆

　　P479《小雅‧甫田之什‧裳裳者華》：黃、章、章、慶

　　P519《大雅‧文王之什‧皇矣》：兄、慶、光、喪、方

　　P614《魯頌‧駉之什‧閟宮》：嘗、衡、剛、將、羹、簜（房）、翔、慶、昌、臧、方、常

　　P467《小雅‧谷風之什‧楚茨》：蹌、羊、嘗、亨、將、祊、明、皇、饗、慶、疆〔註122〕

　　「慶」古文獻中與平聲韻相押，自漢韋玄成《戒子孫詩》「司直御事，我熙我盛。羣公百僚，我嘉我慶」，始與帶*-h韻尾的「盛」〔註123〕為韻。《經典釋文》未為「慶」注音，自《唐韻》以降韻書「慶」均注去聲「丘敬切」，唯《集韻》收有「丘京切」、「丘敬切」平去兩讀。古籍中廣泛跟平聲押韻的「慶」字何以在《唐韻》以後的韻書中除《集韻》外竟一點平聲的痕跡都沒有？鄭張尚芳「慶」*khraŋ又是何時何種情況多了*-s韻尾？

　　根據群經押韻，可以肯定「慶」在上古時期確有平聲一讀，為陽聲韻陽部*-aŋ。「慶」在先秦典籍中一表專名一表「賀也，福也」，除以單個語詞形式出現外，還常與「賞」、「賀」、「賜」構成同義複合形式進入句子。其中與「賞」構成同義複合詞形式使用的情況佔了其同義複合形式的絕大部分，《荀子》12見，《春秋繁露》9見，《管子》6見，《韓非子》5見，《周禮》3見，《大戴禮記》2見。「慶賞」這種複合形式在文獻中的頻繁出現，可能對「慶」早期讀音具有一定的影響。古漢語裏存在連音變讀現象，俞敏（1948）總結過四種情況，馮蒸（1984）以具體例字專文討論過並增加了一種連音變讀情況。這種連音變讀理論剛好能夠用來解釋「慶」早期平聲讀後來變成去聲的事實。「賞」中古書母字，各家對書母的上古來源認識分為兩派，一派以李方

〔註122〕「饗」上古讀音見前例辨證。

〔註123〕「盛」上古前期帶-s韻尾，上古晚期（鄭張尚芳指約當漢魏的次上古漢語）此-s韻尾已弱化為-h韻尾，詳鄭張尚芳：《上古音系》，上海，上海教育出版社，2003年版，第216頁。

桂為首的*h-冠音的形式，鄭張尚芳持相同觀點，只是鄭張尚芳比李方桂多出一組喉音*qh-（後都變*hj-，本例「賞」聲母即為此來源）系列，另一派以白一平為代表的*s-冠音的形式，金理新持有相同看法。不管「賞」書母上古究係哪一來源，其與「慶」組成複合形式時，聲母對「慶」韻尾產生同化影響，使「慶」*-aŋ 韻母后附加了或為*-h 或為*-s 的音素，這種連音變讀屬於俞敏連音變讀類型的第四種，可通過公式表示：*khraŋ＋*hjaŋʔ→*khraŋh＋*hjaŋʔ〔註124〕或*khraŋ＋*strjaŋʔ→*khraŋs＋*strjaŋʔ〔註125〕。

　　由西漢韋玄成的詩發現「慶」與時已帶*-h 韻尾的「盛」押韻，兩者當具有相同的韻尾，最合理的推測是「慶」帶有同樣的韻尾*-h。上列第一個公式的連音變讀，即「慶」與「賞」組成同義複合詞在語流音變過程中前音受後音影響，在音綴末尾添出一個尾音*-h 來，這個尾音最晚在西漢已經存在。以後這個因語流音變產生的「慶」音*khraŋh 逐漸取代本音，在單用時亦讀此音〔註126〕，最後依照歷史音變演變成中古的去聲。不過，如果說上列連音變讀第二個公式在西漢前經歷了*-s＞*-h 的進一步演變，那麼用第二個公式解釋這一變化亦未為不可。

　　「慶」上古為平聲韻，連音變讀是其後來變讀去聲的一種可能，還有一種可能與「慶」本身表示的專名異讀有關。「慶」既表「賀也、福也」義，又表專名義。為了區別兩種意義語音出現分化，通過附加後綴*-s 形式以相區別。兩種可能，姑備存疑。

　　《詩經》押韻、群經押韻事實肯定「慶」古讀平聲，更有《集韻》收錄的讀音呢？儘管其收存讀音不知所本，但至少提示我們「慶」陽韻平聲音節曾存在於歷史上某個時期。

　　4. 狩，《廣韻》：「冬臘」，「舒救切」，《說文》：「犬田也，从犬守聲」，「守」諧聲系列僅「狩」字，而「守」上古陰聲幽部，故「狩」亦當屬陰聲幽部，鄭張尚芳歸入幽 1 部，上古擬音*qhljus。白一平幽部，上古擬音*stjus。狩，

〔註124〕擬音據鄭張尚芳（2003）。

〔註125〕擬音據白一平（1992）。

〔註126〕俞敏先生（1948）談到「納亨」連音變讀「亨」產生唇音聲母時肯定了即使「亨」、「納」兩字拆開分用，「亨」仍能保持唇音的說法。「慶」的情況與此相類，獨用時亦能保持連音變讀的語音。

《詩經》入韻 3 次，分別為：

　　P337《國風・鄭風・叔于田》：狩、酒、酒、好

　　P369《國風・秦風・駟驖》：阜、手、狩

　　P428《小雅・南有嘉魚之什・車攻》：好、阜、草、狩

　　「狩」《詩經》中均用作動詞，表示「冬臘」義，與上古幽部*-ɦ 韻尾字相押。「狩」古文獻中入韻不多，查得《焦氏易林》「鳴鸞四牡，駕出行狩。合格有獲，獻公飲酒。」「狩」與*-ɦ 韻尾字「牡、酒」相押。「狩」《詩經》中無一例外地選擇與*-ɦ 韻尾幽部字相押，我們懷疑其早期形式與這些押韻字一樣帶有相同韻尾。

　　《集韻》「有」韻、「宥」韻下分別收有「狩」字，看來「狩」在歷史上某一時期存在過*-ɦ 韻尾形式。就我們手頭所掌握的材料，這個歷史時期我們願意把它暫定為《詩經》時代，《詩經》押韻及其後《焦氏易林》押韻情況可備一證。「狩」*-ɦ 韻尾、*-s 韻尾兩種形式在《集韻》中均表示「冬臘」義，兩類不同的語音形式可能來源於方音的區別。

　　「狩」又是從什麼時候開始以*-s 韻尾為代表形式佔據歷史舞臺的？六朝經師注音已經見到「狩」*-s 韻尾形式且只有*-s 韻尾形式，可以肯定當時*-ɦ 韻尾的「狩」已與*-s 韻尾的「狩」合而為一了，否則陸德明《經典釋文》中不會不留一點痕跡。至於後來的《集韻》因為「務從該廣」編纂宗旨的原因，於上去兩韻下收有「狩」字也就不足為怪了。

　　5. 予，《廣韻》：「郭璞云：『予猶與也』」，「余呂切」／「我也」，「以諸切」。《說文》：「推予也，象相予之形」，予聲系列皆為陰聲韻，「予」亦為陰聲韻。鄭張尚芳魚部，上古擬音分別為*laʔ／*la，白一平魚部，上古擬音*ljaʔ／*lja。予，《詩經》入韻 9 次，分別為：

　　P319《國風・墉風・干旄》：組、五、予

　　P489《小雅・魚藻之什・采菽》：筥、予、予、馬、予、黼

　　P489《小雅・魚藻之什・采菽》：股、下、紓、予

　　以上 3 例「予」以「與也」義入韻，上古為*-ɦ 韻尾音節。各入韻字上古魚部，*-ɦ 韻尾音節，與「予」正相押韻。

　　P378《國風・陳風・墓門》：顧、予

　　P394《國風・豳風・鴟鴞》：雨、土、戶、予

P441《小雅・節南山之什・正月》：雨、輔、予

P459《小雅・谷風之什・谷風》：雨、女、予

P462《小雅・谷風之什・四月》：暑、予

P561《大雅・蕩之什・雲漢》：沮、所、顧、助、祖、予

以上 6 例「予」字以第一人稱代詞入韻，與上古*-ɦ 韻尾音節相押。其中「顧」上古有*-ɦ 韻尾形式後文將詳細說明，此不贅述。「助」《詩經》入韻 2 次，皆與上古*-ɦ 韻尾字相押，其上古可能有*-ɦ 韻尾一源。

作為第一人稱代詞語詞早期的文字記錄形式為「余」，甲金文中已經出現。「予」作為人稱代詞假借本義為「推予」的「予」字記錄，開始的語音形式我們懷疑與「推予」義之「予」語音形式相同，均帶有*-ɦ 韻尾。以後為了區別詞義，才在原詞根形式上分化出零韻尾音節。「余、予」的區別周法高（1959）指出：「余」、「予」讀音相同，恐怕只是文字寫法上的差異而已〔註127〕。我們以為周先生這句話定位在《詩經》時代至少是不合適的，因為《詩經》中「予」字作為人稱代詞入韻的情況無一例外地選擇與上古*-ɦ 韻尾音節字相押，其實不但《詩經》，《楚辭》「予」字押韻也同樣遵守這一規則。《楚辭》「予」入韻 7 次，皆以第一人稱義入韻，無一例外與上古*-ɦ 韻尾韻字押韻。如果承認「余、予」讀音相同，即均為零韻尾音節，那麼為什麼《詩經》、《楚辭》中竟無一例與零韻尾音節相押的例子呢？

金理新（2006）對「余」、「予」二字在先秦典籍中的分布情況作了考察，指出《尚書》、《詩經》、《論語》、《孟子》多用「予」字，《左傳》、《國語》多用「余」字〔註128〕。這種錯置分布的原因文章未作討論，僅對段玉裁《說文解字注》「余、予」古今字的說法作了肯定。可以見到今字「予」相對古字「余」的使用範圍更廣泛。

人稱代詞「予」早期假借「推予」義的「予」字形式記錄，同時也借用了它的語音形式，後來一是為了與「推予」義語詞形式相區別，二是在同為第一人稱代詞「余」的類推影響下在原詞根形式基礎上分化出零韻尾音節。到這時「予、余」區別才能如周法高先生所言為文字寫法上的差異，終於可以算是一對古今字。

〔註127〕周法高：《中國古代語法・稱代篇》，北京：中華書局，1990 年版，第 63 頁。

〔註128〕金理新：《上古漢語形態研究》，安徽，黃山書社，2006 年版，第 199 頁。

6．顧，《廣韻》：「回視也，眷也」，「古暮切」，《說文》：「還視也，从頁雇聲」，雇从戶聲，「戶」諧聲系列均為陰聲韻，「顧」上古亦當屬陰聲韻。鄭張尚芳魚部，上古擬音*kʷaas。白一平上古擬音*kas。顧，《詩經》入韻 7 次，分別為：

P464《小雅・谷風之什・小明》：暇、顧、怒

P298《國風・邶風・日月》：土、處、顧

P332《國風・王風・葛藟》：滸、父、父、顧

P359《國風・魏風・碩鼠》：鼠、黍、女、顧、女、土、土、所

P410《小雅・鹿鳴之什・伐木》：所、藇、羜、父、顧

P561《大雅・蕩之什・雲漢》：沮、所、顧、助、祖、予

P378《國風・陳風・墓門》：顧、予

以上 7 例「顧」均與帶*-ɦ 韻尾魚部字相押，第 1 例「暇」中古去聲字，上古諸家擬為*-s 尾韻。而此字《詩經》押韻一律與上古*-ɦ 韻尾字相押，其或本有*-ɦ 韻尾一源。最後 2 例既有零韻尾音節「予」，又有*-s 韻尾音節「助」。「予」《詩經》時代帶有*-ɦ 韻尾，前文已有論證。上古帶有*-s 韻尾的「助」《詩經》入韻 2 次，皆與上古*-ɦ 韻尾字相押，其本或也有*-ɦ 韻尾形式一源。

據此，我們懷疑早期「顧」存在*-ɦ 韻尾形式。事實上「顧」與*-ɦ 韻尾押韻並不限於《詩經》，古文獻中頻頻出現，如《穆天子傳》「顧」與「土、野、處」押韻，《六臣注文選・諷諫詩》「顧」與「土、恃」押韻，《焦氏易林》「顧」與「女」押韻，《曹子建集》「顧」與「父、土」押韻等等。

從諧聲來看，《說文》：「顧，還視也，从頁雇聲。」雇，《廣韻》：「《說文》曰：『九雇，農桑候鳥，扈民不淫者也』」，「侯古切」／「本音戶，九雇鳥也，相承借為雇賃字」，「古暮切」。可見，「顧」亦屬上聲系列。又《集韻》「姥」韻、「暮」韻下分別收有「顧」，更引六朝經師徐邈讀古為證。那麼可以肯定「顧」上古時期確實存在過*-ɦ 韻尾形式，這一形式反映的很大可能是方音差異，因為六朝經師中沒有其他家有同樣注音的形式。至於後來*-ɦ 韻尾形式佔據歷史舞臺跟當時的政治有關，從西周到隋唐這一段時期，政治中心由北向南牽移，處於政治中心的方言自然成為強勢語言，「顧」*-s 韻尾正是在這樣的政治背景下佔據主導地位，幾近取代*-ɦ 韻尾形式的（官方韻書不收存這一語音形式，除了《集韻》）。

7. 暇，《廣韻》:「閒也，《書》曰:『不敢自暇自逸』，俗作暇」，「胡駕切」。上古陰聲魚部，鄭張尚芳上古擬音*graas，白一平上古擬音*gras。暇，《詩經》入韻3次，分別為:

P410《小雅·鹿鳴之什·伐木》:醑、酤、鼓、舞、暇、醑

P464《小雅·谷風之什·小明》:暇、顧、怒

P501《小雅·魚藻之什·何草不黃》:虎、野、暇

「暇」《詩經》入韻3次無一例外與上古*-ɦ韻尾字押韻，可見，「暇」上古亦當有*-ɦ韻尾形式一源。

古代韻文尚有漢賈誼《鵩鳥賦》:「單閼之歲兮，四月孟夏。庚子日斜兮，鵩集予舍。止於坐隅兮，貌甚閒暇。」「夏、舍、暇」押韻。

遺憾的是，在後世韻書中*-ɦ韻尾形式未見痕跡，可能*-ɦ韻尾形式早就消失的緣故。

8. 助，《廣韻》:「佐也，益也」，「牀據切」。上古陰聲魚部，鄭張尚芳上古擬音*zras，白一平上古擬音*dzrjas。助，《詩經》入韻2次:

P561《大雅·蕩之什·雲漢》:沮、所、顧、助、祖、予

P568《大雅·蕩之什·烝民》:舉、圖、舉、助、補

「助」《詩經》入韻2次，皆與上古*-ɦ韻尾字押韻，可見其亦當帶有相同的韻尾形式。

古代韻文《文子卷五·道德》:「積道德者，天與之，地助之，鬼神輔之。」「與、助、輔」押韻。《太元經》「助、舉、輔」押韻。

「助」早期確有*-ɦ韻尾形式，不過這一形式較早消失，後世韻書未見保存。

9. 斝，《廣韻》:「玉爵」，「古疋切」。上古陰聲魚部，鄭張尚芳上古擬音*kraaʔ，白一平上古擬音*kraʔ。

斝，《詩經》入韻1次。P534《大雅·生民之什·行葦》:「肆筵設席，授几有緝御。或獻或酢，洗爵奠斝。」此例交韻，「席、酢」押韻，「御、斝」押韻。御，《廣韻》:「理也，侍也，進也」，「魚巨切」，上古陰聲魚部，鄭張尚芳擬音*ŋas。《釋文》:「斝，古雅反，又音嫁」，《釋文》「斝」作音計10次，其中古雅反讀3次，古嫁反讀1次，兩者兼讀6次。六朝經師注音「斝」有兩讀，意義相同，當為方音差異。又《集韻》「馬」韻、「禡」韻下收有「斝」，

釋義相同。「斁」上古有*-s 韻尾一源，與「御」主元音韻尾相同，正相押韻。

10. 僭，《廣韻》：「擬也，差也」，「子念切」。《說文》：「假也，从人朁聲。」朁，上古侵部，諧聲系列「僭」亦當為上古侵部字，「僭」鄭張尚芳擬音 *ʔslɯɯms，白一平擬音*tsəms。

僭，《詩經》入韻 2 次：P466《小雅‧谷風之什‧鼓鐘》：欽、琴、音、南、僭。P554《大雅‧蕩之什‧抑》：僭、心。入韻字「欽、琴、音、心」為侵 1 部*-ɯm，「南」為侵 3 部*-uum，僭，與「欽、琴、音、心、南」類字押韻，亦當帶有相同韻尾形式。鄭張尚芳將其歸入侵 1 部的同時又為它構擬了*-s 韻尾，因為「僭」在中古讀去聲。然而鄭張卻忽略了「僭」在六朝經師注音中存在「七林切」一讀，《集韻》侵韻分別於侵小韻、祲小韻下收有「僭」字。這些都可證明「僭」早期存在過*-ɯm 韻母形式，《詩經》押韻更可說明其早期形式具有*-ɯm 韻母形式。故此我們認為「僭」上古時期存在*-s 韻尾與無*-s 韻尾交替兩種形式，只是這兩種形式在後來使用中由*-s 韻尾形式佔據上峰，無*-s 韻尾形式因受排擠慢慢淡出歷史舞臺，《集韻》的收存也只是全面收納一個字所有時期所有地域分布的讀音而已，因為《集韻》中的很多音在當時通語中實際並不通行更別說存在了。

11. 幪，《詩經》入韻 1 次。P528《大雅‧生民之什‧生民》：「麻麥幪幪，瓜瓞唪唪。」毛傳：「幪幪然茂盛也」，《釋文》：「幪幪，莫孔反，茂盛也」。《說文》無幪字，幪，《廣韻》：「覆也，蓋衣也，又幪縠」，「莫紅切」。《廣韻》幪「茂盛」音義未收。《集韻》：「茂盛皃」，「母揔切」，並引本詩例為解。毛傳「唪唪然，多實也」，《釋文》「唪布孔反，徐又薄孔反」。菶，《廣韻》「草盛皃」，「蒲蠓切」／「邊孔切」。唪，係「菶」之同音借用字。菶，上古陽聲東部，韻尾*-ŋɦ。

我們認為「幪」《詩經》時代存有兩義兩讀，《禮記‧內則》「肝膋，取狗肝一，幪之以其膋，濡炙之，舉燋其膋，不蓼」，幪即表「覆」義，而本例「幪」表「茂盛」義。《廣韻》未存的音義《集韻》收存，更有《詩經》例證，因此「幪」《詩經》一表「覆」義，上古陽聲東部，韻尾*-ŋ；一表「茂盛」義，上古陽聲東部，韻尾*-ŋɦ。

（二）《詩經》押韻語氣詞入韻所致異調相押

《詩經》押韻存在大量語氣詞入韻的情況，也即王力先生（1986）所謂

的「虛字腳」。就常識而言，這類虛字腳頻繁入韻和諧，對其前入韻字語音要求自然放低。通過對《詩經》此類語氣詞入韻考察，發現語氣詞前入韻字韻尾、韻腹押韻相對不那麼嚴格、規整，可以不同韻尾相押（異調相押）、不同韻腹相押。

1. 平上相押

P293《國風‧召南‧野有死麕》：「野有死麕，白茅包之；有女懷春，吉士誘之。」包，《廣韻》：「包裹」，「布交切」，上古陰聲幽部。誘，《廣韻》：「導也，引也，教也，進也」，「與久切」，上古陰聲幽部。「包、誘」押韻，同為陰聲幽部，一為 Ø 韻尾一為 *-ɦ 韻尾，入韻字後均有語氣詞「之」可認為入韻，對語氣詞前入韻字押韻要求放寬。

P315《國風‧墉風‧定之方中》：「升彼虛矣，以望楚矣。」毛傳：「虛，漕虛也」。虛，《廣韻》：「《說文》曰：『大丘也』」，「去魚切」，上古陰聲魚部，零韻尾音節。楚，《廣韻》：「莄楚，亦荊楚，又州」，「創舉切」，上古陰聲魚部，*-ɦ 韻尾音節。「虛、楚」後語氣詞「矣」入韻，相同主元音情況下不同韻尾可以押韻。

P482《小雅‧甫田之什‧車舝》：「高山仰止，景行行止。」仰，《廣韻》：「偃仰也」，「魚兩切」，上古陽聲陽部，*-ŋɦ 韻尾音節。行，《廣韻》：「行步也」，「戶庚切」，上古陽聲陽部，*-ŋ 韻尾音節。「仰、行」後語氣詞「止」入韻，相同主元音不同韻尾押韻。

P519《大雅‧文王之什‧皇矣》：「作之屏之，其菑其翳；修之平之，其灌其栵。」《釋文》：「屏之，必領反，除也」，上古陽聲耕部，*-ŋɦ 韻尾音節。平，《廣韻》：「正也，和也，易也」，「符兵切」，上古陽聲耕部，*-ŋ 韻尾音節。此例係交韻，「屏、平」押韻，其後語氣詞「之」入韻，「屏、平」主元音相同情況下不同韻尾可押韻。

P452《小雅‧節南山之什‧小弁》：「伐木掎矣，析薪杝矣。舍彼有罪，予之佗矣。」毛傳：「佗，加也」，佗，《說文》：「負何也」，《釋文》：「之佗，吐賀反，加也」，《廣韻》無「吐賀反」一音，《集韻》「他佐切」。佗，上古陰聲歌部，鄭張歌 1 部，流音 *-l 韻尾音節。據《釋文》及《集韻》所存讀音上推，我們以為「佗」上古有 *-ls 韻尾一讀。掎，《廣韻》：「《說文》曰：『偏引

也』」,「居綺切」,上古陰聲歌部,鄭張尚芳歌 1 部,*-lʔ韻尾音節。柂,《廣韻》:「析薪」,「池爾切」,上古陰聲歌部,鄭張尚芳歌 1 部,*-lʔ韻尾音節。「掎、柂、佗」主元音相同,韻尾或為*-ls 或為*-lʔ。此三字後語氣詞「矣「入韻,對語氣詞前入韻要求放寬,故可押韻。

P479《小雅・甫田之什・裳裳者華》:「左之左之,君子宜之;」左,《廣韻》:「左右也」,「臧可切」/「左右」,「則箇切」。上古陰聲歌部,鄭張尚芳歌 1 部,*-lʔ或*-ls 韻尾音節。宜,《廣韻》:「所安也」,「魚羈切」,上古陰聲歌部,鄭張尚芳歌 1 部,流音*-l 韻尾音節。「左、宜」後語氣詞「之」入韻,「左、宜」相同主元音情況下不同韻尾可相押韻。

P490《小雅・魚藻之什・角弓》:「爾之遠矣,民胥然矣。」馬瑞辰以為「然」係「嘫」之省借〔註129〕,嘫,《廣韻》「語聲」,「女閑切」,上古陽聲元部,鄭張尚芳元 2 部,*-n 韻尾音節。遠,《廣韻》:「遙遠也」,「雲阮切」,上古陽聲元部,鄭張尚芳元 1 部,*-nʔ韻尾音節。語氣詞「矣」入韻,「遠、嘫」相近主元音情況下不同韻尾可以押韻。

P321《國風・衛風・淇奧》:「瑟兮僴兮,赫兮咺兮。有匪君子,終不可諼兮。」僴,《廣韻》:「武猛皃」,「下赧切」,上古陽聲元部,鄭張尚芳元 1 部,*-nʔ韻尾音節。咺,毛傳:「宣著也」,係「宣」之近音借用。本字「宣」,《廣韻》:「布也,明也」,「須緣切」,上古陽聲元部,鄭張尚芳元 3 部,*-n 韻尾音節。諼,毛傳「忘也」。係「萱」之同音借用。萱,《廣韻》:「忘憂草,《說文》作『蕿蕿』」,「況袁切」,上古陽聲元部,鄭張尚芳元 1 部,*-n 韻尾音節。「僴、宣、萱」後語氣詞「兮」入韻,相近主元音不同韻尾可以相押。

P417《小雅・鹿鳴之什・魚麗》:「物其旨矣,維其偕矣。」旨,《廣韻》:「《說文》云:『美也』」,「職雉切」,上古陰聲脂部,鄭張尚芳脂 2 部,上古擬音*kjiʔ。偕,《廣韻》:「俱也」,「古諧切」,上古陰聲脂部,鄭張尚芳脂 1 部,上古擬音*kriil。「旨、偕」後語氣詞「矣」入韻,相同主元音下不同韻尾可以相押。

P394《國風・豳風・鴟鴞》:「恩斯勤斯,鬻子之閔斯。」勤,《廣韻》:「勞也」,「巨斤切」,上古陽聲文部,鄭張尚芳文 1 部,上古擬音*gɯn。閔,《廣

〔註129〕馬瑞辰:《毛詩傳箋通釋》,北京,中華書局,1989 年版,第 766 頁。

韻》：「傷也，病也」，「眉殞切」，上古陽聲文部，鄭張尚芳文 1 部，上古擬音 *mrɯɯnʔ。「勤、閔」主元音相同，韻尾一為*-n，一為*-nʔ。「勤、閔」後語氣詞「斯」入韻，相同主元音不同韻尾可以押韻。

P417《小雅・鹿鳴之什・魚麗》：「物其有矣，維其時矣。」有，《廣韻》：「有無」，「云久切」，上古陰聲之部，鄭張尚芳上古擬音*ɢʷɯʔ。時，《廣韻》：「辰也」，「市之切」，上古陰聲之部，鄭張尚芳上古擬音*djɯ。「有、時」後語氣詞「矣」入韻，相同主元音不同韻尾可以相押。

2. 平去相押

P436《小雅・鴻雁之什・斯干》：「如竹苞矣，如松茂矣。兄及弟矣，式相好矣，無相猶矣。」苞，《廣韻》：「叢生也，豐也，茂也」，「布交切」，上古陰聲幽部零韻尾音節。茂，《廣韻》：「卉木盛也」，「莫候切」，上古陰聲幽部*-s 韻尾音節。好，《廣韻》：「愛好」，「呼到切」，上古陰聲幽部*-s 韻尾音節。猶，《廣韻》：「同猷，又尚也，似也」，「以周切」，上古陰聲幽部零韻尾音節。「苞、茂、好、猶」押韻，其後語氣詞「矣」入韻，「苞、茂、好、猶」在主元音相同情況下不同韻尾可以押韻。

P452《小雅・節南山之什・小弁》：「君子信讒，如或醻之。君子不惠，不舒究之。」醻，《廣韻》：「同酬，主人進客也」，「市流切」，上古陰聲幽部零韻尾音節。究，《廣韻》：「謀也」，「居祐切」，上古陰聲幽部*-s 韻尾音節。「醻、究」後均有語氣詞「之」入韻，「醻、究」在主元音相同情況下不同韻尾可以押韻。

P303《國風・邶風・谷風》：「就其深矣，方之舟之；就其淺矣，泳之游之。何有何亡？黽勉求之。凡民有喪，匍匐救之。」舟，《廣韻》：「舟船」，「職流切」，上古陰聲幽部，鄭張尚芳歸為幽 2 部帶半元音韻尾*-ɯw 形式〔註130〕。遊，《廣韻》：「浮也，放也」，「以周切」，上古陰聲幽部零韻尾音節。求，《廣韻》：「索也」，「巨鳩切」，上古陰聲幽部零韻尾音節。救，《廣韻》：「護也，止也」，「居祐切」，上古陰聲幽部*-s 韻尾音節。「舟、遊、求、救」押韻，其後語氣詞「之」入韻，主元音相同〔註131〕的情況下不同韻尾可押韻。

〔註130〕鄭張尚芳歸部與傳統韻部不同的隨文注出，相同的不再出注。

〔註131〕鄭張尚芳幽 2 部與幽 1 部主元音發音部位相同均為舌尖後元音，幽 2 部主元音發

P421《小雅・南有嘉魚之什・彤弓》：「彤弓弨兮，受言囊之。我有嘉賓，中心好之。鐘鼓既設，一朝醻之。」囊，《廣韻》：「韜也」，「古勞切」，上古陰聲幽部，鄭張尚芳歸入幽 2 部帶半元音韻尾*-ɯw 形式。好，《廣韻》：「愛好」，「呼到切」，上古陰聲幽部*-s 韻尾音節。醻，《廣韻》：「同酬，主人進客也」，「市流切」，上古陰聲幽部零韻尾音節。「囊、好、醻」後語氣詞「之」入韻，主元音相同情況下不同韻尾可押韻。

P324《國風・衛風・氓》：「三歲為婦，靡室勞矣；夙興夜寐，靡有朝矣。言既遂矣，至于暴矣。兄弟不知，咥其笑矣。靜言思之，躬自悼矣。」勞，《廣韻》：「倦也，勤也，病也」，「魯刀切」，上古陰聲宵部，鄭張尚芳歸入宵 1 部帶半元音韻尾*-aw 形式。朝，《廣韻》：「早也，又旦至食時為終朝」，「陟遙切」，上古陰聲宵部，鄭張尚芳歸入宵 2 部帶元音韻尾*-aw。暴，《廣韻》：「侵暴，猝也，急也」，「薄報切」，上古來源於入聲韻尾音節，鄭張尚芳歸入豹 3 部，擬為*boowGS。笑，《廣韻》：「欣也，喜也」，「私妙切」，上古陰聲宵部，鄭張尚芳歸入宵 3 部帶半元音韻尾*-ows 形式。悼，《廣韻》：「傷悼」，「徒到切」，上古來源於入聲韻尾音節，鄭張尚芳歸入豹 2 部，擬為*deewGS。「勞、朝、暴、笑、悼」押韻，根據鄭張尚芳上古韻部劃分與擬音，入韻字除韻尾不同外，主元音亦不相同。鄭張先生上古韻部分部擬音與《詩經》押韻的矛盾，不少學者提出質疑。其實正如鄭張先生所言，不同主元音是能夠相押的，因為它們實際發音的音位相近的緣故，這除了近現代的詩歌押韻可以提供證據外，某些方言點的讀音也能提供參考。關於這個問題我們會在相關部分再細作討論。就本例而言，各入韻字前皆有語氣詞「矣」可以認為入韻，對語氣詞前押韻要求放寬，主元音相近情況下不同韻尾可以相押。

P382《國風・檜風・匪風》：「匪風飄兮，匪車嘌兮；顧瞻周道，中心弔兮。」毛傳：「弔，傷也」。弔，《廣韻》：「弔死曰弔」，「多嘯切」。悼，《廣韻》：「傷悼」，「徒到切」。可知本例「弔」係「悼」之近音假借字。悼，上古來源

音方法為不圓唇，幽 1 部主元音發音方法圓唇，但幽 2 部主元音後有圓唇韻尾*-w，可以認為幽 1 幽 2 部韻母雖有分別但發音實際音位相近。這點鄭張尚芳在其上古音系統中多次強調過同一韻部的字可以押韻，因為韻母系統和韻部系統是兩個概念。詳鄭張尚芳：《上古音系》，上海，上海教育出版社，2003 年版，第 158～159 頁。後類此者不再出注。

於入聲，鄭張尚芳歸入豹 2 部，擬音*deewɢs。白一平歸入藥部，擬音*dewks。
飄，《廣韻》：「疾風也」，「符霄切」，又「撫招切」，上古陰聲宵部，鄭張尚芳
宵 2 部帶半元音韻尾*-ew。嘌，《廣韻》：「疾吹之皃」，「撫招切」，上古陰聲
宵部，鄭張尚芳宵2部帶半元音韻尾*-ew。「飄、嘌、悼」押韻，其後語氣詞
「兮」入韻，主元音相同情況下不同韻尾要以相押。

　　P344《國風・鄭風・丰》：「子之丰兮，俟我乎巷兮。悔予不送兮。」丰，
《廣韻》：「丰茸」，「敷容切」，上古陽聲東部，韻尾*-ŋ。巷，《廣韻》：「街巷」，
「胡絳切」，上古陽聲東部，韻尾*-ŋs。送，《廣韻》：「送也，行也」，「即良切」，
上古陽聲東部，韻尾*-ŋs。「丰、巷、送」押韻，其後語氣詞「兮」入韻，主元
音同為*-o，不同韻尾*-ŋs 與*-ŋ 可以押韻。

　　P283《國風・召南・鵲巢》：「維鵲有巢，維鳩居之；之子于歸，百兩御之。」
鄭箋：「御迎也」，《釋文》：「御五嫁反」。御，《廣韻》：「理也，侍也，進也，使
也」，「牛倨切」，上古陰聲魚部。又迓，《廣韻》：「迎也」，「吾駕切」，上古陰聲
魚部。御，當係「迓」之近音借用，上古均帶韻尾*-s。居，《廣韻》：「當也，
處也，安也」，「九魚切」，上古陰聲魚部，零韻尾音節。語氣詞「之」入韻，「居、
迓」相同主元音情況下不同韻尾可以押韻。

　　P349《國風・齊風・著》：「俟我於著乎而，充耳以素乎而，尚之以瓊華乎
而。」毛傳：「門屏之間曰著」，「著」係「宁」之同音借用。宁，《廣韻》：「門
屏間」，「直魚切」／「直呂切」，上古陰聲魚部，零韻尾音節和*-ɦ 韻尾音節。
素，《廣韻》：「《說文》：『白致繒也』」，「桑故切」，上古陰聲魚部，*-s 韻尾音節。
華，《廣韻》：「《爾雅》云：『華荂也』。」，「呼瓜切」，上古陰聲魚部，零韻尾音
節。「除、素、華」押韻，其後語氣詞「乎而」入韻，主元音相同情況下，零韻
尾音節與*-s 韻尾音節的字可以相押。

　　P528《大雅・生民之什・生民》：「鳥乃去矣，后稷呱矣。」去，《廣韻》：
「離也」，「丘倨切」，上古陰聲魚部，*-s 韻尾音節。呱，《廣韻》：「啼聲」，「古
胡切」，上古陰聲魚部，零韻尾音節。「去、呱」押韻，其後語氣詞「矣」入韻，
相同主元音不同韻尾可相押。

　　P597《周頌・閔予小子之什・閔予小子》：「念茲皇祖，陟降庭止。維予小
子，夙夜敬止。」庭，《廣韻》：「門庭」，「特丁切」，上古陽聲耕部，*-ŋ 韻尾
音節。敬，《廣韻》：「恭也，肅也，慎也」，「居慶切」，上古陽聲耕部，*-ŋs 韻

尾音節。「庭、敬」後有語氣詞「止」入韻，主元音相同情況下不同韻尾可以押韻。

P498《小雅‧魚藻之什‧瓠葉》：「有兔斯首，炮之燔之；君子有酒，酌言獻之。」燔，《廣韻》：「炙也」，「附袁切」，上古陽聲元部，鄭張尚芳元1部，*-n韻尾音節。獻，《廣韻》：「進也」，「許建切」，上古陽聲元部，鄭張尚芳元1部，*-ns韻尾音節。「燔、獻」後有語氣詞「之」入韻，相同主元音下不同韻尾可以押韻。

P346《國風‧鄭風‧溱洧》：「溱與洧，方渙渙兮。士與女，方秉蕳兮。」毛傳：「蕳，蘭也」，蕳，係「蘭」之近音借用。蘭，《廣韻》：「香草」，「落干切」，上古陽聲元部，鄭張尚芳元1部，*-n韻尾音節。渙，《廣韻》：「水散」，「火貫切」，上古陽聲元部，鄭張尚芳元1部，*-ns韻尾音節。語氣詞「兮」入韻，「渙、蘭」相同主元音不同韻尾可以相押。

P313《國風‧墉風‧君子偕老》：「瑳兮瑳兮，其之展也。蒙彼縐絺，是紲袢也。子之清揚，揚且之顏也。展如之人兮，邦之媛也。」毛傳：「展，衣者以丹縠為衣」，襢，《說文》「丹縠衣」，正字作「襢」。襢，《廣韻》「陟扇切」，上古陽聲元部，鄭張尚芳元2部，*-ns韻尾音節。袢，係「祥」之同音借用，祥，《廣韻》：「絺綌」，「附袁切」，上古陽聲元部，鄭張尚芳元1部，*-n韻尾音節。顏，《廣韻》：「顏容」，「五姦切」，上古陽聲元部，鄭張尚芳元1部，*-n韻尾音節。媛，《廣韻》：「嬋媛」，「雨元切」，上古陽聲元部，鄭張尚芳元1部，*-n韻尾音節。「襢、祥、顏、媛」後語氣詞「也」入韻，相同或相近主元音情況下，不同韻尾可以相押。

P454《小雅‧節南山之什‧何人斯》：「爾還而入，我心易也；還而不入，否難知也。壹者之來，俾我祇也。」毛傳：「易說，祇病」。陳奐以為「祇」無病義，係「痕」之假借。痕，《廣韻》：「病也」，並引本詩例，「巨支切」，上古陰聲支部，零韻尾音節。知，《廣韻》：「覺也」，「陟離切」，上古陰聲支部，零韻尾音節。易，《釋文》：「夷豉反，注同，韓詩作施，施善也」，上古來源於*-gs韻尾音節，鄭張入賜部，對應白一平錫部。語氣詞「也」入韻，「易、知、痕」在主元音同為*-e的情況下不同韻尾可以相押。

P470《小雅‧谷風之什‧信南山》：「信彼南山，維禹甸之。畇畇原隰，曾孫田之。」毛傳：「甸治也」，甸，《廣韻》無治義。甸，係「佃」的同音借

用。佃，《廣韻》：「營田」，「堂練切」，上古陽聲真部，白一平上古擬音*dins，鄭張尚芳真 2 部，上古擬音*l'iiŋs。田，《廣韻》：「《釋名》曰：『土巳耕者曰田，田塡也，五稼塡滿其中也』」，「徒年切」，上古陽聲真部，白一平上古擬音*din，鄭張尚芳真 2 部，上古擬音*l'iiŋ。「佃、田」主元音相同，韻尾為*-ns、*-n 或*-ŋs、*-ŋ（據鄭張尚芳）。「佃、田」後語氣詞「之」入韻，相同主元音情況下不同韻尾可以相押。

P337《國風‧鄭風‧將仲子》：「仲可懷也；父母之言，亦可畏也。」P337《國風‧鄭風‧將仲子》：「仲可懷也；諸兄之言，亦可畏也。」P337《國風‧鄭風‧將仲子》：「仲可懷也；人之多言，亦可畏也。」P395《國風‧豳風‧東山》：「不可畏也，伊可懷也。」懷，《廣韻》：「思也」，「戶乖切」，上古陰聲微部，鄭張尚芳微 2 部，上古擬音*gruul。畏，《廣韻》：「畏懼」，「於胃切」，上古陰聲微部，鄭張尚芳微 2 部，上古擬音*quls。語氣詞「也」入韻，「懷、畏」相同主元音情況下不同韻尾可相押韻。

3. 平上去相押

P568《大雅‧蕩之什‧烝民》：「民鮮克舉之。我儀圖之。維仲山甫舉之。愛莫助之。袞職有闕，維仲山甫補之。」舉，《廣韻》：「擎也，又立也，言也」，「居許切」，上古陰聲魚部，*-ɦ 韻尾音節。圖，《廣韻》：「《爾雅》曰：『謀也』，《說文》曰：『畫計難也』」，「同都切」，上古陰聲魚部，零韻尾音節。助，《廣韻》：「佐也」，「牀據切」，上古陰聲魚部，*-s 韻尾音節。補，《廣韻》：「補綴」，「博古切」，上古陰聲魚部，*-ɦ 韻尾音節。「舉、圖、舉、助、補」押韻，其後語氣詞「之」入韻，主元音相同情況下零韻尾音節、*-s 韻尾音節、*-ɦ 韻尾音節可以相押。

P346《國風‧鄭風‧野有蔓草》：「野有蔓草，零露溥兮。有美一人，清揚婉兮。邂逅相遇，適我願兮。」溥，《廣韻》：「《詩》云：『零露溥兮』」，「度官切」，上古陽聲元部，鄭張尚芳元 3 部，*-n 韻尾音節。婉，《廣韻》：「順也，美也」，「於阮切」，上古陽聲元部，鄭張尚芳元 3 部，*-nʔ韻尾音節。願，《廣韻》：「欲也，念也，思也」，「魚怨切」，上古陽聲元部，鄭張尚芳元 1 部，*-ns 韻尾音節。願，聲母為牙音合口，使韻母元音帶有圓唇性質，與「溥、婉」主元音發音圓唇性質相同，發音發法相近。「溥、婉、願」後語氣詞「兮」入韻，相近主元音情況下不同韻尾可以相押。

P489《小雅‧魚藻之什‧采菽》:「泛泛楊舟,紼纚維之;樂只君子,天子葵之。樂只君子,福祿膍之。優哉優哉,亦是戾矣!」維,《廣韻》:「繫也」,「以追切」,上古陰聲脂部,鄭張尚芳脂 2 部,上古擬音*gʷi。葵,毛傳:「揆也」,葵,《廣韻》無「揆度」義,係「揆」之近音假借。揆,《廣韻》:「度也」,「求癸切」,上古陰聲脂部,鄭張尚芳脂 1 部,上古擬音*gʷilʔ。膍,毛傳「厚也」,《釋文》:「頻尸反,厚也,韓詩作肶」,《廣韻》「房脂切」,上古陰聲脂部,鄭張尚芳脂 2 部,上古擬音*bii。戾,毛傳「至也」,《廣韻》:「至也」,「郎計切」/「練結切」,上古來源於*-ds 韻尾音節,鄭張尚芳隊 1 部 / 物 1 部,上古擬音*ruɯds / *ruɯd。「維、揆、膍、戾」主元音同為高不圓唇元音,韻尾不一,或為零韻尾或為*-lʔ韻尾或為*-ds 韻尾音節。以上入韻字後語氣詞「之」入韻,相近主元音情況下不同韻尾可以相押。

4. 上去相押

P602《周頌‧閔予小子之什‧良耜》:「荼蓼朽止,黍稷茂止。」朽,《廣韻》:「腐也」,「許久切」,上古陰聲幽部*-ɦ 韻尾音節。茂,《廣韻》:「卉木盛也」,「莫候切」,上古陰聲幽部*-s 韻尾音節。「朽、茂」押韻,其後語氣詞「止」入韻,「朽、茂「主元音相同情況下不同韻尾可押韻。

P349《國風‧齊風‧還》:「子之茂兮,遭我乎峱之道兮,並驅從兩牡兮,揖我謂我好兮。」茂,《廣韻》:「卉木盛也」,「莫候切」,上古陰聲幽部*-s 韻尾音節。道,《廣韻》:「路也」,「徒晧切」,上古陰聲幽部*-ɦ 韻尾音節。牡,《廣韻》:「牝牡」,「莫厚切」,上古陰聲幽部,鄭張尚芳歸幽 2 部帶半元音韻尾*-w 形式。好,《廣韻》:「善也,美也」,「呼晧切」,上古陰聲幽部*-ɦ 韻尾音節。「茂、道、牡、好」後語氣詞「兮」入韻,主元音相同情況下不同韻尾可以押韻。

P410《小雅‧鹿鳴之什‧伐木》:「迨我暇矣,飲此湑矣。」鄭箋「共飲此湑酒」,湑,《廣韻》「露皃」,「私呂切」/「相居切」,上古陰聲魚部,*-ɦ 韻尾音節和零韻尾音節兩種語音形式。醑,《廣韻》:「籭酒」,「私呂切」,上古陰聲魚部,*-ɦ 韻尾音節。湑,係「醑」之同音借用字。暇,《廣韻》:「閒也」,「胡駕切」,上古陰聲魚部,*-s 韻尾音節。語氣詞「矣」入韻,「暇、醑(湑)」主元音相同情況下不同韻尾可以相押。

P337《國風・鄭風・大叔于田》:「叔馬慢忌,叔發罕忌。」慢,《廣韻》:「怠也」,「謨晏切」,上古陽聲元部,鄭張尚芳元 3 部,*-ns 韻尾音節。罕,《廣韻》:「希也」,「呼旱切」,上古陽聲元部,鄭張尚芳元 1 部,*-nʔ韻尾音節。「慢、罕」一為唇音聲母,一為喉音聲母,影響其後元音帶有圓唇性質,使兩元音發音相近。「慢、罕」後語氣詞「忌」入韻,相近主元音下不同韻尾可以相押。

5. 平去入相押

P331《國風・王風・中谷有蓷》:「中谷有蓷,嘆其脩矣。有女仳離,條其歗矣。條其歗矣,遇人之不淑矣。」脩,《廣韻》:「脯也」,「息流切」,上古陰聲幽部,鄭張尚芳幽 2 部帶半元音韻尾*-w。歗,《廣韻》:「嘯籀文」,「蘇弔切」,上古來源於*-gs 韻尾,鄭張尚芳*-wgs 韻尾。淑,《廣韻》:「善也」,「殊六切」,上古入聲覺部,鄭張尚芳覺 2 部*-wg 韻尾。「脩、歗、歗、淑」後語氣詞「矣」入韻,主元音相同情況下不同韻尾可押韻。

6. 平入相押

P583《周頌・清廟之什・維天之命》:「假以溢我,我其收之;駿惠我文王。曾孫篤之。」收,《廣韻》:「斂也」,「式州切」,上古陰聲幽部,鄭張尚芳幽 2 部帶半元音韻尾*-w。篤,《廣韻》:「厚也」,「冬毒切」,上古入聲覺部。「收、篤」後語氣詞「之」入韻,主元音相同情況下不同韻尾可以押韻。

P319《國風・墉風・干旄》:「素絲紕之,良馬四之。彼姝者子,何以畀之?」四,《廣韻》:「《說文》曰:『陰數也』」,「息利切」,上古來源於入聲韻尾*-ds。畀,《廣韻》:「與也」,「必至切」,上古來源於入聲韻尾*-ds。紕,《廣韻》:「續苧一紕,出《新字林》」,「昌里切」/「飾緣邊也」,「符支切」。《說文》:「氐人繝也,讀若《禹貢》玭珠。从糸比聲。」比聲系列均為陰聲韻,故「紕」上古亦當屬陰聲韻。鄭張尚芳上古擬音*khjɯʔ / *be,白一平上古擬音*thjə ʔ / *bje。紕,《詩經》入韻 1 次,與「四、畀」押韻,其後語氣詞「之」入韻,對語氣詞前的入韻字入韻要求放寬,陰聲韻「紕」可以跟入聲來源的「四、畀」押韻。

7. 去去相押(陰聲韻來源去聲與入聲韻來源去聲相押)

P337《國風・鄭風・大叔于田》:「叔善射忌,又良御忌。」射,《廣韻》:

「《世本》曰:『逢蒙作射』」,「食亦切」,上古入聲鐸部,*-g 韻尾音節。御,《廣韻》:「使也」,「牛倨切」,上古陰聲魚部,*-s 韻尾音節。「射、御」後語氣詞「忌」入韻,相同主元音下*-g 韻尾和*-s 韻尾音節語詞可以押韻。

8. 去入相押(入聲韻來源去聲與入聲韻相押)

P441《小雅・節南山之什・正月》:「心之憂矣,如或結之。今茲之正,胡然厲矣?燎之方揚,寧或滅之。赫赫宗周,褒姒威之。」結,《廣韻》:「締也」,「古屑切」,上古入聲質部,鄭張尚芳質 1 部,上古擬音*kiid。厲,《廣韻》:「惡也」,「力制切」,上古來源於*-ds 韻尾音節,鄭張尚芳祭 1 部,上古擬音*m·rads。滅,《廣韻》:「盡也,絕也」,「亡列切」,上古入聲月部,鄭張尚芳月 2 部,上古擬音*med。威,《廣韻》:「威也」,「許劣切」,上古入聲月部,鄭張尚芳月 2 部,上古擬音*hmed。「結、厲、滅、威」後語氣詞「矣、之」入韻,相近主元音情況下相同或相近韻尾可以押韻。

9. 文支合韻

P463《小雅・谷風之什・無將大車》:「無將大車,祇自塵兮;無思百憂,祇自疧兮。」塵,《廣韻》:「《說文》本作『䨘』,鹿行揚土也」,「直珍切」,上古陽聲文部,鄭張尚芳文 1 部,擬音*rduun。「疧」係「疷」之形近之訛,疷,《廣韻》:「病也」,「巨支切」,上古陰聲支部,鄭張尚芳擬音*ge。「塵、疷」後語氣詞「兮」入韻,不同主元音不同韻尾可相押。

上列九類異調相押、鄰韻相押,由於入韻字後語氣詞入韻作用,對入韻字韻尾、韻腹要求降低。其中一些陰聲韻、入聲韻相押現象,也不是真正意義上的陰入押韻。

(三)《詩經》押韻假借異文訓讀所致不同韻尾押韻

《詩經》押韻因為入韻字假借、異文、訓讀,常常引起不同韻尾押韻。這些不同韻尾押韻並不是真正意義上的異尾相押,原因各有所本。

1. P528《大雅・生民之什・生民》:「或舂或揄,或簸或蹂。釋之叟叟,烝之浮浮。」《釋文》:「叟叟,所留反,字又作溲,淘米聲也。《爾雅》作『溞』,音同,郭音騷」,溞,《廣韻》:「淅米」,「蘇遭切」,上古陰聲幽部 Ø 韻尾。「叟」為「溲、溞」假借字。又《釋文》:「浮浮,如字氣也。《爾雅》《說文》並作烰,雲烝也」,烰,《廣韻》:「火氣,《爾雅》曰:『烰烰,烝也』」,「縛謀切」,

上古陰聲幽部 Ø 韻尾，「浮」為「烰」假借字。揄，《廣韻》：「同扰，抒臼出周禮」，「以周切」，上古陰聲幽部 Ø 韻尾。蹂，《廣韻》：「踐穀」，「耳由切」，上古陰聲幽部 Ø 韻尾。「揄、蹂、滺、烰」上古同為幽部零韻尾音節，互相押韻。

2. P448《小雅・節南山之什・小旻》：「謀臧不從，不臧覆用。我視謀猶，亦孔之邛。」鄭箋：「謀之善者不從，其不善者反用之」。從，《廣韻》：「《說文》曰：『相聽也』」，「疾容切」，上古陽聲東部，*-ŋ 韻尾。邛，《廣韻》：「勞也，病也」，「渠容切」，上古陽聲東部，*-ŋ 韻尾。用，《廣韻》：「庸也」，金文中「庸」同「用」。「用」與「從、邛」押韻，亦當帶有相同的韻尾形式*-ŋ，那麼此例的「用」以其訓讀形式「庸」入韻。

3. P394《國風・豳風・鴟鴞》：《國風・豳風・鴟鴞》：「迨天之未陰雨，徹彼桑土，綢繆牖戶。今女下民，或敢侮予。」鄭箋：「寧有欲侮慢毀之者乎」，可知「予」用如語氣詞。予，中古字書、韻書表示人稱代詞「我」義、猶「與」表示「給予」義，並無語氣詞義。予，係語氣詞「歟」的近音借用。歟，《說文》：「安氣也」，《廣韻》：「歎也」，「余呂切」，上古陰聲魚部，*-ɦ 韻尾音節。雨，《廣韻》：「《說文》云：『水从雲下也』」，「王矩切」，上古陰聲魚部，*-ɦ 韻尾音節。土，《廣韻》：「土田，地主也」，「徒古切」，上古陰聲魚部，*-ɦ 韻尾音節。戶，《廣韻》：「《說文》曰：『戶，護也，半門為戶』」，「侯古切」，上古陰聲魚部，*-ɦ 韻尾音節。「雨、土、戶、歟」主元音相同，韻尾相同，正相押韻。

4. P441《小雅・節南山之什・正月》：「終其永懷，又窘陰雨。其車既載，乃棄爾輔。載輸爾載，將伯助予。」雨，上古陰聲魚部，*-ɦ 韻尾音節。輔，《廣韻》：「助也，弼也」，「扶雨切」，上古陰聲魚部，*-ɦ 韻尾音節。予，係語氣詞「歟」之近音借用。歟，上古陰聲魚部，*-ɦ 韻尾音節。「雨、輔、歟」主元音相同韻尾相同，正相押。

5. P440《小雅・節南山之什・節南山》：「不弔昊天，亂靡有定。式月斯生，俾民不寧。憂心如酲，誰秉國成？」鄭箋：「定，止」，動詞，《釋名》：「停，定也，定於所在也。」停，《廣韻》：「息也，定也，止也」，「特丁切」。定，《說文》安也，形容詞。「安定」為「停止」的動轉化形式。停，上古陽聲耕部，*-ŋ 韻尾音節。定，在其詞根基礎上附加後綴*-s 構成，此後綴具有動轉化功

能。生，《廣韻》：「生長也」，「所庚切」，上古陽聲耕部，*-ŋ 韻尾音節。寧，《廣韻》：「安也」，「奴丁切」，上古陽聲耕部，*-ŋ 韻尾音節。醒，《廣韻》：「酒病」，「直貞切」，上古陽聲耕部，*-ŋ 韻尾音節。成，《廣韻》：「畢也，就也」，「是徵切」，上古陽聲耕部，*-ŋ 韻尾音節。「定」以動詞形式入韻，即「停」所記錄的*-ŋ 韻尾音節形式，與「生、寧、醒、成」主元音相同，韻尾相同，正相押韻。

6. P573《大雅・蕩之什・江漢》：「四方既平，王國庶定。時靡有爭，王心載寧。」平，《廣韻》：「正也，和也，易也」，「符兵切」，上古陽聲耕部，*-ŋ韻尾音節。爭，《廣韻》：「競也」，「側莖切」，上古陽聲耕部，*-ŋ 韻尾音節。寧，《廣韻》：「安也」，「奴丁切」，上古陽聲耕部，*-ŋ 韻尾音節。定，其前「庶」表示「希望」，動作並尚未完成，以動詞形式入韻，即「停」所記錄的*-ŋ 韻尾音節形式。「平、定、爭、寧」主元音相同，韻尾相同，正相押韻。

7. P311《國風・邶風・新臺》：「魚網之設，鴻則離之；燕婉之求，得此戚施。」鄭箋：「戚施，面柔，下人以色故不得仰也」。覛，《說文》：「司人也，從見它聲」，《廣韻》：「覛面柔也，本亦作戚施」，「式支切」。根據諧聲上古應歸陰聲歌部，此字鄭張尚芳古音字表漏收，「它」諧聲系列鄭張尚芳歸入歌 1部。離，《說文》：「黃倉庚也」，又罹《說文》：「心憂也，古多通用離」，《周易・小過》：「弗遇過之，飛鳥離之。」與此例句法語義相同，孔穎達疏：「過而弗遇，必遭羅網。」罹、羅、離，古於「遭，被」義上通用。「罹羅離」，上古陰聲歌部，「離罹」鄭張尚芳歸入歌 2 部，「羅」鄭張尚芳歸入歌 1 部。均為流音*-l 韻尾音節。「離、覛」主元音相同或相近，韻尾相同，可以押韻。

8. P541《大雅・生民之什・公劉》：「篤公劉，于胥斯原。既庶既繁，既順迺宣，而無永嘆。陟則在巘，復降在原。」毛傳：「巘，小山，別於大山也」。巘，《廣韻》：「山形如甑」，「語偃切」。甗，《廣韻》：「無底甑也」，「語軒切」。《詩經》此處用「甗」指稱「巘」，使用了代稱修辭手法。甗，上古陽聲元部，鄭張尚芳元 1 部，*-n 韻尾音節。原，《廣韻》：「廣平曰原」，「愚袁切」，上古陽聲元部，鄭張尚芳元 1 部，*-n 韻尾音節。繁，《廣韻》：「概也，多也」，「附袁切」，上古陽聲元部，鄭張尚芳元 1 部，*-n 韻尾音節。宣，《廣韻》：「徧也」，「須緣切」，上古陽聲元部，鄭張尚芳元 3 部，*-n 韻尾音節。嘆，《廣韻》：「長息，與歎同」，「他干切」，上古陽聲元部鄭張尚芳元 1 部，*-n 韻尾音節。「原、

繁、宣、歎、龘、原」主元音相同或相近，韻尾相同押韻。

9. P428《小雅・南有嘉魚之什・車攻》:「決拾既佽，弓矢既調，射夫既同，助我舉柴。」毛傳:「柴積也」，「柴」《廣韻》無積義，係「挨」之同音假借。挨，《說文》:「積也」，「从手此聲」，《廣韻》:「積也」，「奇寄切」/「疾智切」/「士佳切」，據諧聲聲符上古當入歌部。鄭張尚芳古音字表此字失收，依鄭張體系此字上古可能的形式是*ges / *zes / *zree。佽，《廣韻》:「利也」，「七四切」，上古陰聲脂部，鄭張尚芳脂 2 部，上古擬音*slhis。「佽、挨」主元音同為前元音，「佽」可能入韻的形式為*-s 韻尾形式，與「佽」主元音相近，韻尾相同，正相押韻。

10. P519《大雅・文王之什・皇矣》:「作之屏之，其菑其翳；修之平之，其灌其栵。」毛傳:「翳，灌叢生也。栵，栭也」。翳，《廣韻》無「叢生」義，其同音詞「殪」，《廣韻》:「殪薈」，「於計切」。翳，係「殪」之同音借用。殪，上古陰聲脂部，鄭張尚芳脂 2 部，上古擬音*qiis。栵，《廣韻》:「栭栗」，「力制切」，上古來源於*-ds 韻尾音節，鄭張尚芳歸入祭 2 部，擬音為*reds。「殪、栵」主元音同為前元音，發音相近，韻尾或為擦音*-s 或為*-ds。我們細心觀察一下可以發現*-s 尾的發音響度比其前*-i 元音小，有被前面元音濁化的傾向，*-i 元音後的*-s 尾發音上近於英語中帶有濁音性質的［z］；*-s 尾的發音響度比*-d 塞輔音大，具有弱化*-d 輔音的功能，又*-s、*-d 同為舌尖音，相互交融的可能性比舌根塞輔音*-g 要來得更容易更方便更直接，所以在*-gs 和*-s 韻尾押韻的問題上在這一理論基礎上兩者有不一樣的反應。而*-d 的濁音性質又同時影響*-s 擦音尾，使這個韻尾發音的特徵近於英語中的［z］。「殪、栵」正是在韻尾讀音和諧、主元音相近情況下鄰韻相押的。

11. 憂，《廣韻》:「愁也」，「於求切」，其諧聲系列均為陰聲韻，其上古亦當屬陰聲韻。鄭張尚芳幽 1 部，上古擬音*qu，白一平幽部，上古擬音*ʔju。憂，《詩經》入韻 16 次，除 1 例外均為陰聲幽部押韻。P362《國風・唐風・揚之水》:「揚之水，白石皓皓；素衣朱繡，從子于鵠。既見君子，云何其憂？」皓，《廣韻》:「光也，明也」，「胡老切」，鄭張尚芳幽 1 部，上古擬音*guuʔ。繡，《廣韻》:「五色備也」，「息救切」，上古來源於*-gs 韻尾音節，鄭張尚芳奧 2 部，上古擬音*suɯGs。鵠，《廣韻》:「鳥名」，「胡沃切」，上古覺部，鄭張尚芳覺 1 部，上古擬音*guug。皓，《說文》:「日出兒，从日告聲」。告，中

古入聲字，從其得聲的「皓」上古極有可能有*-g 韻尾交替形式，「皓、繡、鵠」上古均有入聲來源。憂，《詩經》中僅此 1 例與入聲來源音節相押，此字是一個假借字，本字怮，《說文》：「愁兒」，與「憂」意義相同，「憂」係「怮」之同義借用。怮，鄭張古音字表未收，據鄭張體系，上古來源奧 2 部，當擬音為*qruɯwɢ。「怮」與「皓、繡、鵠」主元音同為後元音，韻尾相同，正相押韻。

12. 信，《廣韻》：「忠信，又驗也，極也，用也，重也，誠也」，「息晉切」，《說文》：「誠也，從人從言」，上古來源於陽聲韻部，鄭張尚芳上古入真 1 部，擬音*hljins，白一平入真部，上古擬音*snjins。信，《詩經》入韻》7 次。

P366《國風·唐風·采苓》：「采苓采苓，首陽之巔。人之為言，苟亦無信。」苓，《廣韻》：「茯苓」，「郎丁切」，上古陽聲耕部，鄭張尚芳擬音*reeŋ。巔，《廣韻》：「山頂也」，「都年切」，上古陽聲真部，鄭張尚芳真 1 部，上古擬音*tiin。信，即伸字，《廣韻》：「信也」，「失人切」，與「苓、巔」同為前元音，發音相近，又「苓」韻尾*-ŋ 受前元音影響發音前移，接近於舌尖鼻音*-n。「苓、巔、伸」主元音相近韻尾相同或相近，可鄰韻相押。

P345《國風·鄭風·揚之水》：「揚之水，不流束薪；終鮮兄弟，維予二人。無信人之言，人實不信。」薪，《廣韻》：「柴也」，「息鄰切」，上古陽聲真部，白一平上古擬音*sjin，鄭張尚芳真 2 部，上古擬音*siŋ。人，《說文》：「天地之性最貴者也」，《廣韻》「如鄰切」，上古陽聲真部，鄭張尚芳真 1 部，上古擬音*njin。信，即伸字，與「薪、人」同為前高元音*-i，又鄭張尚芳真 2 部實際可合併為真 1 部，如白一平真部一律為*-n 韻尾，則「薪、人、信」韻尾同為*-n。「薪、人、信」主元音相同韻尾相同押韻。據鄭張尚芳「薪」真 2 的擬音，韻尾*-ŋ 極易受前高元音影響發音前移，近於舌尖鼻音*-n，主元音相同情況下不同韻尾因發音相近仍可押韻。鄭張尚芳脂質真二分在《押韻》上處於一種兩可解釋的狀態，單純據《詩經》押韻可分可不分，就本文材料只能得出這樣的結論。考慮到脂質真內部交叉的押韻情況似乎更傾向於不分，我們對這一問題的討論僅就有限的材料點到為止，對或分或合的押韻情況儘量兼收並蓄，因為實際的押韻材料也只能做到這一步，在涉及韻尾分部的問題上仍需結合漢語內部材料及同源語言比較證明材料。

P440《小雅·節南山之什·節南山》：「弗躬弗親，庶民不信。」親，《廣

韻》「愛也近也」，「七人切」，上古陽聲真部，鄭張尚芳真1部，上古擬音*shin。信，即伸，與「親」主元音韻尾均相同，相互押韻。

P447《小雅・節南山之什・雨無正》：「如何昊天，辟言不信！如彼行邁，則靡所臻。凡百君子，各敬爾身。胡不相畏？不畏于天。」天，《廣韻》：「上玄也」，「他前切」，上古陽聲真部，鄭張尚芳真1部，上古擬音*qhl'iin。臻，《廣韻》：「至也，乃也」，「側詵切」，上古陽聲真部，鄭張尚芳真1部，上古擬音*ʔsrin。身，《廣韻》：「親也，躬也」，「失人切」，上古陽聲真部，鄭張尚芳真1部，上古擬音*qhjin。信，即伸字，伸，與「天、臻、身」主元音同為前高元音*-i，韻尾同為舌尖鼻音尾*-n，「天、伸、臻、身、人」相互押韻。

P456《小雅・節南山之什・巷伯》：「緝緝翩翩，謀欲譖人。慎爾言也，謂爾不信。」翩，《廣韻》：「飛兒」，「芳連切」，上古陽聲元部，鄭張尚芳元2部，上古擬音*phen。人，《廣韻》「如鄰切」，上古陽聲真部，鄭張尚芳真1部，上古擬音*njin。信，即伸字，《廣韻》：「信也」，「失人切」，上古陽聲真部，鄭張尚芳真1部，上古擬音*hlin。「翩、人、伸」主元音同為前高元音*-i，韻尾同為舌尖鼻音韻尾*-n，主元音韻尾完全相同情況下鄰韻相押。

信、伸古相通。《周易・繫辭上》：「引而伸之，觸類而長之，天下之能事畢矣。」《釋文》：「本又作信，音身。」《周易・繫辭下》：「往者屈也，來者信也，屈信相感而利生焉。」伸，《廣韻》：「舒也，理也，直也，信也」，「失人切」，鄭張尚芳真1部，上古擬音*hlin，白一平真部，上古擬音*hljin。以上5例「信」借「伸」字音入韻。

P299《國風・邶風・擊鼓》：「于嗟洵兮，不我信兮。」毛傳「洵遠也」，馬瑞辰以為毛詩作洵，即夐之假借〔註132〕。夐，《廣韻》：「遠也」，「休正切」，上古陽聲耕部，鄭張尚芳上古擬音*qhʷeŋs。信，與「夐」主元音同為前元音，又「夐」韻尾*-ŋs受前元音影響發音近於*-ns，與「信」韻尾發音相近。「夐、信」主元音相近，韻尾相近鄰韻相押。

P318《國風・墉風・蝃蝀》：「大無信也，不知命也。」命，《廣韻》：「使也，教也，道也，信也，計也，召也」，「眉病切」，上古陽聲耕部，鄭張尚芳擬音*mreŋs。信，《廣韻》：「忠信」，「息晉切」，上古陽聲真部，鄭張尚芳真1部，

〔註132〕馬瑞辰：《毛詩傳箋通釋》，北京，中華書局，1989年版，第121頁。

上古擬音*hljins。「信、命」主元音同為前元音，又「命」*-ŋs 尾受前元音影響發音部位前移，近於*-ns，與「信」主元音相近、韻尾發音相近情況下鄰韻相押。

此 2 例「信」表義「忠信」，與*-ŋs 韻尾耕部字押韻。

13. P548《大雅·生民之什·板》：「民之方殿屎，則莫我敢葵。喪亂蔑資，曾莫惠我師。」屎，《廣韻》：「同屜」，「屜，呻吟聲」，「喜夷切」，上古陰聲脂部，鄭張尚芳脂 2 部，上古擬音*hri。資，《廣韻》：「助也，機也，貨也」，「即夷切」，上古陰聲脂部，鄭張尚芳脂 2 部，上古擬音*ʔsli。師，《廣韻》：「師，範也眾也」，「疏夷切」，上古陰聲脂部，鄭張尚芳脂 2 部，上古擬音*sri。鄭箋：「葵，揆也」，「葵」係「揆」之近音借用。入韻字「屎、資、師」均為脂部零韻尾音節，表示「揆度」義語詞便借用了相同韻部零韻尾音節「葵」入韻，葵，《廣韻》「渠佳切」，上古陰聲脂部，鄭張尚芳脂 1 部，上古擬音*gʷil。「葵」與「屎、師、資」主元音相同韻尾相同，正相押韻。

14. P525《大雅·文王之什·下武》：「昭茲來許，繩其祖武。於萬斯年，受天之祜。」毛傳：「許進」，鄭箋：「進於善道」，《廣韻》「許」無「進」義，係「御」之借音假借。御，《廣韻》：「進也」，「牛倨切」，上古陰聲魚部，*-s 韻尾音節。武，《廣韻》：「跡也」，「文甫切」，上古陰聲魚部，鄭張尚芳上古擬音*maʔ。祜，《廣韻》：「福也」，「侯古切」，上古陰聲魚部，鄭張尚芳上古擬音*gaaʔ。「御」與「武、祜」押韻，主元音相同，韻尾不同，於是借用與「武、祜」主元音韻尾皆同的「許」字入韻。

15. P436《小雅·鴻雁之什·斯干》：「秩秩斯干，幽幽南山。」毛傳：「干間也」，馬瑞辰以為「干」即「澗」之假借〔註133〕。澗，《廣韻》：「溝澗」，「古晏切」，上古陽聲元部，鄭張尚芳元 1 部，擬音*kraans。山，《廣韻》：「《爾雅》曰：『山產也，能產萬物』」，「所間切」，上古陽聲元部，鄭張尚芳元 2 部，擬音*sreen。「澗」與「山」韻尾不同，故借用近音的「干」入韻。干，上古陽聲元部，鄭張尚芳元 1 部，與「山」主元音相近，韻尾相同，正相押韻。

16. P358《國風·魏風·伐檀》：「坎坎伐檀兮，寘之河之干兮，河水清且漣猗。不稼不穡，胡取禾三百廛兮？不狩不獵，胡瞻爾庭有懸貆兮？彼君子

〔註133〕馬瑞辰：《毛詩傳箋通釋》，北京，中華書局，1989 年版，第 580 頁。

兮,不素餐兮。」毛傳:「干厓也」。干,《說文》:「犯也」,《廣韻》:「求也,犯也,觸也」,「古寒切」。岸,《廣韻》:「水涯高者」,「五旰切」,係「干」的本字,上古陽聲元部,鄭張尚芳元 1 部,擬音*ŋgaans。檀,《廣韻》:「木名」,「徒干切」,上古陽聲元部,鄭張尚芳元 1 部,擬音*daan。漣,《廣韻》:「漣漪」,「力延切」,上古陽聲元部,鄭張尚芳元 2 部,擬音*ren。廛,《廣韻》:「居也,《說文》曰:『一畮半也,一家之居也』」,「直連切」,上古陽聲元部,鄭張尚芳元 1 部,擬音*dan。貆,《廣韻》:「獸名」,「況袁切／胡官切／呼官切」,上古陽聲元部,鄭張尚芳元 3 部,分別擬音*qhon／*goon／*qhoon。餐,《廣韻》:「《說文》『吞也』」,「七安切」,上古陽聲元部,鄭張尚芳元 1 部,擬音*shaan。「岸」與各入韻字韻尾不同,借用近音的「干」入韻。干,上古陽聲元部,鄭張尚芳元 1 部,擬音*kaan,與「檀、漣、廛、貆、餐」主元音相同或相近,韻尾相同,正相押韻。

17. P570《大雅‧蕩之什‧韓奕》:「鞗鞃淺幭,鞗革金厄。」幭,《釋文》:「淺幭,莫歷反,一音篾,覆式也本又作幭同」。孔穎達「幭《禮記》作幦,《周禮》作幦,莫歷反,字異而義同」。幦,《廣韻》:「車覆軨也」,「莫狄切」,上古入聲錫部。幦,《廣韻》同幦。厄,據馬瑞辰辯證,係「軶」之同音借用〔註134〕。軶,《廣韻》:「車軶」,「於革切」,上古入聲錫部。「幦、軶」主元音相同,韻尾相同,正相押韻。

18. P558《大雅‧蕩之什‧桑柔》:「國步滅資,天不我將。靡所止疑,云徂何往?」鄭箋:「將猶養也」,《廣雅‧釋詁一》「將,養也。」又《小雅‧鹿鳴之什‧四牡》「王事靡盬,不遑將父」,毛傳:「將,養也」。養,《廣韻》:「育也」,「余兩切」,上古陽聲陽部,*-ŋɦ 韻尾音節。往,《廣韻》:「之也,去也,行也」,「于兩切」,上古陽聲陽部,*-ŋɦ 韻尾音節。據此,此例「往」與「將」之訓讀字「養」押韻。

19. P502《大雅‧文王之什‧文王》:「命之不易,無遏爾躬。宣昭義問,有虞殷自天。」躬,《廣韻》:「同躳」,躳,《廣韻》:「身也」,身,《廣韻》:「躳也」,「失人切」,上古陽聲真部,鄭張尚芳真 1 部,擬音*qhjin。天,《廣韻》「他前切」,上古陽聲真部,鄭張尚芳真 1 部,擬音*qhl'iin,白一平真部,擬

〔註134〕馬瑞辰:《毛詩傳箋通釋》,北京,中華書局,1989 年版,第 1009 頁。

音*hlin。「躬」之訓讀字「身」與「天」主元音相同，韻尾相同，正相押韻。可比較《小雅・節南山之什・雨無正》：「如何昊天，辟言不信！如彼行邁，則靡所臻。凡百君子，各敬爾身。胡不相畏？不畏于天。」「身、躬」義同，本條顯以「躬」之訓讀字「身」入韻。楊樹達曾有言「若其始初，同義之字往往同音，字音之界限不嚴，彼此可以互用也〔註135〕。」亦即我們所言「訓讀」之音。

20. P509《大雅・文王之什・綿》：「捄之陾陾，度之薨薨，築之登登，削屢馮馮。百堵皆興，鼛鼓弗勝。」《詩經》以「陾、薨、登、馮、興、勝」，鄭張尚芳、白一平認為「薨、登、馮、興、勝」為上古蒸部字，「陾」為上古之部字〔註136〕，擬「陾」上古音分別為*njɯ，*njə，鄭同時作注：「同陑，書訛〔註137〕。」陾，《說文》：「築牆聲也，从阜耎聲。」並引詩云「捄之陾陾。」《說文》從「耎」得聲的字除了「甄」入聲韻外均諧陽聲韻，故此，「陾」上古亦可能來源於陽聲韻。陾，《廣韻》：「同隔，地名又變險也」，「如之切又音仍」。《廣韻》「蒸」韻「陾」下無解。

「如乘切」與「如之切」之「陾」實為兩個不同的詞，兩者並無語源聯繫。《說文》「築牆聲」之義正對應「如乘切」的「陾」，此義也是本例「陾」之義。「如之切」的「陾」是一個專名，上古文獻作「陑」，《尚書・湯誓》：「伊尹相湯，伐桀升自陑。」孔安國傳：「陑在河曲之南」。先秦文獻，「陾」與「陑」使用有截然界限，前者表示「築牆聲」，後者表示「地名」。後來表地名的「陑」跟「陾」通用，或者是字形相近，或有其他一些原因。「陾」除《詩經》1 次入韻外先秦典籍未見入韻，《詩經》中「陾」與蒸部字相押，其上古歸部亦當屬蒸部，所以此例押韻並不是之蒸合韻。

21. P354《國風・齊風・猗嗟》：「猗嗟孌兮，清揚婉兮。舞則選兮，射則貫兮，四矢反兮，以禦亂兮。」《釋文》：「反如字，韓詩作變，變易。」孌，《廣韻》：「美好」，「力兗切」，上古陽聲元部，鄭張尚芳元 3 部，*-nʔ韻尾音節。婉，《廣韻》：「順也，美也」，「於阮切」，上古陽聲元部，鄭張尚芳元 3 部，*-nʔ韻尾音節。選，《廣韻》：「擇也」，「思兗切」，上古陽聲元部，鄭張

〔註135〕楊樹達：《積微居小學述林全編》，上海，上海古籍出版社，2007 年版，第 147 頁。

〔註136〕王力將「陾」歸為「蒸部」，是可信的。

〔註137〕鄭張尚芳：《上古音系》，上海，上海教育出版社，2003 年版，第 452 頁。

尚芳元 3 部，*-nʔ韻尾音節。貫，《廣韻》：「穿也」，「古玩切」，上古陽聲元部，鄭張尚芳元 3 部，*-ns 韻尾音節。反，《廣韻》：「反覆」，「府遠切」，上古陽聲元部，鄭張尚芳元 1 部，*-nʔ韻尾音節。亂，《廣韻》：「不理也」，「郎段切」，上古陽聲元部，鄭張尚芳元 3 部，*-ns 韻尾音節。《釋文》「反」異文「變」上古陽聲元部，鄭張尚芳元 3 部，*-ns 韻尾音節。那麼這幾例入韻字則是前三個「變、婉、選」相押*-ʔ尾韻，後三個「貫、反、亂」押*-s 尾韻。

（四）《詩經》押韻入韻與否及語序問題

《詩經》某些字例入韻與否學者們看法分歧，姑列存疑。另 1 例語序問題附記於此。

1. P554《大雅·蕩之什·抑》：「其在于今，興迷亂于政。顛覆厥德，荒湛于酒。女雖湛樂從，弗念厥紹。罔敷求先王，克共明刑。」顧炎武、孔廣森、王力皆以「政、刑」韻，「酒、紹」韻，江有誥以為詩中無此體，前二句無韻，「酒、紹」押韻，「王、刑」耕陽通韻。如果從詩例和押韻和諧的角度考慮，江說更為確。同為陽聲韻尾*-ŋ 的陽部「王」、耕部「刑」，由於韻尾和諧偶爾押韻也是可能的。此例押韻暫且存疑。

2. P516《大雅·文王之什·思齊》：「肆戎疾不殄，烈假不瑕。」顧炎武、段玉裁以為無韻。孔廣森以「疾、殄、假、瑕」為韻。江有誥以為「假、瑕」可協而「疾、殄」不可協，且三百篇中未有一句一轉韻者，故存疑為是。王力此二句與江有誥同，不入韻。從《詩經》押韻韻例及押韻自身分析，本文以為江有誥之說為確，此二句以不入韻為是。

3. P467《小雅·谷風之什·楚茨》：「禮儀既備，鐘鼓既戒。孝孫徂位，工祝致告。」顧炎武以「備、戒、位」入韻，「告」字不入韻。段玉裁以「備、戒、告」為韻。江有誥以「告」叶音記與「備、戒」韻。王力以「備、戒、告」職覺合韻。金理新指出「備、戒」押韻，「位、告」幽緝合韻。此例押韻未知孰是，姑且存疑。

4. P576《大雅·蕩之什·常武》：「赫赫業業，有嚴天子，王舒保作。」此例可能為「業業赫赫，有嚴天子，王舒保作〔註 138〕。」「赫」與「作」正

〔註138〕江有誥曾作有說明，我們同意江的看法，詳江有誥：《音學十書》，北京，中華書局，1993 年版，第 84 頁。

相押韻。

（五）《詩經》押韻其他問題

1. 《詩經》押韻個別字入韻語音問題

（1）究，《廣韻》：「窮也，深也，謀也，盡也」，「居祐切」。《說文》：「窮也，从穴九聲」。《說文》諧聲系列除「旭」外均為陰聲韻，因此可以認為「究」上古亦當為陰聲幽部字，鄭張尚芳上古擬音*kus，白一平上古擬音*kjus。究，《詩經》入韻 3 次。

P365《國風・唐風・羔裘》：「羔裘豹褎，自我人究究。豈無他人？維子之好。」毛傳：「究究猶居居也」，《釋文》：「究究，九又反，《爾雅》云：『居居，究究，惡也。』」褎，《廣韻》：「服飾盛皃」，「余救切」。好，《廣韻》：「愛好」，「呼到切」。「褎、好」中古去聲字，上古陰聲韻幽部字，帶*-s 韻尾。究，上古也帶-s 韻尾。

P452《小雅・節南山之什・小弁》：「君子信讒，如或醻之。君子不惠，不舒究之。」醻，《廣韻》：「同酬，《說文》本作『醻』，主人進客也」，「市流切」。「醻」从「壽」聲，《說文》从「壽」聲的字除「璹」外均為陰聲韻，而「璹」《廣韻》有平入兩讀，如此，我們可以說「醻」諧聲系列均為陰聲韻，因此，「醻」也應屬陰聲幽部，上古來源於零韻尾的陰聲音節。「究」與「醻」押韻，應該具有相同的韻尾。而「醻、究」後有語氣詞「之」入韻，其前的入韻字押韻要求就會降低，不同韻尾可相押韻。

P552《大雅・蕩之什・蕩》：「侯作侯祝，靡屆靡究。」祝，《廣韻》：「《說文》曰：『祭主贊詞』」，「職救切」。／「巫祝，又太祝令」，「之六切」。上古有兩讀，即*-g 韻尾與*-gs 韻尾交替。由於「祝」*-gs 韻尾在《詩經》時代已經按照歷史音變規律弱化為擦音*-s 韻尾，與「究」韻尾相同，正可互押。

（2）好，《廣韻》：「善也，美也」，「呼晧切」。／「愛好」，「呼到切」。《說文》：「美也，从女子」。《說文》从好得聲的字僅 1 例，「薅」好省聲，《廣韻》陰聲字。「好」亦當屬陰聲韻。鄭張尚芳上古分別擬音*qhuuʔ / qhuus，白一平上古分別擬音*xuʔ / xus。

好，《詩經》入韻 20 次，分別為：

P336《國風・鄭風・緇衣》：好、造

P337《國風·鄭風·叔于田》：狩、酒、酒、好

P340《國風·鄭風·遵大路》：手、醜、好

P340《國風·鄭風·女曰雞鳴》：酒、老、好

P349《國風·齊風·還》：茂、道、牡、好

P428《小雅·南有嘉魚之什·車攻》：好、阜、草、狩

P429《小雅·南有嘉魚之什·吉日》：好、阜、阜、丑

P456《小雅·節南山之什·巷伯》：好、慆（草）

P476《小雅·甫田之什·大田》：草、好、莠

P528《大雅·生民之什·生民》：苞、襃、秀、好

P558《大雅·蕩之什·桑柔》：寶、好

以上 11 例「好」以上聲韻入韻，表義「善也，美也」。入韻字均為陰聲幽部字，除下列幾例外，餘皆韻尾相同押韻。

《國風·鄭風·叔于田》：「叔于狩，巷無飲酒。豈無飲酒？不如叔也，洵美且好。」

《小雅·南有嘉魚之什·車攻》：「田車既好，四牡孔阜。東有甫草，駕言行狩。」

這兩例中「酒、好、阜、草」均以上聲韻入韻，據金理新（2002）帶*-ɦ韻尾。狩，《廣韻》：「冬獵」，「舒救切」。《說文》從守得聲，從守得聲的字為陰聲幽部字，故狩亦當屬陰聲幽部字。「狩」，《詩經》入韻 3 次，均與幽部上聲字相押，先秦經籍中除《詩經》外未見狩字入韻用例。後代韻書字書除《集韻》外在記錄「狩」讀音時均存去聲一讀，《集韻》有韻「狩，冬獵也〔註139〕」。雖然不知《集韻》此音收存所本，倒是記錄了「狩」本有上聲一讀。

結合《詩經》押韻，大膽推測「狩」上古有*-ɦ 韻尾來源，至於後來韻書字書對此音的失收或者與其很早歷史時期與去聲合流有關，所幸編纂旨在「務從該廣」的韻書——《集韻》，存有「狩」上聲一讀。那麼以上 2 例為幽部*-ɦ韻尾和諧相押。

《國風·齊風·還》：「子之茂兮，遭我乎峱之道兮，并驅從兩牡兮，揖我謂我好兮。」毛傳：「茂，美也」。茂，《廣韻》：「卉木盛也」，「莫候切」。《說

〔註139〕見丁度：《集韻》，北京，北京市中國書店，1983 年版，第 897 頁。

文》：「艸豐盛，从艸戍聲」。《說文》从戍得聲的字僅「茂」1 例。戍，《廣韻》：「莫候切」，《詩經》入韻與陰聲幽部相押，因此我們以為「戍」上古為陰聲幽部字。那麼，從其得聲的「茂」字亦當屬陰聲韻。鄭張尚芳將其歸入陰聲之部，為「茂」上古擬音*mus，白一平上古擬音*mus。楙，《說文》：「木盛也」，《廣韻》「莫候切」。《漢書・律曆志上》：「君主種物，使長大楙盛也。」師古曰：「楙，古茂字。」王力同源字典「茂、楙」實同一詞〔註 140〕。金理新（2006）楙*mog-s，詞根木*mog 上加後綴*-s 名謂化而來，根據「楙」上古通作「茂」擬「茂」音亦為*mog-s，並指出「木和茂的關係如同林和森〔註 141〕。」「道、牡、好」《廣韻》均為上聲字，上古幽部*-ɦ 韻尾。

「茂」《詩經》入韻除跟去聲韻相押外，還押幽部上聲字〔註 142〕，後代韻書字書除《集韻》外均只收去聲一讀。《集韻》厚韻茂字下釋義「美也」，義本毛傳，音何本未得知。另據《詩經》押韻，「茂」更早時期可能存在*-ɦ 韻尾形式，不過這個*-ɦ 尾消失得比較早，後被幽部*-s 韻尾或侯部*-gs 韻尾形式佔據了主要地位。

《大雅・生民之什・生民》：「實方實苞，實種實褎。實發實秀，實堅實好。」苞，《廣韻》：「叢生也，豐也，茂也」，「布交切」，上古陰聲幽部，鄭張尚芳幽 1 部，上古擬音*pruu。褎，毛傳「長也」，鄭箋「枝葉長也」。《說文》：「袂也，从衣采聲」。采，《說文》：「禾成秀也，人所以收。从爪、禾。」高本漢（1957）認為表示「長也」義的語詞同音借用「褎」這個文字記錄形式〔註 143〕，根據《詩經》押韻推測，此語詞可能是與「褎」讀音相近帶有*-ɦ 韻尾的一個語詞。秀，《廣韻》：「榮也」，「息救切」，上古陰聲幽部，鄭張尚芳幽 1 部，上古擬音*slus。好，《廣韻》：「善也，美也」，「呼晧切」，上古陰聲幽部，鄭張尚芳幽 1 部，上古擬音*qhuuʔ。「苞、褎、秀、好」均為陰聲韻幽部字，主元音相同，韻尾形式不一，這類例外押韻，可能與入韻字本身伴隨的音高相近有關。

〔註 140〕見王力：《同源字典》，北京，商務印書館，1982 年版，第 243 頁。

〔註 141〕見金理新：《上古漢語形態研究》，合肥，黃山書社，2006 年版，第 296 頁。

〔註 142〕除去 1 例後帶語氣詞「矣」入韻例上去兩可兩讀以外，前文已作討論，此處不贅。

〔註 143〕詳高本漢：Grammata Serica Recensa，BMFEA，Vol.29，潘悟雲等譯：《漢文典（修訂版）》，上海，上海辭書出版社，1997 年版，第 467 頁。

以下 9 例「好」以去聲入韻，表示「愛好」義。

P298《國風・邶風・日月》：「日居月諸，古土是冒。乃如之人兮，逝不相好。胡能有定？寧不我報？」冒，《廣韻》：「覆也」，「莫報切」。／「干也」，「莫北切」。鄭張尚芳上古分別擬音*muugs／*muug、白一平*muks／*muk。冒，《詩經》入韻僅此 1 例，此期「冒」*-gs 韻尾可能已經弱化為*-s 韻尾。報，《廣韻》：「報告」，「博耗切」。報，《詩經》入韻 6 次均與陰聲韻相押，金理新（2006）上古擬音*pu-s。「好」與「冒、報」押韻，主元音相同，為幽部*u，韻尾亦同為*-s。

P327《國風・衛風・木瓜》：「匪報也，永以為好也。」

P340《國風・鄭風・女曰雞鳴》：「知子之好之，雜佩以報之。」

P365《國風・唐風・羔裘》：「羔裘豹褎，自我人究究。豈無他人？維子之好。」

《國風・衛風・木瓜》「報、好」入韻 3 次。以上 5 例入韻字主元音同，韻尾皆為*-s。

P421《小雅・南有嘉魚之什・彤弓》：「彤弓弨兮，受言櫜之。我有嘉賓，中心好之。鐘鼓既設，一朝醻之。」櫜，《廣韻》：「韜也，一曰車上櫜」，「古勞切」。上古陰聲幽部。醻，《廣韻》：「同酬，《說文》本作『醻』，主人送客也」，「市流切」。「好」與「櫜、醻」押韻，其後語氣詞「之」入韻，「之」前去聲韻尾*-s 和零韻尾的陰聲字可押韻。

P436《小雅・鴻雁之什・斯干》：「如竹苞矣，如松茂矣。兄及弟矣，式相好矣，無相猶矣。」苞，《廣韻》：「叢生也，豐也，茂也」，「布交切」。猶，《廣韻》：「同猷，謀也，已也，圖也，若也，道也」，「以周切」。茂，前文已論或來源於帶*-ɦ 韻尾或來源於陰聲韻*-s 韻尾〔註144〕。好，表示「愛好」義，上古來源於*-s 韻尾。「苞、茂、好、猶」後均有語氣詞「矣」，可認為入韻，語氣詞前的入韻字要求可以放寬，同一主元音下不同韻尾可以相押。

P338《國風・鄭風・清人》：「清人在軸，駟介陶陶。左旋右抽，中軍作好。」毛傳：「軸，河上地也」，《釋文》：「音逐，地名」。《廣韻》「直六切」，上古入聲覺部，鄭張尚芳覺 2 部，上古擬音*l'uwɢ。抽，《廣韻》：「拔也，引

〔註144〕「茂」根據詞族擬音的*-gs 韻尾來源在《詩經》押韻中沒能找到直接可靠的證據，姑備一說。

也」，「醜鳩切」，上古陰聲幽部，鄭張尚芳幽 2 部，上古擬音*lhuɯw。陶，毛傳：「驅馳之貌」，《釋文》：「陶陶，徒報反，驅馳貌」。鄭張尚芳幽 1 部，據《釋文》擬音為*lhuus。好，《釋文》：「呼報反」，《廣韻》：「愛好」，「呼到切」，上古陰聲幽部，鄭張尚芳幽 1 部，擬音*qhuus。

此例押韻清儒以為句句韻，王力也處理為句句韻，鄭張尚芳指出「軸、抽」韻，「陶、好」韻。其實此條一直是主張上古陰聲韻帶塞音韻尾的最好例證，除去我們辯證出的因為形態構詞造成的去入相押的例子外，想要證明上古陰聲韻帶塞音韻尾的例證可以說微乎其微，而此條則是一個極具說服力的難以迴避的所在。我們贊成鄭張尚芳先生（2003）針對丁邦新（1994）質疑的解釋：帶*-s 和不帶*-s 奇偶相間的押韻更顯韻尾和諧之美，只是鄭張尚芳先生仍然沒能就「軸、抽」*-g 入聲韻尾與*-w 流音韻尾押韻作出說明。在入聲韻與陰聲韻相押的問題上，《詩經》平入相押並不多見，大部分集中於具有構詞作用的*-g 後綴與語音層面入聲*-g 韻尾之間。此條語音層面的*-g 尾與陰聲韻*-w 尾押韻，從音理及其附帶的音高上去分析。首先，「軸、抽」主元音相同，韻尾一為*-wɢ，一為*-w。根據發音響度，半元音*-w 響度高於塞輔音，因此*-wɢ 韻尾中的 ɢ 音色弱化；其次，「軸」聲母的濁音性質使整個音節伴隨的音高相對低沉，與陰聲韻「抽」的音高可能接近〔註145〕。「軸、抽」在主元音相同，韻尾音色相近，音高相近等綜合情況下相互押韻。

2. 《詩經》押韻陰聲韻來源之去聲韻與入聲韻來源之去聲韻關係

《詩經》押韻存在一種現象，即陰聲韻來源之去聲韻*-s 韻尾形式與入聲韻來源之去聲韻*-gs 韻尾形式，少量接觸。《詩經》押韻例 6 見。

（1）P320《國風・墉風・載馳》：「既不我嘉，不能旋濟。視爾不臧，我思不閟。」濟，《廣韻》：「渡也，定也，止也」，「子計切」，上古陰聲脂部，鄭張尚芳脂 1 部，上古擬音*ʔsliils。閟，《廣韻》：「閟閉」，「兵媚切」，上古來源於*-gs 韻尾，鄭張尚芳至 2 部，上古擬音*prigs。據發音響度理論，*-s 響度高於濁塞輔音，因此*-gs 中*-g 受*-s 影響弱化，同時*-s 受*-g 濁音影響發音上

〔註145〕上古不同韻尾音高的相對順序排列需要全面系統考察異調相押的入韻字聲母韻母韻尾等對押韻影響的關係，本文附錄列出這些異調相押例以供進一步研究參考用。

帶有濁音性質，*-gs 韻尾發音上近於［z］；*-s 響度低於流音韻尾*-l，受流音韻尾次濁性質影響，*-ls 的*-s 發音近於［z］。「濟、閟「主元音相同韻尾音色相近，相互押韻。

（2）P519《大雅・文王之什・皇矣》：「啟之辟之，其檉其椐；攘之剔之，其檿其柘。」椐，《廣韻》：「靈壽，木名」，「居御切」，上古陰聲魚部，鄭張尚芳上古擬音*kas。柘，《廣韻》：「木名」，「之夜切」，上古來源於*-gs 韻尾音節，鄭張尚芳上古暮部，擬音*tjags。根據發音響度，*-s 響度高於濁塞輔音，*-gs 中*-g 受*-s 影響弱化，同時*-s 受*-g 濁音影響發音帶有濁音性質，*-gs 韻尾發音上近於［z］；*-s 響度低於元音，且受元音濁音性質影響，發音帶有濁音特徵，近於［z］。「椐、柘」主元音相同，韻尾發音音色接近，正相押韻。

（3）P453《小雅・節南山之什・巧言》：「君子信盜，亂是用暴。」盜，《廣韻》：「盜賊」，「徒到切」，上古陰聲宵部，鄭張尚芳宵 1 部，擬音*daaws。「暴」，《廣韻》：「侵暴」，「薄報切」，上古來源於*-gs 韻尾音節，鄭張尚芳上古豹 3 部，擬音*boowGs。*-gs 韻尾中*-g 受發音響度大的清擦音韻尾影響弱化，同時*-s 受塞音*-g 濁音性質影響發音近於［z］；*-s 響度低於半元音*-w，且受半元音濁音性質影響，發音帶有濁音特徵，近於［z］。「盜」主元音受韻尾*-w 影響帶有圓唇特徵，與「暴」主元音音色相近，韻尾音色亦近，相押韻。

（4）P299《國風・邶風・終風》：「終風且暴，顧我則笑。謔浪笑敖，中心是悼。」暴《廣韻》：「猝也，急也」，「薄報切」，上古來源於*-gs 韻尾音節，鄭張尚芳上古豹 3 部，擬音*boowGs。笑，《廣韻》：「欣也，喜也」，「私妙切」，上古陰聲宵部，鄭張尚芳宵 3 部，上古擬音*sqhows。敖，《釋文》：「五報反，謔浪笑敖，戲謔也」，敖，《廣韻》：「遊也」，當係「傲」之近音借用。傲，《廣韻》：「慢也，倨也」，「五到切」，上古陰聲宵部，鄭張尚芳宵 1 部，上古擬音*ŋaaws。悼，《廣韻》：「傷悼」，「徒到切」，上古來源於*-gs 韻尾音節，鄭張尚芳豹 2 部，上古擬音*deewGs。「暴、笑、傲、悼」主元音受半元音影響均帶有圓唇特徵，發音音色相近，韻尾因響度不同*-gs 和*-s 發音音色相近，正相押韻。

（5）P381《國風・檜風・羔裘》：「羔裘如膏，日出有曜。豈不爾思？中心是悼。」膏，《廣韻》：「高車」，「古到切」，上古陰聲宵部，鄭張尚芳宵 1 部，擬音*kaaws。曜，《廣韻》：「日光也，又照也」，「弋照切」，上古來源於

*-gs 韻尾音節，鄭張尚芳豹 2 部，擬音*lewɢs。悼，《廣韻》:「傷悼」,「徒到切」,上古來源於*-gs 韻尾音節，鄭張尚芳豹 2 部，擬音*deewɢs。「膏、曜、悼」上古主元音相近，韻尾音色據響度原則，發音相近，故押韻。

（6）P552《大雅·蕩之什·蕩》:「式號式呼，俾晝作夜。」呼，《廣韻》「喚也，說文曰外息也」。嘑，《廣韻》:「號嘑，亦作呼」,「嘑」係「呼」之近音借用。嘑，《廣韻》「荒故切」,上古陰聲魚部，鄭張尚芳擬音*qhaas。夜，《廣韻》:「舍也，暮也」,「羊謝切」,上古來源於*-gs 韻尾音節，鄭張尚芳擬音*laags。*-gs 受響度影響音色上近於［z］,與元音後的*-s 發音［z］相近。「嘑、夜」主元音相同，韻尾音色相近，相互押韻。

上列 6 例陰聲韻來源之去聲韻與入聲韻來源之去聲韻押韻關係，本文認為兩類韻尾發音音色相近，可以偶而押韻。當然這一假設是在排除了陰聲韻來源之去聲韻有可能的構詞形態變體形式存在的前提下提出的。那麼，這兩類不同韻尾之間押韻關係也可能同時與入韻字本身伴隨的音高成分有關，甚至有可能與兩類韻尾已經合併演變成韻尾*-h 有關。

《詩經》押韻要求韻尾相同、韻腹相同或相近，但這並不是不可逾越的金科玉律。《詩經》也會有不同韻尾、相同或相近韻腹押韻的現象。除去具有構詞作用的一些陰聲韻與入聲韻相押的情況外，可以說陰聲韻與入聲韻之間並不存在真正意義上的異尾押韻情況，那麼能夠想見陰聲韻與入聲韻上古時期應本之於完全不同性質的來源。入聲韻不同韻尾來源之間押韻、陽聲韻不同韻尾來源之間押韻、陰聲韻與陽聲韻之間押韻《詩經》中同樣罕見，大量不同韻尾押韻的情況主要集中於陰聲韻之間或陽聲韻各獨立韻尾（-m、-n、-ŋ）之間，而這類不同韻尾相押例外的原因與入韻字本身可能伴隨的音高相近有關。

鄭張尚芳（2006：219）認為韻尾到聲調的發展大致經過四個階段：

第一階段：只有韻尾對立，沒有聲調（有如藏文）。

第二階段：聲調作為韻尾的伴隨成分出現，仍以韻尾為主，聲調不是獨立音位。先秦韻文之有辨調相叶的傾向，主要乃是依據其韻尾相同而叶的，還不是依音高；但為滿足古詩歌配樂的需要，伴隨的不同音高成分也是作者附帶考慮的因素。

第三階段：聲調上升為主要成分，代償消失中的韻尾的辨義功能。部分韻

尾或作為殘餘成分存在，或仍然保持共存狀態。例如現今南方一些方言上聲的喉塞成分是殘存的不辨義成分；入聲帶塞尾的方言塞尾仍與短調共同起作用。各類韻尾不是同時消失的，去聲、上聲較快，入聲韻尾一般最遲消失。

第四階段：完全是聲調，韻尾全部消失。這是北方多數方言的情況（晉語和江淮話除外）。

《詩經》處於韻尾到聲調發展的第二階段。這一時期的韻文不同韻尾可以相押，主要集中在陰聲韻內部和陽聲韻內部。他們上古與入聲韻有不同的來源，在各自獨立的異尾押韻中多是入韻字本身伴隨的音高參與了押韻，在音高相近前提下陰聲韻之間不同韻尾可以相押。同樣地，陽聲韻不同韻尾在音高相近情況下亦可以相押。這類異尾押韻形式在中古即為異調相押。這一時期，音高在陰聲韻與陽聲韻異尾押韻中已成為次於韻尾的又一因素。

這類異調相押曾在歷史某一時期困惑了一大批人，現代仍有人對此耿耿於懷。詩歌押韻本就不能完全做到整齊規律，可能允許的例外同樣不能提供給我們任何違背語言事實規律的假設。這些例外的現象在理論上總是找到可能的解釋，語詞附帶的音高成分對於異尾押韻的影響不可忽略。這些例外的異調相押韻例，列於附錄以待進一步研究參考。

第五章 《詩經》押韻反映的構詞特點

　　早在 1987 年曾明路先生就認識到上古韻文押韻字有條件異讀，即一字因意義不同語音相別，表現在押韻上分化為兩類不同的押韻類型。其 1988 年碩士論文──《上古「入─去聲字」研究》則進一步指出條件異讀、方言異讀、新舊異讀等為這類「入─去聲字」的成因。丁啟陣（1988）提出《詩經》陰入關係的條件異讀分意義差別、方言差異、時間因素三類情況。兩位先生觀點可謂不謀而合。孫玉文（1999）指出：「有些字，經師的音注有兩個以上的讀音，而且意義不同，但有聯繫，漢魏韻文或原始詞入韻，或滋生詞入韻，跟經師音注反映出來的原始詞或滋生詞的音義配合關係常常一致[註1]。」金理新（2006）注意到先秦韻文押韻入韻字有因意義不同而有不同押韻形式，在前人研究基礎上更進一步對這一問題作了探討；同時結合《詩經》部分去入押韻例證分析提出了上古漢語後綴*-g。

　　上列諸家從詩歌韻文押韻視角開始注意語詞語音與語義語法關係，可謂獨具慧眼，為我們繼續這一視角深度挖掘語詞形態與語法意義關係作了大量導航開拓工作。通過對《詩經》押韻全面梳理歸類，根據異讀字的押韻形態與意義關係分別屬類，離析出構詞後綴*-g、*-d、*-s、*-ɦ。下文將結合《詩經》語詞押韻形態，對此類後綴的語法意義功能分別說明。

〔註1〕 孫玉文：《漢語變調構詞研究》，北京，北京大學出版社，1999 年版，第 317 頁。

第一節　構詞後綴*-g 語法意義

　　《詩經》押韻入聲韻*-g 尾韻與陰聲韻來源之去聲韻關係密切，這一陰入押韻關係係構詞後綴*-g 作用的結果。構詞後綴*-g 主要語法意義表現在五個方面。

第一、名謂化功能

　　《詩經》入韻字「載、栽、字、痗、孝、芼、到、犛、奏、附、譽、賦、又、事、茹、晦、忌」等與入聲韻*-g 尾韻相押時，帶有相同的後綴形式*-g，這一構詞後綴在上列入韻字中表達共同的語法意義，即表示動詞，具有謂詞性質。故此，後綴*-g 具有名謂化功能。

第二、動詞完成體功能

　　《詩經》入韻字「解、照」與入聲韻*-g 尾韻押韻，押韻形態帶有構詞後綴*-g，此後綴在此二入韻字中表有相同的語法意義，表示動詞完成體。因此，後綴*-g 有動詞完成體功能。

第三、非自主動詞功能

　　《詩經》押韻「除」與入聲韻*-g 尾韻相押，帶有構詞後綴*-g，此後綴意義表示動詞的非自主性，惜《詩經》押韻例證不多，姑錄之。

第四、動轉化功能

　　《詩經》入韻字「疚、故」與入聲韻*-g 尾韻相押，押韻形態帶有構詞後綴*-g，此後綴的語法意義從此二字中概括為動轉化名詞功能。《詩經》中「疚」表示謂詞性質押陰聲韻零韻尾語詞，表示名詞義時與*-g 後綴語詞相押。同樣，「故」表示形容詞「舊也，常也」義，與*-s 後綴語詞相押；表示名詞「原因、禍難」義，與*-g 後綴語詞押韻。

第五、動詞及物性功能

　　《詩經》「來」押韻兩分，表示不及物動詞「至也」義，一律與陰聲韻之平聲韻相押；表示及物動詞「勞來」義，一律與入聲韻*-g 尾韻相押。「來」押韻形態亦作兩分，零後綴形式表示不及物動詞意義，帶有後綴*-g 的語法意義表示及物動詞功能。故此，後綴*-g 有及物動詞功能。

　　《詩經》形態構詞後綴*-g 可能的語法功能有上列五類。正是因為有了這些構詞後綴的作用，這些陰聲韻字的語詞形式在韻尾上方與入聲韻*-g 尾和諧

相押。《詩經》後綴*-g 韻字對應中古去聲韻字，後綴*-g 因是一個語法構詞後綴，注定其與入聲韻語音層面的*-g 尾演變路線不同。後綴*-g 語法功能多與後綴*-s 重疊，於是後綴*-g 逐漸被有同樣語法功能的後綴*-s 替代，這類由語法後綴替換而來的後綴*-s 形式與上古漢語本就存在的語音層面的韻尾*-s 形式合併，最終一起依據歷史音變演變成中古的去聲韻；入聲韻語音層面的*-g 尾則依據歷史音變規律演變成中古的入聲韻。可見，兩類不同性質的*-g 尾因為形態相同可以相互押韻，卻因為原生、派生的語音、語法後綴性質而有不同的歸宿。準此，為這類與入聲韻*-g 尾韻押韻的陰聲韻來源之去聲韻構擬上語法構詞後綴*-g，從形態上解釋押韻關係或語詞語法意義關係都是恰當合適的。

第二節　構詞後綴*-d 語法意義

　　《詩經》押韻入聲韻*-d 尾韻與陰聲韻來源之去聲韻雖未見用例，但入聲韻*-d 尾韻與入聲韻來源之去聲韻押韻例中，一些入聲韻來源之去聲韻語詞上古或有*-d 尾交替形式。結合諧聲、同族詞，以及漢藏同源語言語音交叉對應等方面的表現，本文假設此*-d 尾是一個構詞後綴。借助第一章《詩經》異讀構詞字頭分析，*-d 後綴有致使動詞功能。故此，《詩經》存在致使動詞功能後綴*-d。此後綴是否還有其他功能，限於材料暫缺。

第三節　構詞後綴*-s 語法意義

　　《詩經》押韻*-g 尾韻與入聲韻來源之去聲韻關係、《詩經》押韻*-d 尾韻與入聲韻來源之去聲韻關係，都或多或少地接觸了後綴*-s，後綴*-s 的語法功能集中於以下四方面：

　　第一、動轉化功能

　　《詩經》押韻「背」入韻 4 次，1 次作為「北」的假借字出現，其餘 3 次因意義分別押韻形態亦相應區別：表示動詞「棄背」義，一律與上古入聲韻*-g 尾韻相押；表示名詞「脊背」義，一律與上古*-gs 尾韻相押。可見這裡的*-s 尾有動轉化意義功能。「度」《詩經》入韻 9 次，根據意義不同押韻形態亦相區別：表示動詞「度量」義，一律與上古入聲韻*-g 尾韻相押；表示名詞「法度」義，一律與上古*-gs 尾韻相押。同樣地，*-s 尾表示動轉化名詞功能。另

外還有「莫」，表示動詞「日晚」、「定也」義，一律押上古入聲韻*-g 尾韻；用作名詞「植物名」義，與上古*-gs 尾韻相押。「難」，《詩經》入韻 6 次，其中 1 次作為「㜪」的假借字出現。其餘 5 次押韻情況表現：表示形容詞「艱難」義 2 見，一律押陽聲韻*-n 尾韻；表示名詞「患難」義 3 見，一律與上古*-ns 尾韻相押。通過這些兩讀語詞因意義不同押韻韻尾形態而相分別的例子，可以看出後綴*-s 所起的作用為動轉化構詞功能。

第二、動詞及物性功能

《詩經》押韻入韻字「好」因語法意義分別，押韻形式亦相區別，表現為：表示不及物動詞「美好」義，一律與上古*-ɦ 尾韻相押；表示及物動詞「愛好」義，一律與上古*-s 尾韻相押。《詩經》入韻字「勞」，與「好」有相同的語法意義區別，在押韻韻尾形態上不及物動詞一律與上古零韻尾音節形式押韻，及物動詞義與上古*-s 尾韻字押韻。可見，兩類不同語法意義押韻韻尾形態絕不相混。故此，後綴*-s 具有動詞及物性功能。

第三、名謂化功能

《詩經》「惡」入韻 4 次，根據意義不同，押韻韻尾形態相區別，表現為：2 次表示名詞「過也、不善」義，與上古入聲韻*-g 尾韻相押；2 次表示動詞「憎惡」義，與上古*-gs 尾韻相押。顯然，*-s 的作用是一個名謂化後綴。

第四、受事動詞功能

《詩經》「茹」入韻 4 次，意義不同，押韻韻尾形態亦相分別。具體表現為：表示動作動詞「度也」義，與上古入聲韻*-g 尾韻相押；表示受事動詞「飯人」義，與上古*-s 尾韻相押；表示施事動詞「自食」義，與上古*-ɦ 尾韻相押。可見《詩經》押韻構詞後綴*-s 相對於後綴*-ɦ 表達受事動詞功能。

就《詩經》押韻來看，後綴*-s 的構詞語法功能主要集中於以上四方面，而這四類功能《詩經》異讀構詞亦有重複反映。又後綴*-s 的四類功能中有三類與後綴*-g 完全相應，這也成為後綴*-s 最終因為語法類推替換後綴*-g 的根本依據所在。

第四節　構詞後綴*-ɦ 語法意義

上古*-ɦ 尾韻字除了與陰聲韻押韻外，與入聲韻也常押韻。故此，我們假

設了這類與入聲韻有押韻關係的*-ɦ尾韻字上古也如去聲韻字一樣有入聲一源。不過，就《詩經》押韻考察，真正意義上的*-ɦ尾韻字與上古入聲韻相押例比起去聲韻來少得多，且集中於與上古入聲韻*-g尾韻相押。通過對這一類不同韻尾押韻現象考察，發現後綴*-ɦ具有以下三項語法功能：

第一、動詞不及物性功能

《詩經》押韻入韻字「燥」與上古入聲韻*-g尾韻相押，本文假設其上古有入聲來源。入聲來源的語詞形式有附加後綴*-ɦ的形態變體，此後綴在語音層面上具有弱化塞輔音作用，最終使塞輔音脫落，演變成中古的上聲韻；另一方面此後綴又是一個語法後綴，具有不及物動詞功能。《詩經》「好」入韻20次，根據意義不同分別以不同的韻尾形態押韻，表現為：表示不及物動詞「美好」義11見，一律押上古*-ɦ尾韻；表示及物動詞「愛好」義9見，一律與上古*-s尾韻相押。故此，後綴*-ɦ可以說是與後綴*-s相對的一個不及物動詞後綴。

第二、名詞小稱功能

《詩經》押韻入韻字「垢」與上古入聲韻*-g尾韻押韻，其上古有入聲來源。此源語詞形式有附加*-ɦ後綴的形態變體，該後綴的語法意義表示名詞小稱。後綴*-ɦ名詞小稱功能，鄭張尚芳（1994）、金理新（2006）皆作過討論。不過，《詩經》押韻反映的構詞後綴*-ɦ僅拾得1例，事實上這類例證甚眾。《詩經》存在大量此類語詞，茲舉2例以見一斑。

渚，上古*-ɦ尾韻，P292《國風·召南·江有汜》：「江有渚，之子歸，不我與。」毛傳：「渚，小洲也。」

沚，上古*-ɦ尾韻，P372《國風·秦風·蒹葭》：「遡遊從之，宛在水中沚。」毛傳：「小渚曰沚。」

第三、施事動詞功能

《詩經》入韻字「茹」，根據意義不同，分別與不同韻尾字押韻。「茹」《詩經》押韻共4見，表示動作動詞「度也」義1見，與上古入聲韻*-g尾韻相押；表示受事動詞「飯人」義1見，與上古*-s尾韻相押；表示施事動詞「自食」義2見，與上古*-ɦ尾韻相押。故此，《詩經》押韻構詞後綴*-ɦ相對於*-s後綴表示施事動詞意義功能。

　　正是由於詩文押韻要求韻尾相同、韻腹相同或韻近的原則，給了我們考察後綴構詞的途徑與可能。通過《詩經》押韻現象分類梳理，離析出四類構詞後綴*-g、*-d、*-s、*-ɦ。此四類後綴功能有些在《詩經》異讀構詞部分重現，兩相參證，更支持肯定了這類後綴的存在與其價值意義；有的是根據押韻新發現的功能。前一類功能，結合《詩經》異讀構詞功能探討、《詩經》語詞同類形態功能挖掘、更有上古時期其他經典例證分析，得出的結論將會更明朗肯定。至於第二類新發現的一些功能，尚不能完全肯定。我們以為此類需在第一類諸方面結合研究基礎上，更參酌同類材料或經典例證，這將有待於未來繼這一領域更多材料的豐富進行補證、參證、修證。

結　論

　　通過考察《詩經》異讀語詞構詞情況及構詞特點、《詩經》押韻構詞現象及構詞特點，對《詩經》各類構詞詞綴進行描寫並分別揭示其構詞規律，現分別總結如下：

一、《詩經》異讀構詞詞表及構詞特點

　　根據《釋文》、《廣韻》等書，結合前人同族詞研究成果等擇取《詩經》異讀字頭 107 個，分別以中古唇音幫組、舌音端知組、齒頭音精組、正齒音照組（先排莊組再排章組）、牙音見組、喉音影組排列順序進行了分類表列討論，得出各組異讀語詞構詞特點，概言之有：

1. 中古唇音幫組異讀構詞特點

　　《詩經》唇音幫組異讀字頭計 19 個，本類構詞手段包括聲母清濁交替、*-s 後綴交替、*-ɦ 後綴交替、*-d 後綴交替四種類型，構詞的語法意義範疇既有動詞內部的及物不及物、自主非自主、施事受事、致使非致使、未完成體完成體之間轉換，又有動詞、名詞、副詞之間詞性轉換，另外還有名詞泛指特指轉換、名詞借代構詞等。

2. 中古舌音端知組異讀構詞特點

　　《詩經》舌音端知組異讀構詞字頭 18 個，構詞方式主要有聲母清濁交替、

-s 後綴交替、-ɦ 後綴交替、*s-前綴、*m-前綴、*-g 後綴交替六種類型，構詞的語法意義範疇包括動詞內部的及物不及物、致使非致使、未完成體完成體、離散體持續體、施事受事之間轉換，又有動詞、名詞之間詞性轉換，另外還有名謂化、名詞借代構詞等。

3. 中古齒頭音精組異讀構詞特點

《詩經》齒頭音精組異讀構詞字頭 18 個，構詞方式主要有聲母清濁交替、*-s 後綴交替、*-ɦ 後綴交替、*-n 後綴交替四種類型，構詞的語法意義範疇包括動詞內部的及物不及物、自主非自主、施事受事之間轉換，又有動詞、名詞、形容詞之間詞性轉換，另外還有名謂化、名詞構詞等。

4. 中古正齒音照組異讀構詞特點

《詩經》中具有音義關係的中古正齒音照組異讀構詞字頭 16 個，此類構詞方式主要有聲母清濁交替、*-s 後綴交替、*-ɦ 後綴交替、*ɦ-前綴交替四種類型，構詞的語法意義範疇包括動詞內部的及物不及物、自主非自主、施事受事之間轉換，又有動詞、名詞之間詞性轉換，另外還有名謂化、名詞借代構詞等。

5. 中古牙音見組異讀構詞特點

《詩經》牙音見組異讀構詞字頭 23 個，本類構詞方式包括聲母清濁交替、*-s 後綴交替、*-ɦ 後綴交替三種類型，構詞的語法意義範疇既有動詞內部的及物不及物、自主非自主、施事受事、未完成體完成體之間、動詞施與指向轉換，又有動詞、名詞、形容詞之間詞性轉換，另外還有名詞借代構詞等。

6. 中古喉音影組異讀構詞特點

《詩經》中具有音義關係的中古喉音影組異讀字頭 13 個，構詞方式有聲母清濁交替，*-s 後綴交替，*-s 後綴、*-ɦ 後綴交替，前綴*s-交替四種類型，構詞的語法意義範疇既有動詞內部的及物不及物、施事受事、未完成體完成體、離散體持續體、動詞施與指向、致使非致使之間轉換，又有動詞、名詞之間詞性轉換。

二、《詩經》異讀語詞反映的構詞規律

1. 《詩經》異讀語詞語法意義的實現手段

（1）動詞內部的形態變化構詞

動詞內部的構詞變化包括：動詞的非及物性、及物性變化，動詞的自主性、非自主性變化，動詞的施事性、受事性變化，動詞的未完成體、完成體變化，動詞的非致使義、致使義變化，動詞的離散體、持續體變化，動詞的施與指向變化七類。構詞手段多樣，分別為：輔音聲母清濁交替，*-s 後綴交替或*-s、*-ɦ 後綴交替，*s-前綴交替、*-d 後綴交替。

（2）動名之間的形態變化構詞

動名之間的形態變化構詞，是指通過一定的語音手段把動詞變為名詞或者把名詞變為動詞。此類音變方式主要有聲母清濁交替、*-s 後綴交替、*-g 後綴交替、*-n 後綴交替、*ɦ-前綴交替、*s-前綴交替、*m-前綴交替。

（3）名詞內部的形態變化構詞

名詞內部的形態變化在《詩經》異讀語詞中少見，構詞意義表現為名詞的泛指、特指構詞，構詞實現手段為聲母清濁交替。

（4）名詞借代形態變化構詞

《詩經》異讀語詞參與名詞借代構詞的字頭計 6 個，主要的構詞實現手段為：*-ɦ 後綴交替、*-s 後綴交替。

2. 《詩經》異讀語詞構詞形態反映的語法意義

（1）輔音聲母清濁交替反映的語法意義

語詞詞性變化功能、動詞及物性變化功能、動詞完成體變化功能、動詞施受關係變化功能、動詞自主性變化功能、名詞的泛指、特指變化功能。

（2）前綴交替反映的語法意義

前綴*s-表達的語法意義：動詞持續體變化、動詞的致使義變化、名謂化變化；前綴*ɦ-表達的語法功能為名謂化構詞；前綴*m-實現的語法意義為動轉化名詞變化。

（3）後綴交替反映的語法意義

後綴*-s 表達的語法功能有：語詞詞性變化功能、動詞及物性變化功能、動詞完成體變化功能、動詞的施與指向變化功能、動詞受事性變化功能、動詞非自主性變化功能；後綴*-ɦ 主要的語法功能有：名詞借代構詞變化功能、

動詞不及物性變化功能、動詞施事性變化功能、動詞未完成體變化功能、動詞自主性變化功能；後綴*-n 表達的語法意義為名詞構詞；後綴*-d 的語法意義為動詞的致使義；後綴*-g 表達的語法意義功能為名謂化構詞。

三、《詩經》押韻構詞現象

通過對《詩經》押韻入聲韻、陰聲韻、陽聲韻三類關係一一梳理，挖掘出《詩經》押韻隱含的構詞現象。首先，《詩經》中與*-g 尾入聲韻押韻的陰聲韻來源之去聲韻都有相應的塞音尾構詞後綴，與*-g、*-d 尾入聲韻押韻的入聲韻來源之去聲韻在於有相應的*-g 尾、*-gs 尾交替形式、*-d 尾、*-ds 尾交替形式；《詩經》中與*-g 尾入聲韻押韻的上聲韻上古都有塞音尾一源。除去這些有條件的陰入相押的情況，《詩經》押韻中再未見到一例真正意義上的陰入相押的例子。故此，本文認為上古陰聲韻大可不必拘泥於陰入表象關係擬出一套塞輔音韻尾來。

第二，《詩經》押韻入聲韻與陽聲韻未見一處接觸。

第三，《詩經》押韻陰聲韻與陽聲韻接觸主要集中於舌尖音尾的韻部。這些韻部之所以能夠相互押韻，與其韻尾發音相近有關。舌尖流音韻尾*-l 與舌尖鼻音韻尾*-n 就聽感而言，音色極其近似，在韻腹又相同或相近的情況下押韻。

第四，討論《詩經》押韻鄰韻相押問題，指出原因主要在於入韻字韻尾相同、韻腹相近，另外入韻字韻尾相近、韻腹相同或相近亦會導致鄰韻相押。

最後，附帶論及《詩經》入韻字因上古讀音疑議、假借異文訓讀，入韻字後語語氣詞影響等可導致不同韻尾押韻。

本章對《詩經》入韻字同字異讀語詞隨文考察，發現同字異讀入韻字根據意義選擇對應語音形式入韻，《詩經》押韻形態分別，清楚表明《詩經》時期語詞確實存在形態變化。

四、《詩經》押韻反映的構詞特點

通過對《詩經》押韻全面梳理歸類，根據異讀字的押韻形態與意義關係分別屬類，離析出構詞後綴*-g、*-d、*-s、*-ɦ。

1. 構詞後綴*-g 語法功能有：名謂化功能、動詞完成體功能、非自主動詞功能、動轉化功能、動詞及物性功能。

2. 構詞後綴*-d 語法意義，結合《詩經》異讀構詞字頭分析，表達致使動詞功能。

3. 構詞後綴*-s 語法意義：動轉化功能、動詞及物性功能、名謂化功能、受事動詞功能。

4. 構詞後綴*-ɦ 語法意義：動詞不及物性功能、名詞小稱功能、施事動詞功能。

本文以《詩經》異讀語詞、《詩經》押韻作為對象圍繞形態構詞研究取得了一些成績，比如在對《詩經》形態構詞認識、《詩經》押韻入聲韻與去聲韻之關係理解、《詩經》形態構詞手段、《詩經》形態構詞手段表達的語法功能方面等。不過，對《詩經》形態構詞研究仍然存在一些問題需要作進一步的研究，比如《詩經》押韻構詞四類後綴的功能有些在《詩經》異讀構詞部分重現，兩相參證，結合《詩經》異讀語詞同類形態功能挖掘、上古時期其他經典例證分析，對這類後綴功能的揭示相對明晰肯定；有的是根據《詩經》押韻構詞新發現的功能，尚不能完全肯定。此類需在第一類諸方面結合研究基礎上，再參酌同類材料例證，方能得出更為可信的結論。這將有待於未來繼這一領域更多材料的挖掘補充與完善。此外，《詩經》押韻構詞現象研究限於時間精力，未能完全兼顧到先秦群經押韻比較，同時欠缺與後期典籍韻文押韻比較，只選擇性地作了參照。另外對《詩經》入韻字現代方言讀音甚至親屬語言讀音比較有限，這些部分如果在可能的情況下應爭取多作共時、歷時平面比較，將會更利於對《詩經》入韻字語音變化有清晰的認識與思考。以上存在的諸多不足之處，只能寄未來繼續這方面的努力來完善提高了。

參考文獻

一、工具書

1. 北京大學中國語言文學系語言學教研室編，漢語方音字彙（第二版）〔M〕，北京：文字改革出版社，1989。

2. 陳初生編，金文常用字典〔M〕，西安：陝西人民出版社，2004。

3. 陳彭年等，宋本廣韻〔M〕，北京：北京市中國書店，1984。

4. 丁度等，宋刻集韻〔M〕，北京：中華書局，1989。

5. 段玉裁撰．說文解字注〔M〕，上海：上海古籍出版社，1981。

6. 顧野王，原本玉篇殘卷〔M〕，北京：中華書局，1985。

7. 顧野王撰，陳彭年等重修，宋本玉篇〔M〕，北京：中國書店，1983。

8. 郭璞注，邢昺疏，爾雅注疏〔M〕，上海：上海古籍出版社，1990。

9. 賈昌朝，群經音辨〔M〕，北京：中華書局，1985。

10. 劉熙撰，畢沅疏證，王先謙補，釋名疏證補〔M〕，北京：中華書局，2008。

11. 陸德明撰，經典釋文〔M〕，北京：中華書局，1983。

12. 商務印書館四庫全書出版工作委員會編，文津閣四庫全書‧經部‧小學類〔G〕，北京：商務印書館，2005。

13. 王文耀主編，簡明金文詞典〔M〕，上海：上海辭書出版社，1998。

14. 徐灝撰，說文解字注箋影印本〔M〕，上海：上海辭書出版社，圖書館藏清光緒二十年徐氏刻民國四年補刻本（續修四庫225～227冊）。

15. 徐鍇，說文解字繫傳〔M〕，北京：中華書局，1987。

16. 許慎撰，徐鉉校定，說文解字〔M〕，北京：中華書局，1963。

17. 于省吾主編，姚孝遂撰，甲骨文字詁林〔M〕，北京：中華書局，1996。

18. 周祖謨，廣韻校本〔M〕，北京：中華書局，2004。

二、古籍著作

1. 班固撰，顏師古注，漢書〔M〕，北京：中華書局，1975。

2. 陳第著，康瑞琮點校，毛詩古音考〔M〕，北京：中華書局，1988。

3. 陳奐，詩毛氏傳疏〔M〕，北京：中國書店，1984。

4. 陳奇猷，呂氏春秋校釋〔M〕，上海：學林出版社，1984。

5. 陳啓源，毛詩稽古編·四庫全書本〔M〕，上海：上海古籍出版社，2003。

6. 陳壽祺，陳喬樅，三家詩遺說考·續修四庫全書本〔M〕，上海：上海古籍出版社，1995。

7. 戴震，戴震全書〔M〕，合肥：黃山書社，2010。

8. 段玉裁，詩經小學〔M〕，上海：上海古籍出版社，1995。

9. 范曄撰，李賢等注，後漢書〔M〕，北京：中華書局，2012。

10. 方玉潤，詩經原始〔M〕，北京：中華書局，1986。

11. 顧炎武，顧亭林詩文集〔M〕，北京：中華書局，1959。

12. 顧炎武，音學五書〔M〕，北京：中華書局，1982。

13. 管仲著，房玄齡注，管子〔M〕，上海：上海古籍出版社，1989。

14. 郭慶藩，莊子集釋〔M〕，北京：中華書局，1961。

15. 何楷，詩經世本古義〔M〕，上海：上海古籍出版社，1987。

16. 胡承珙，毛詩後箋〔M〕，合肥：黃山書社，1999。

17. 惠棟，九經古義〔M〕，北京：中華書局，1985。

18. 季本，詩說解頤〔M〕，臺北：臺灣商務印書館，民國七十五年（1986）。

19. 江永，古韻標準〔M〕，北京：中華書局，1982。

20. 江有誥，音學十書〔M〕，北京：中華書局，1993。

21. 焦竑，焦氏筆乘〔M〕，上海：上海古籍出版社，1986。

22. 景炎武等點校，清人詩說四種〔M〕，武漢：華中師範大學出版社，1986。

23. 孔廣森，詩聲類〔M〕，北京：中華書局，1983。

24. 梁益，詩傳旁通·文津閣四庫全書本〔M〕，北京：商務印書館，2005。

25. 劉瑾，詩傳通釋·文津閣四庫全書本〔M〕，北京：商務印書館，2005。

26. 馬瑞辰，毛詩傳箋通釋〔M〕，北京：中華書局，1989。

27. 錢大昕，十駕齋養新錄〔M〕，上海：上海書店，1983。

28. 屈原著，林家驪譯注，楚辭〔M〕，北京：中華書局，2009。

29. 阮元，十三經注疏〔M〕，北京：中華書局，1980。

30. 王念孫，古韻譜〔M〕，渭南嚴氏刻本，民國二十二年（1933）。

31. 王念孫，廣雅疏證〔M〕，北京：中華書局，1983。

32. 王先謙，三家詩義集疏〔M〕，北京：中華書局，1987。

33. 王引之，經義述聞〔M〕，江蘇：江蘇古籍出版社，1985。

34. 王引之著，孫經世補編，經傳釋詞〔M〕，北京：中華書局，1956。

35. 韋昭注，國語〔M〕，上海：上海古籍出版社，2008。

36. 魏源，魏源全集·詩古微〔M〕，長沙：嶽麓書社，1989。

37. 吳闓生，詩義會通〔M〕，北京：中華書局，1959。

38. 荀況著，楊倞注，荀子〔M〕，北京：線裝書局，2008。

39. 顏之推撰，王利器集解，顏氏家訓集解（增補本）〔M〕，北京：中華書局，1993。

40. 姚際恒，詩經通論〔M〕，上海：中華書局，1958。

41. 朱公遷，詩經疏義會通·文津閣四庫全書本〔M〕，北京：商務印書館，2005。

42. 朱熹，詩集傳〔M〕，上海：上海古籍出版社，1980。

三、今人著作

1. Bernhard Karlgren，（1923），*Analytic Dictionary of Chinese and Sino-Japanese*，Paris：Librairie，Orientaliste Paul Geuthner.

2. Paul K. Benedict 著，樂賽月、羅美珍譯，漢藏語言概論〔M〕，北京：中國社會科學院民族研究所語言室，1984

3. Pulleyblank，E.G.，（1962），*The consonantal system of Old Chinese*，Asia Major 9. 潘悟雲、徐文堪譯，上古漢語的輔音系統，北京：中華書局，2000

4. Robert Shafer，（1974），*Introduction to Sino-Tibetan*，Otto Harrassowitz.

5. Stephan V. Beyer，（1992），*The Classical Tibetan Language*，State University of New York Press.

6. Stuart N. Wolfenden，（1929），*Outlines of Tibeto-Burman Linguistic Morphology*，The Royal. Asiatic Society.

7. Willian H. Baxter，（1992），*A Handbook of Old Chinese Phonology*，Mouton de Gruyter.

8. Nicholas C. Bodman：「Some Chinese Reflexes of Sino-Tibetan s-Clusters」，*Journal of Chinese Linguistics*，1973，1.3，收錄於，潘悟雲、馮蒸譯，原始漢語與漢藏語〔M〕，北京：中華書局，1995。

9. 曹志耘，南部吳語語音研究〔M〕，北京：商務印書館，2002。

10. 遲鐸，小爾雅集釋〔M〕，北京：中華書局，2008。

11. 董紹克，陽谷方言研究〔M〕，濟南：齊魯書社，2005。

12. 董同龢，漢語音韻學〔M〕，北京：中華書局，2001。

13. 董同龢，中國語音史〔M〕，臺北：中華叢書委員會，1954。

14. 丁啓陣，秦漢方言〔M〕，北京：東方出版社，1991。

15. 高本漢著，聶鴻飛譯，漢語的本質和歷史〔M〕，北京：商務印書館，2010。

16. 高本漢著，聶鴻音譯，中上古漢語音韻綱要〔M〕，濟南：齊魯書社，1987。

17. 高本漢著，潘悟雲等譯，漢文典（修訂版）〔M〕，上海：上海辭書出版社，1997。

18. 高本漢著，張世祿譯，漢語詞類〔M〕，上海：商務印書館，1937。

19. 高本漢著，趙元任、羅常培、李方桂譯，中國音韻學研究〔M〕，北京：商務印書館，1995。

20. 高名凱，漢語語法論〔M〕，北京：商務印書館，1986。

21. 黃布凡，藏緬語族語言詞彙〔M〕，北京：中央民族學院出版社，1992。

22. 黃焯，經典釋文匯校〔M〕，北京：中華書局，1980。

23. 黃侃，黃侃論學雜著〔M〕，北京：中華書局，1964。

24. 黃坤堯，《經典釋文》動詞異讀新探〔M〕，臺北：學生書局，1992。

25. 黃坤堯，音義闡微〔M〕，上海：上海古籍出版社，1997。

26. 江舉謙，詩經韻譜〔M〕，臺中：私立東海大學出版，1964。

27. 金理新，上古漢語形態研究〔M〕，合肥：黃山書社，2006。

28. 金理新，上古漢語音系〔M〕，合肥：黃山書社，2002。

29. 李方桂，上古音研究〔M〕，北京：商務印書館，2003。

30. 李佐豐，上古漢語語法研究〔M〕，北京：北京廣播學院出版社，2003。

31. 劉師培，中國文學教科書〔M〕，國學保存會，清光緒三十二年（1906）。

32. 陸志韋，古音說略，燕京學報專號之二十〔M〕，哈佛燕京學社出版，民國三十六年（1947）。

33. 羅常培、周祖謨，漢魏晉南北朝韻部演變研究〔M〕，北京：科學出版社，1958。

34. 羅振玉，增訂殷虛書契考釋〔A〕，收錄於，羅振玉，增訂殷虛書契考釋三種〔M〕，北京：中華書局，2006。

35. 馬建忠，馬氏文通〔M〕，北京：商務印書館，1983。

36. 馬學良主編，漢藏語言概論〔M〕，北京：北京大學出版社，1991。

37. 莫超，白龍江流域漢語方言語法研究〔M〕，北京：中國社會科學出版社，2004。

38. 潘悟雲，漢語歷史音韻學〔M〕，上海：上海教育出版社，2000。

39. 沈建民，《經典釋文》音切研究〔M〕，北京：中華書局，2007。

40. 孫錦濤，古漢語重迭構詞法研究〔M〕，上海：上海教育出版社，2008。

41. 孫玉文，漢語變調構詞研究（增訂本）〔M〕，北京：商務印書館，2007。

42. 孫玉文，漢語變調構詞研究〔M〕，北京：北京大學出版社，1999。

43. 田國福主編，歷代詩經版本叢刊〔M〕，濟南：齊魯書社，2007。

44. 萬獻初，漢語構詞論〔M〕，武漢：湖北人民出版社，2004。

45. 王國維，王國維詩詞箋注〔M〕，上海：上海古籍出版社，2011。

46. 王力，古代漢語〔M〕，北京：中華書局，1999。

47. 王力，漢語史稿〔M〕，北京：中華書局，1980。

48. 王力，漢語音韻〔M〕，北京：中華書局，1963。

49. 王力，漢語語音史〔M〕，北京：中國社會科學出版社，1985。

50. 王力，同源字典〔M〕，北京：商務印書館，1982。

51. 王力，王力別集〔M〕，北京：中國人民大學出版社，2004。

52. 王力，王力文集（第六卷）〔M〕，濟南：山東教育出版社，1986。

53. 聞一多，聞一多全集〔M〕，武漢：湖北人民出版社，1993。

54. 吳安其，漢藏同源研究〔M〕，北京：中央民族大學出版社，2002。

55. 向熹，詩經語言研究〔M〕，成都：四川人民出版社，1987。

56. 楊樹達，積微居小學金石論叢〔C〕，北京：中華書局，1983。

57. 楊樹達，積微居小學述林全編〔C〕，上海：上海古籍出版社，2007。

58. 章太炎，國故論衡〔C〕，北京：商務印書館，2010。

59. 張舜徽，鄭學叢著〔M〕，濟南：齊魯書社，1984。

60. 張希峰，漢語詞族叢考〔M〕，成都：巴蜀出版社，1999。

61. 張希峰，漢語詞族續考〔M〕，成都：巴蜀出版社，2000。

62. 趙元任，語言問題〔M〕，北京：商務印書館，1980。

63. 鄭張尚芳，上古音系〔M〕，上海：上海教育出版社，2003。

64. 周法高，中國古代語法·構詞編〔M〕，臺北：中央研究院歷史語言研究所，1962。

65. 周法高，中國古代語法·稱代篇〔M〕，北京：中華書局，1990。

66. 朱廣祁，詩經雙音詞詮稿〔M〕，河南：河南人民出版社，1985。

四、論　文

1. A. G. Haudricourt，「Comment reconstruire le chinois archaïque」（如何重構上古漢語），*Word*， pp.351-364，（1954，10）.又收於 *Linguistics Today*，pp.231-244，NY，（1954）.

2. A. G. Haudricourt 著，馮蒸譯，越南語聲調的起源〔J〕，民族語文研究情報數據集第 7 集，1986。

3. Pulleyblank，E.G.，「Some new hypotheses concerning word families in old Chinese」 *Journal of Chinese Linguistics*，（1973，1）.

4. 劉勳寧，「我心匪鑒，不可以茹」解〔A〕，收錄於 1999 年第四屆詩經國際學術研討會論文集（上）〔C〕.北京：學苑出版社，2000。

5. 畢秀潔，《詩經》「到達」義動詞研究：碩士〔D〕，吉林大學，2007。

6. 曹旭，《詩經》異文研究： 博士〔D〕，上海師範大學，2005。

7. 岑麒祥，關於漢語構詞法的幾個問題〔J〕，中國語文，1956（總第 54 期）12 月號。

8. 車豔妮，《詩經》中的形容詞研究：碩士〔D〕，首都師範大學，2005。

9. 陳曉錦，從詞語構成的角度看苑城話和廣州話詞彙的差異〔A〕，收錄於，詹伯慧主編，暨南大學漢語方言學博士研究生學術論文集〔C〕，廣州：暨南大學出版社，2001。

10. 程燕，考古文獻《詩經》異文辨析：博士〔D〕，安徽大學，2005。

11. 戴慶廈，藏緬語族語言聲調研究〔A〕，收錄於，中央民族學院論文集〔C〕，北京：中央民族學院出版社，1991，又收錄於，戴慶廈，藏緬語族語言研究（二）〔C〕，雲南：雲南民族出版社，1998。

12. 丁邦新，從閩語白話音論上古四聲別義的現象〔A〕，收錄於，鄭因百先生八十壽慶論文集〔C〕，臺北：臺灣商務書館，1985，又收錄於，丁邦新，中國語言學論文集〔C〕，北京：中華書局，2008。

13. 丁邦新，上古陰聲字具輔音韻尾說補證〔J〕，臺灣師大國文學報，1987（16），又收錄於 . 丁邦新語言學論文集〔C〕，北京：商務印書館，1998。

14. 丁邦新，以音求義，不限形體——論清代語文學的最大成就〔A〕，收錄於，臺灣中山大學編，第一屆國際清代學術研討會論文集〔C〕，臺北：臺灣中山大學，1993，又收錄於，丁邦新，中國語言學論文集〔C〕，北京：中華書局，2008。

15. 董同龢，上古音韻表稿〔J〕，中央研究院歷史語言研究所集刊第十八本，1948。

16. 杜其容，毛詩連綿詞譜〔J〕，國立臺灣大學文史哲學報，1960（9），又收錄於，杜其容聲韻論集〔C〕，北京：中華書局，2008。

17. 馮蒸，「攻吳」與「句吳」釋音〔A〕，收錄於，古漢語研究論文集（二）〔C〕，北京：北京出版社，1984，又收錄於，馮蒸音韻論集〔C〕，北京：學苑出版社，2006。

18. 馮蒸，馮蒸音韻論集〔C〕，北京：學苑出版社，2006。

19. 傅定淼，《詩經》條件異讀考略（續）〔J〕，黔南民族師範學院學報，2006（5）。

20. 傅定淼，《詩經》條件異讀考略（一）〔J〕，黔南民族師範學院學報，2006（4）。

21. 傅斯年，性命古訓辯證〔A〕，收錄於，歐陽哲生主編，傅斯年全集（第二卷）〔C〕，長沙：湖南教育出版社，2000。

22. 郭錫良，也談上古韻尾的構擬問題〔A〕，語言學論叢，第十四輯，北京：商務印書館，1987，又收錄於郭錫良，漢語史論集（增補本）〔C〕，北京：商務印書館，2005。

23. 何海燕，清代《詩經》學研究：博士〔D〕，武漢：華中師範大學，2005。

24. 洪誠，訓詁學〔A〕，收錄於，洪誠文集〔C〕，南京：江蘇古籍出版社，2000。

25. 洪心衡，關於「讀破」的問題〔J〕，中國語文，1965（1）。

26. 胡坦，藏語（拉薩話）聲調研究〔J〕，民族語文，1980（1）。

27. 黃布凡，古藏語動詞的形態〔J〕，民族語文，1981（3）。

28. 金理新，漢藏語的名詞後綴-n〔J〕，民族語文，1998（1）。

29. 金理新，漢藏語的肢體名詞*m-前綴〔J〕，溫州師範學院學報，1999（1）。

30. 金理新，漢藏語中兩個性質不同的*-g 韻尾〔J〕，民族語文，1998（6）。

31. 金鵬，藏語動詞屈折形態向黏著形態的特變〔J〕，中國藏學 1998（1）。

32. 金鵬，漢語和藏語的詞彙結構以及形態的比較〔J〕，民族語文，1986（3）。

33. 金鵬，金鵬民族研究文集〔C〕，北京：民族出版社，2001。

34. 荊亞玲，《詩經》同義詞研究：碩士〔D〕，遼寧師範大學，2004。

35. 李冬梅，宋代《詩經》學專題研究：博士〔D〕，四川大學，2007。

36. 李方桂，ANCIENT CHINESE -UNG，-UK，-UONG，-UOK，ETC. IN ARCHAIC CHINESE（東冬沃之上古音）〔A〕，收錄於中央研究院歷史語言研究所集刊第三本第三分，1933。

37. 李鳴鏑，《詩經》修辭功能論略：碩士〔J〕，湖南師範大學，2009。

38. 李小軍，《詩經》變換句研究：碩士〔D〕，西南師範大學，2002。

39. 李智初，張志毅，含山方言屈折遺跡〔J〕，煙臺師範學院學報，2002（3）。

40. 劉芹，《詩經》聯綿詞語音研究〔J〕，殷都學刊，2012（4）。

41. 劉芹，也談「勞之來之」的「勞」和「來」〔J〕，漢字文化，2012（1）。

42. 羅慶雲，《詩經》介詞研究：碩士〔D〕，武漢大學，2004。

43. 馬慶株，自主動詞和非自主動詞〔J〕，中國語言學報，北京：商務印書館，1988（3）。

44. 麥耘，廣州話的聲調系統與語素變調〔J〕，開篇，Vol·20，東京：好文出版社，2000。

45. 梅祖麟，漢藏語的「歲、越」、「還（旋）、圓」及其相關問題〔J〕，中國語文，1992（5）。

46. 梅祖麟，內部構擬漢語三例〔J〕，中國語文，1988（3）。

47. 梅祖麟，上古漢語*s-前綴的構詞功能〔A〕，收錄於，第二屆國際學術會議論文集〔C〕，臺北：中央研究院，1989。

48. 梅祖麟，四聲別義中的時間層次〔J〕，中國語文，1980（6）。

49. 潘悟雲，上古漢語使動詞的屈折形式〔J〕，溫州師範學院學報，1991（2），又收錄於《著名中年語言學家自選集·潘悟雲卷》〔C〕，合肥：安徽教育出版社，2002。

50. 潘悟雲，諧聲現象的重新解釋〔J〕，溫州師範學院學報，1987（4）。

51. 任雪梅，《詩經》副詞研究：碩士〔D〕，吉林大學，2006。

52. 施向東，有關漢語和藏語比較研究的幾個問題——俞敏先生《漢藏同源字譜稿》讀後〔A〕，收錄於謝紀鋒、劉廣和主編，薪火編〔C〕，太原：山西高校聯合出版社，1996。

53. 舒志武，上古漢語 s-前綴功能探索〔J〕，中南民族學院學報，1988（6）。

54. 孫宏開，論藏緬語動詞的使動語法範疇〔J〕，民族語文，1998（6）。

55. 孫玉文，上古漢語四聲別義例證〔J〕，古漢語研究，1993（1）。

56. 唐作藩，破讀音的處理問題〔J〕，辭書研究，1979（2）。

57. 田士超，《詩經》重言詞語法研究：碩士〔D〕，廣西師範大學，2005。

58. 汪化雲，團風方言變調構詞現象初探〔J〕，中南民族學院學報，2001（4）。

59. 王力，古漢語自動詞和使動詞的配對〔J〕，中華文史論叢，1965（6）。

60. 王力，龍蟲並雕齋文集（一）〔C〕，北京：中華書局，1980。

61. 王力，上古漢語入聲和陰聲的分野及其收音〔A〕，語言學研究與批判，1960（2），又收錄於王力，王力語言學論文集〔C〕，北京：商務印書館，2000。

62. 王力，先秦古韻擬測問題〔J〕，北京大學學報，1964（5）。

63. 王世華，揚州口語中的破讀〔J〕，揚州師範學院學報，1986（1）。

64. 王顯，《詩經》中跟重言作用相當的「有」字式、「其」字式、「斯」字式和「思」字式〔J〕，語言研究，1959（4）。

65. 王月婷，經典釋文異讀之音義規律探賾：博士〔D〕，浙江大學，2007。

66. 吳安其，漢藏語的使動和完成體前綴的殘存與同源的動詞詞根〔J〕，民族語文，1997（6）。

67. 吳安其，上古漢語的韻尾和聲調的起源〔J〕，民族語文，2001（2）。

68. 吳安其，與親屬語相近的上古漢語的使動形態〔J〕，民族語文，1996（6）。

69. 吳悅，《詩經·氓》「以望復關」辨〔J〕，蘇州大學學報，1982（2）。

70. 謝·葉·雅洪托夫著，唐作藩、胡雙寶選編，漢語史論集〔C〕，北京：北京大學出版社，1986。

71. 謝紀鋒，從《說文》讀若看古音四聲〔A〕，1984，收錄於，羅常培紀念論文集〔C〕，北京：商務印書館，1984。

72. 楊皎，《詩經》疊音詞及其句法功能研究：碩士〔D〕，寧夏大學，2005。

73. 殷煥先，關於方言中的破讀現象〔J〕，文史哲，1987（1）。

74. 俞敏，東漢以前的姜語和西羌語〔J〕，北京師範大學學報，1980（1），又收錄於，俞敏，俞敏語言學論文集〔C〕，北京：商務印書館，1999。

75. 俞敏，古漢語裏面的連音變讀現象〔J〕，燕京學報第35期，1948，又收錄於，俞敏，俞敏語言學論文集〔C〕，北京：商務印書館，1999。

76. 俞敏，古漢語派生新詞的模式〔A〕，收錄於，俞敏，中國語文學論文選〔C〕，東京：日本光生館，1984，又收錄於，俞敏，俞敏語言學論文集〔C〕，北京：商務印書館，1999。

77. 俞敏，漢藏文獻學相互爲用一例——從鄭注《周禮》「古者立位同字」說到陸法言《切韻序》「秦隴則去聲爲入」〔J〕，語言研究，1991（1）。

78. 曾明路，上古「入—去聲字」研究：碩士〔D〕，北京大學，1988，北大圖書館藏，又收錄於嚴家炎、袁行霈主編，綴玉集——北京大學中文系研究生論文選編〔C〕，北京：北京大學出版社，1990。

79. 曾明路，上古押韻字的條件異讀〔J〕，中國語文，1987（1）。

80. 張發明,淺談東北方言中的四聲別義現象〔J〕,松遼學刊,1989（1）。

81. 張濟川,藏語的使動、時式、自主範疇〔J〕,民族語文,1989（2）。

82. 張俊賓,《詩經》複合詞語義結構探析:碩士〔D〕,重慶師範大學,2008。

83. 張啟成,詩經研究述評〔J〕,貴州大學學報,1994（3）。

84. 張穎慧,《詩經》重言研究:碩士〔D〕,蘭州大學,2007。

85. 鄭文瀾,古代「讀破」方法在廣州話中的殘留現象舉隅〔J〕,廣州師範學院學報,1987（2）。

86. 鄭張尚芳,「美」字的歸部問題〔A〕,語言學論叢第 38 輯,北京:商務印書館,2008。

87. 鄭張尚芳,漢語上古音表解〔J〕,浙江省語言學會論文,1981。

88. 鄭張尚芳,漢語聲調平仄之分與上聲去聲的來源〔J〕,語言研究,1994 年增刊。

89. 鄭張尚芳,上古漢語的 s-頭〔J〕,溫州師範學院學報,1990（4）。

90. 鄭張尚芳,上古音構詞小議〔A〕,語言學論叢第 14 輯,北京:商務印書館,1984。

91. 鄭張尚芳,上古音研究十年回顧與展望（二）〔J〕,古漢語研究,1999（1）。

92. 鄭張尚芳,上古韻母系統和四等、介音、聲調的發源問題〔J〕,溫州師範學院學報,1987（4）。

93. 鍾如雄,《詩經》賓語前置條件通釋〔J〕,西南民族學院學報,1996（S6）。

94. 周流溪,上古漢語的聲調和韻系構擬〔J〕,語言研究,2000（4）。

95. 周祖謨,漢字上古音東冬分部的問題,1984 年 5 月 21 日日本二十九屆國際東方學者會議講演稿,收錄於周祖謨,周祖謨自選集〔C〕,北京:首都師範大學出版社,2008。

96. 周祖謨,四聲別義釋例〔J〕,輔仁學誌,1946 年第 13 卷 1、2 合期,又收錄於,周祖謨,問學集〔C〕,北京:中華書局,1966。

97. 朱賽萍,永嘉方言音變構詞研究:碩士〔D〕,溫州大學,2007。

附錄一：《詩經》入韻字音表 ^[註1]

韻部 [註2]	入韻字	鄭張尚芳擬音	白一平擬音	備　註
之部	采 4	*shɯɯʔ	*srəʔ	
	友 9 有 14 右 8 洧 1 鮪 1	*ɢʷɯʔ	*wjəʔ	
	侑 3 又 2	*ɢʷɯs	*wjəs	侑 2，又假借 [註3] 侑 1，右假借
	否 4	*pɯʔ	*pjəʔ	
	否 3	*brɯʔ	*brjəʔ	
	母 18 畝 12	*mɯʔ	*məʔ	
	負 2 婦 2	*bɯʔ	*bjəʔ	
	趾 2 沚 4 止 30	*kjɯʔ	*tjəʔ	

〔註 1〕明確的不入韻韻字此表不錄，各家入韻與否與如何入韻存在爭議的韻字未知孰是，
　　　　一併錄入，供作參考。

〔註 2〕韻部根據白一平先生歸部，白一平與鄭張尚芳異議處隨文注明。

〔註 3〕《詩經》用「又」，考本字當為「侑」，注「又假借」，後同注語仿此義類推。不過，
　　　　此注尚包括了一些後起分化字的情況。本文附錄為求行文簡潔，未再細分《詩經》
　　　　押韻入韻字假借與本字、本字與後起分化字兩類情況，將《詩經》用字或為本字或
　　　　為假借字統以「×假借」形式標注，以相應後起分化字或本字列於入韻字頭欄內，
　　　　與行文考察入韻字語音形式時保持一致。

齒 2 紙 1	*khjɯʔ	*thjəʔ	
饎 1	*khljɯs	*thjəs	
俟 1 涘 3 騃 1	*sɢrɯʔ	*dzrjəʔ	騃 1，俟假借
之 17	*tjɯ	*tjə	
蚩 1	*thjɯ	*thjə	
絲 6	*slɯ	*sjə	
矣 4	*ɢlɯʔ	*ɦjəʔ	矣 1，忌假借
字 1	*zlɯs	*dzjəs	
牛 3	*ŋʷɯ	*ŋʷjə	
丘 2	*khʷɯ	* khʷjə	
龜 1	*kʷrɯ	*kʷrjə	
駓 1 伾 1	*phrɯ	*phrjə	
紕 1	*phɯ / *pɯ	*phjə / *pjə	
痏 2	*mɯɯs / *hmɯɯs	*məs / *hmɯɯs	
鼐 1	*ʔslɯ / *zlɯɯ	*tsjə / *dzə	
陾 1	*njɯ	*njə	
塒 1 時 10	*djɯ	*djə	
恃 1	*djɯʔ	*djəʔ	
侍 1	*djɯs	*djəs	侍 1，寺假借
恥 2	*nhɯʔ	*hnrjəʔ	
子 44 秄 1	*ʔslɯʔ	*tsjəʔ	
海 3	*hmlɯɯʔ	*hnəʔ	
悔 4	*hmɯɯʔ	*hnəʔ	
晦 2 誨 4	*hmɯɯs	*hnəs	
瘒 2	*mɯɯs / *hmɯɯs	*məs / *hnəs	
秠 2	*phrɯʔ / *phɯʔ	*phrjəʔ / *phjəʔ	
喜 10	*qhlɯʔ	*xjəʔ	
倍 1	*bɯɯʔ	*bəʔ	
佩 2	*bɯɯs	*bəs	
能 1	*nɯɯs	*nəs	
偲 1	*snhɯɯ	*tshə	
李 5 裏 2 鯉 4 里 8 悝 1 理 4	*rɯʔ	*c-rjəʔ	悝 1，里假借
史 2 使 3	*srɯʔ	*srjəʔ	
敏 1	*mrɯʔ	*mrjəʔ	

狸 1	*p‧rɯ	*c-rjə	
氾 1 耜 4 似 3 祀 10	*ljɯʔ	*zjəʔ	
以 5 已 10	*lɯʔ	*ljəʔ	
治 1	*l'ɯ	*lrjə	
臺 1	*l'ɯɯ	*lə	
殆 3 怠 1	*l'ɯɯʔ	*ləʔ	
試 1 尤 3	*ɢʷɯ	*wjə	尤 1，郵假借
裘 3	*gʷɯ	*gʷjə	
舊 2	*gʷɯɯs	*gʷjəs	
宰 2	*ʔsɯɯʔ	*tsəʔ	
哉 11	*ʔslɯɯ	*tsə	
載 7	*ʔslɯɯs	*tsəs	
載 1 栽 1	*zlɯɯs	*dzəs	栽 1，載假借
在 1	*zlɯɯʔ	*dzəʔ	
才 1	*zlɯɯ	*dzə	
霾 1	*mrɯɯ	*mrə	
萊 2	*rɯɯ	*c-rə	
來 12	*rɯɯ< m‧rɯɯg	*c-rə	
來 3	*rɯɯs	*c-rəs	
嫠 1	*ŋɯʔ	*ŋjəʔ	
思 15	*snɯ	*sjə	
事 5	*ʔsrɯ	*tsrjəs	
久 3 玖 2	*kʷlɯʔ	*kjəʔ	
灾 1	**kʷlɯʔ	**kjəʔ	灾1，疚假借
疚 5	*kʷlɯs	*kjəs	
耳 2 爾 1	*njɯʔ	*njəʔ	爾 1，耳假借
詩 1	*hljɯ	*stjə	
始 1	*hljɯʔ	*hljəʔ	
基 3 箕 1	*kɯ	*kjə	
紀 3	*kɯʔ	*kjəʔ	
淇 3 期 8 其 2 璂 1 騏 2	*gɯ	*gjə	璂1，騏假借
忌 1	*gɯs	*gjəs	
姬 1	*klɯ	*kjə	
謀 10	*mɯ	*mjə	

幽部	幽1部	茲 4	*ʔsɯ	*tsjə	
		梓 1	*ʔsɯʔ	*tsjəʔ	
		傲 1	*khɯ	*khjə	
		杞 5 屺 1 芑 5 起 1	*khɯʔ	*khjəʔ	
		士 13 仕 5	*zrɯʔ	*dzrjəʔ	
		媒 1 鋂 1 梅 3	*mɯɯ	*mə	
		祉 6	*khl'ɯʔ	*thrjəʔ	
		貽 1 飴 1	*lɯ	*ljə	
		鳩 1	*ku	* kju	
		洲 2	*tju	* tju	
		逑 4、求 8、仇 2、萊 2、銶 1、俅 1、球 1	*gu	*gju	萊 2，聊假借 逑 2，求假借
		觩 2	*gu	*grju	
		舅 2	*guʔ	*gjuʔ	
		流 5、旒 1	*ru	*c-rju	
		休 13	*qhu	*xju	
		茅 2	*mruu	*mru	
		昴 1 卯 1 茆 1	*mruuʔ	*mruʔ	
		猶 6 遊 6 游 2 揄 1	*lu	*lju	
		炮 1 匏 1	*bruu	*bru	
		包 1 苞 3	*pruu	*pru	
		飽 3	*pruuʔ	*pruʔ	
		誘 1 莠 1	*luʔ	*ljuʔ	
		樛 1	*lus	*ljus	
		憂 15 優 2	*qu	*ʔju	
		好 9	*qhuus	*xus	
		袍 1	*buu	*bu	
		矛 2	*mu	*mju	
		戊 1	*mus	*mus	
		燽 1	*tuuʔ	*tuʔ	燽 1，搗假借
		禱 1	*tuus	*tus	
		簋 2	*kʷruwʔ	*kʷrjiwʔ	
		缶 1	*puʔ	*pjuʔ	
		搜 1	*sru	*srju	

劉 1	*m‧ru	*c-rju	
嫐 1 罶 1	*m‧ruʔ	*c-rjuʔ	嫐 1，罶假借
慅 2 草 6	*shuuʔ	*tshuʔ	慅 1，草假借
好 11	*qhuuʔ	*xuʔ	
朽 1	*qhluʔ	*xjuʔ	
牢 1	*ruu	*c-ru	
老 4	*ruuʔ	*c-ruʔ	
孝 2	*qhruus	*xrus	
救 1 究 3	*kus	*kjus	
囚 1	*lju	*zju	
讎 3	*gju	*dju	
酬 4	*dju	*dju	
受 2 壽 5	*djuʔ	*djuʔ	
售 1 壽 1	*djus	*djus	
漕 2 曹 1	*zluu	*dzu	
陶 1	*luu	*lju	
溲 1 騷 1	*suu	*su	溲 1，叟假借
埽 3	*suuʔ	*suʔ	
秀 1	*slus	*sjus	
茂 6	*mus	*mus	
綢 1	*l'uu	*b-lu	
道 10 稻 1	*l'uuʔ	*luʔ	
醜 5	*lhjuʔ	*thjuʔ	
臭 1	*khljus	*thjus	
孚 2	*phuw	*phju	
翿 2	*duu	*du	
揂 1	*sklu	*tsju	揂 1，遒假借
酋 1	*sklu / *sglu	*tsju / *dzju	
罦 1	*bu / *phuw	*bju / *phju	
裒 1	*bu	*bu	
造 1	*sguuʔ	*dzuʔ	
狩 3	*qhljus	*stjus	
酒 16	*ʔsluʔ	*tsjuʔ	
鴇 1 保 5 寶 2	*puuʔ	*puʔ	
首 10	*hljuʔ	*hljuʔ	

		浮 3 烰 1	*bu	*bju	烰 1，浮假借
		駂1 阜 6	*buʔ	*bjuʔ	駂1，阜假借
		騊1	*lhuu / *luus（據釋文）	*hlu	騊1，陶假借
		滔 3	*lhuu	*hlu	
		魗 1	*thjuʔ	*thjuʔ	
		杻 2	*nuʔ	*nrjuʔ	
		皓 2 昊 1	*guuʔ	*guʔ	
		栲 2 考 11	*khluuʔ	*khuʔ	
		棗 1 蚤 1	*ʔsuuʔ	*tsuʔ	
		韭 1	*kuʔ	*kjuʔ	
		咮 1	*tu	*trju	
		蹂 1	*mju	*nju	
		柔 5	*mlju	*nju	
	幽2部	逵 1	$*g^{w}$rɯw	$*g^{w}$rjiw	
		幽 1	*qɯw	*ʔrjiw	
		僇1	*phrɯɯw / *r-rɯɯw	*phriw / *c-riw	僇1，膠假借
		裯 1	*dɯw	*drjiw	
		蜩 1 調 1	*dɯɯw	*diw	
		橐 1 鼛 1	*kɯɯw	*kiw	
		鳥 1	*tɯɯwʔ	*tiwʔ	
		蓼 2	*rɯɯwʔ	*c-riwʔ	
		舟 4 周 2	*tjɯw	*tjiw	
		手 5	*hnjɯwʔ	*hjiwʔ	
		軌 1	$*k^{w}$rɯwʔ	$*k^{w}$rjiwʔ	
		牡 6	*mɯwʔ	*miwʔ	
		咎 3	*gɯwʔ	*gjiwʔ	
		悠 2 浟 1	*lɯw	*ljiw	浟 1，滺假借
		繇 1	*lɯɯw	*ljiw	繇 1，陶假借
		脩 3	*slɯw	*sljiw	脩 2，條假借
		翛 1	*slɯɯw	*sliw	
		蕭 2 潚 1	*sɯɯw	*siw	
		秋 1	*shɯw	*tshjiw	
		抽 1 妯 1	*lhɯw	*hlrjiw	
		嘐 1	*sɯɯw	*siw	嘐 1，膠假借

		摮 1	*ʔsuuw	*tsjiw	摮 1，遒假借
		瘳 2	*rhuuw	*hrjiw	
		褏 1	*luuws	*ljiws	
		裒 1	*ljuuws	*zjiws	
		收 4	*qhljuuw	*xjiw	
		糾 2	*kruuwʔ	*krjiwʔ	
		觓 1	*gruuw	*grjiw	觓 1，觗假借
		輈 1	*tuuw	*trjiw	
	幽 3 部	驫 1	*piw	*pjew（宵部）	驫 1，麃假借
		茂 1	*giw	*gjiw	
		椒 1	*ʔsliw	*stjiw	
宵 部	宵 1 部	芼 1 萢 2	*maaws	*maws	
		旄 3 毛 1	*maaw	*maw	
		峱 1 恢 1	*rnaaw	*nraw	
		藻 5	*ʔsaawʔ	*tsawʔ	
		鎬 3	*gaawʔ	*gawʔ	
		頯 1 敖 5 赘 1	*ŋaaw	*ŋaw	頯 1，敖假借
		傲 1	*ŋaaws	*ŋaws	
		盜 1	*daaws	*daws	
		勞 7	*raaw	*c-raw	
		勞 4	*raaws	*c-raws	
		刀 3 忉 3	*taaw	*taw	
		桃 2	*l'aaw	*g-law	
		倒 1 到 1	*taaws	*taws	
		肴 2	*ɢraaw	*graw	肴 2，殽假借
		教 1	*kraaw	*kraw	
		教 2	*kraaws	*kraws	
		號 2	*ɦlaaw	*gaw	
		巢 1	*zraaw	*dzraw	
		懆 2	*shaawʔ	*tshawʔ	懆 2，慘假借
		高 1	*kaaw	*kaw	
		膏 3	*kaaws	*kaws	
		蒿 2	*qhaaw	*xaw	
		藐 1	*mawʔ	*mjawʔ	
		嘐 1 囂 2	*hŋraw	*xrjaw	

宵2部	飄1	*bew / *phew	*bjew / *phjew	
	嘌1漂1	*phew	*phjew	
	膋1遼1僚1	*reew	*c-rew	遼1，勞假借
	潦1	*reewʔ	*c-rewʔ	
	郊5	*kreew	*krew	
	驕4喬1	*krew	*krjaw	
	喬1	*grew	*ɦkrjaw	喬1，驕假借
	鑣2儦1瀌1穮1	*prew	*prjew	穮1，麃假借
	朝3	*r'ew	*ɦtrjew	
	朝3	*ʔr』ew	*trjew	
	旐1	*l'ewʔ	*g-ljewʔ	
	瑤2愮1遙3謠1搖1	*lew	*ljaw	愮1，搖假借
	翹1	*gew	*gjew	
	消2	*sew	*sjew	
	噍1	*ʔsew	*tsjew	噍1，譙假借
	昭2	*tjew	*tjew	
	詔1炤1照1	*tjews	*tjews	詔1，召假借
	沼1	*tjewʔ	*tjewʔ	
	紹2	*djewʔ	*djewʔ	
	獝1	*qhrew	*xrjaw	獝1，驕假借
	佻1	*lheew	*kh-lew	佻1，恌假借
	效1傚1	*greews	*grews	效1，傚假借
	苕1	*deew	*dew	
	要1葽1	*qew	*ʔjew	
	蕘1	*ŋjew	*ŋjew	
	蹻1	*krewʔ	*krjawʔ	
	蹻1	*khew / *grew	*khjaw / *grjaw	
	鷮1	*krew / *grew	*krjaw / *grjaw	
	苗5	*mrew	*mrjew	
	廟1	*mrews	*mrjews	
	悄3	*shewʔ	*tshjewʔ	
	皎1	*keewʔ	*kewʔ	
	嫽1	*rewʔ	*c-rjewʔ	嫽1，僚假借
	燎2	*rews	*c-rjews	

		曉 1	*hŋeew	*hŋew	
		小 1	*smewʔ	*sjewʔ	
		少 1	*hmjewʔ	*hljewʔ	
		摽 1	*bewʔ	*bjewʔ	
	宵3部	笑 4	*sqhows	*sjaws	
		夭 1	*qrow	*ʔrjaw	
侯部		蔞 1	*roo	*c-ro	
		漏 1	*roos	*c-ros	
		駒 4	*ko	*kjo	
		驅 5	*kho	*khjo	
		句 1	*koo	*ko	
		笱 2 耇 1 垢 1	*kooʔ	*koʔ	
		枸 1	*koʔ / *kooʔ	*kjoʔ / *koʔ	
		覯 1	*koos	*kos	
		口 3	*khooʔ	*khoʔ	
		侯 2 餱 1 鍭 1	*goo	*go	
		後 8 厚 2 后 1	*gooʔ	*goʔ	
		姝 1	*thjo	*thjo	
		隅 4 愚 1	*ŋo	*ŋjo	
		躕 1	*do	*drjo	
		株 1	*to	*trjo	
		主 2	*tjoʔ	*tjoʔ	
		斗 1	*tooʔ	*toʔ	
		殳 1	*djo	*djo	
		樹 2	*djoʔ	*djoʔ	
		數 1	*sroʔ	*skrjoʔ	
		濡 2	*njo	*njo	
		醹 1	*njoʔ	*njoʔ	
		孺 1	*njos	*njos	
		渝 2 榆 1 愉 1	*lo	*ljo	
		椐 1 瘉 2 癒 1	*loʔ	*ljoʔ	癒 1，愈假借
		樞 1	*khjo	*thjo	
		摟 1	*ro / *roo	*c-rjo / *c-ro	摟 1，婁假借
		芻 1	*shro	*tshrjo	
		逅 2	*goos	*gos	

	韝 1	*koo / *khoo	*ko / *kho	韝 1，媾假借
	諏 1	*ʔslo	*tsjo	
	趨 1	*shlo	*shjo	
	取 1	*shloʔ / *shlooʔ	*tshjoʔ / *tshoʔ	
	趣 1	*shlos	*tshjos	
	豆 1	*doos	*dos	
	飫 1 饇 1	*qos	*ʔjos	
	附 2	*bos	*bjos	
	具 2	*gos	*gjos	
	奏 2	*ʔsoos	*tsos	
魚部	砠 1 怚 1 菹 1 沮 1	*sha	*tshja	怚 1，且假借 菹 1，租假借
	瘏 2 圖 3 鄌 1	*daa	*da	鄌 1，屠假借
	鋪 1	*phaa	*pha	
	痡 2	*phaa / *pha	*pha / *phja	痡 1，鋪假借
	浦 2	*phaaʔ	*phaʔ	
	吁 1 忏 2 訏 1	*qʰʷa	*hwja	忏 2，旴假借
	栩 4 幠 1 詡 1	*qʰʷaʔ	*hwjaʔ	幠 1，哷假借 詡 1，訏假借
	股 2 羖 1	*klaaʔ	*kaʔ	
	苴 1	*sha / *ʔsa	*tshja / *tsja	
	瓠 1	*gʷlaa	*wa	瓠 1，壺假借
	華 2	*gʷraa	*wra	
	華 7	*qʰʷraa	*hwra	
	家 10 葭 1	*kraa	*kra	
	斝 1 椵 2	*kraaʔ	*kraʔ	
	稼 1	*kraas	*kras	
	禡 1	*mraas	*mras	
	渠 1	*ga	*gja	
	虞 1 秬 1	*gaʔ	*gjaʔ	
	羽 10 雨 9 宇 7	*ɢʷaʔ	*wjaʔ	宇 1，芌假借
	蘇 1	*sŋaa	*sŋa	
	齟 1 楚 8	*sŋhraʔ	*tshrjaʔ	齟 1，楚假借
	處 23	*khljaʔ	*thjaʔ	
	罝 3	*ʔsjaa	*tsjA	

夫 6	*pa	*pja	
甫 3 父 5 黼 1 脯 1 鯆 1	*paʔ	*pjaʔ	鯆 1，甫假借
補 1	*paaʔ	*paʔ	
車 8	*khlja / *kla	*thjA / *kla	
諕 1	*qhaas	*xas	諕 1，呼假借
豝 1	*praa	*pra	
乎 8	*ɢaa	*ga	
宁 1	*da	*drja	宁 1，著假借
紵 1 羜 1	*daʔ	*drjaʔ	
魚 5	*ŋa	*ŋja	
語 5 敔 2	*ŋaʔ	*ŋjaʔ	
素 1	*saas	*sas	
圃 2	*paas	*pas	
賦 1	*mpas	*pjas	
馬 18	*mraaʔ	*mraʔ	
虎 9	*qhlaaʔ	*xaʔ	
所 10	*sqhraʔ	*skrjaʔ	
御 2	*ŋas	*ŋjas	
旅 10	*g‧raʔ	*c-rjaʔ	
虞 2 娛 1	*ŋʷa	*ŋʷja	
虆 1 嚏 1	*ŋʷaʔ	*ŋʷjaʔ	
居 9 琚 2 據 1	*ka	*kja	
踞 1 椐 1 據 1	*kas	*kjas	踞 1，古字居
虛 1 袪 3	*kha	*khja	
牙 1	*ŋraa	*ŋra	
迓 1	*ŋraas	*ŋras	
筥 3 舉 4	*klaʔ	*kjaʔ	
釜 1 父 6 輔 2	*baʔ	*bjaʔ	
吐 1	*lhaaʔ	*hlaʔ	
女 4 圉 2	*naʔ	*nrjaʔ	
女 11 茹 2	*njaʔ	*njaʔ	
茹 2 洳 1	*njas	*njas	
渚 4	*tjaʔ	*tjaʔ	
野 17	*ɦljaʔ / *laaʔ	*djaʔ / *ljA	
土 12	*l'aaʔ / *lhaaʔ	*laʔ / *hlaʔ	

杜 3	*l'aaʔ	*laʔ	
孥 1	*naa	*na	
怒 4	*naas	*nas	
怒 5	*naaʔ	*naʔ	
五 1 午 1	*ŋaaʔ	*ŋaʔ	
暑 2	*hjaʔ	*stjaʔ	
鱮 3 醑 1 緒 4	*ljaʔ	*zjaʔ	醑 1，藇假借
胡 1	*gaa	*ga	
岵 1 怙 1 酤 1 祜 7	*gaaʔ	*gaʔ	
書 1	*hlja	*stja	
舒 1	*hlja	*hlja	
鼠 2 黍 6	*hljaʔ	*hjaʔ	
紓 1	*ɦljaʔ	*Ljaʔ	
舍 1	*hljaaʔ	*hljʌʔ	
臚 1	*b·ra	*c-rja	臚 1，旅假借
去 3	*khas	*khjas	
瞿 1	*kʷas	*kʷjas	
顧 7	*kʷaas	*kas	
壺 1	*ɢʷlaa	*ga	
與 5 予 5	*laʔ	*ljaʔ	
輿 2 旟 5 予 6 余 2 譽 1	*la	*lja	
譽 2 豫 1	*las	*ljas	
瑕 1 騢 1	*graa	*gra	
下 18	*graaʔ	*graʔ	
暇 3	*graas	*gras	
苦 3	*khaaʔ	*khaʔ	
阻 2 菹 1	*ʔsraʔ	*tsrjaʔ	
助 2	*zras	*dzrjas	
故 6 固 2	*kaas	*kas	
舞 5 武 8 侮 5 膴 1	*maʔ	*mjaʔ	武 2，戎假借
撫 1	*mhaʔ	*phjaʔ	撫 1，附假借
組 3 祖 11	*ʔsaaʔ	*tsaʔ	

荼 3 塗 1	*l'aa	*la	
徒 2	*l'aa	*da	
寫 3	*sjaaʔ	*sjʌʔ	
徂 2	*zaa	*dza	徂 1，且假借
蘆 1 盧 1	*ra	*c-rja	
虜 1 魯 2	*raaʔ	*c-raʔ	
邪 3	*laa	*ljʌ	
邪 1	*ljaa	*zjʌ	
且 9	*ʔsa	*tsja	且 1，楚假借
苴 1	*ʔsaʔ	*tsjaʔ	
狐 2	*gʷaa	*gʷa	
樗 1 檴 1	*qhʷl'a	*hlrja	樗 1，檴假借
烏 1	*qaa	*ʔa	
都 4 闍 1	*taa	*ta	
堵 1	*taaʔ	*taʔ	
蒲 3	*baa	*ba	
沮 3	*zaʔ	*dzjaʔ	
瓜 3	*kʷraa	*kʷra	
寡 2	*kʷraaʔ	*kʷraʔ	
許 3	*hŋaʔ	*hŋjaʔ	
滸 3	*hŋaaʔ	*hŋaʔ	
除 4	*l'as	*lrjas	
䀠 1	*gʷa	*gʷja	䀠1，瞿假借
幠 3	*hmaa	*hna	幠 1，膴假借
辜 2	*kaa	*ka	
鹽 5 罟 1	*kaaʔ	*kaʔ	
戶 5	*ɢʷaaʔ	*gaʔ	
者 4	*tjaaʔ	*tjʌ	
胥 1	*sŋa	*sŋja	
湑 5 醑 2	*sŋaʔ	*sŋjaʔ	醑 2，湑假借
跔 1	*kʷaʔ / *khʷaʔ	*kʷjaʔ / *khʷjaʔ	
謨 1	*maa	*ma	謨 1，莫假借
呱 1	*kʷaa	*kʷa	
鼓 7 瞽 1	*kʷaaʔ	*kʷaʔ	

支部	泚 1	*sheʔ / *sheeʔ	* tshjeʔ / *tsheʔ	
	枝 3	*kje	*kje	
	觿 2	*qh^{w}e / *g^{w}ee	*x^{w}je / *g^{w}e	
	知 6	*ʔl'e	*trje	
	篪 2	*l'e	*lrje	
	卑 1	*pe	*pje	
	圭 1	*k^{w}ee	*k^{w}e	
	攜 1	*g^{w}ee	*g^{w}e	
	斯 3	*se	*sje	
	氏 1	*gjeʔ	*gjeʔ	
	懈 3	*krees	*kres	懈 3，解假借
	狓 1 跂 1 疷 3	*ge	*gje	狓 1，提假借 跂 1，伎假借 疷 1，衹假借 疷 2，疧訛字
	雌 1	*she	*tshje	
歌部 歌 1 部	燬 2	*hmralʔ	*xrjajʔ	
	犧 1	*hŋral	*hŋrjaj	
	皮 3	*bral	*brjaj	
	紽 1 沱 3 佗 2	*l'aal	*laj	
	歌 6	*kaal	*kaj	
	蛇 1	*lal	*ljaj	
	蛇 2	*ɦljaal	*Ljᴀj	
	詈 1	*rals	*c-rjajs	
	為 10	*ɢ^{w}al	*wjaj	
	何 20 河 3 荷 1	*gaal	*gaj	
	賀 1	*gaals	*gajs	
	傞 1	*shlaal / *slaal	*tshaj / *saj	
	貤 1 施 1	*hljal	*hljaj	
	儀 11 宜 9	*ŋral	*ŋrjaj	
	議 2	*ŋrals	*ŋrjajs	
	它 1 他 3	*lhaal	*hlaj	
	珈 1 加 1 嘉 10	*kraal	*kraj	
	掎 1	*kralʔ	*krjajʔ	
	猗 2 椅 1	*qral	*ʔrjaj	

倚 1	*qrals	*ʔrjajs	倚 1，猗假借
磋 1	*shlaal	*tshaj	
磨 2	*maal	*maj	
阿 7	*qaal	*ʔaj	
左 1 佐 1	*ʔsaals	*tsajs	
左 2	*ʔsaalʔ	*tsajʔ	
波 1 番 1	*paal	*paj	
儺 2 那 1 袲 1	*naal	*naj	儺 1，難假借 儺 1，娜假借 袲 1，難假借
靡 3	*mralʔ	*mrjajʔ	
麻 3	*mraal	*mraj	
羅 2	*raal	*c-raj	
吪 2 訛 1	*ŋʷaal	*ŋʷaj	
瓦 1	*ŋʷraals	*ŋʷrajs	
嗟 4	*ʔsljal	*tsjʌj	嗟 1，差假借
莪 1 俄 1 娥 1	*ŋaal	*ŋaj	娥 1，峨假借
我 2	*ŋaalʔ	*ŋajʔ	
多 10	*ʔl'aal	*taj	
娑 1	*saal	*saj	
鯊 1 沙 1	*sraal	*sraj	
陂 1 羆 3	*pral	*prjaj	
池 2 杝 1 馳 1	*l'al	*lrjaj	
火 4	*qhʷaalʔ	*xʷajʔ	
駕 1	*kraals	*krajs	
破 1	*phaals	*phajs	
瘥 1	*zlaal / *ʔsljal	*dzaj / *tsjʌj	
錡 1	*gral	*grjaj	
可 2	*khaalʔ	*khajʔ	
歌 2 部	邇 3	*njelʔ	*njejʔ	邇 1，爾假借
	灖 1	*mnelʔ	*mjejʔ	
	離 1 穲 4 罹 3 縭 1	*rel	*c-rjej	穲 3，離假借
	掌 1	**ges / **zes / **zree	**ges / **dzes / **dzre	掌 1，柴假借
	地 1	*l'jeels	*djejs	

歌3部		過3	*klool	*kʷaj	
		薖1	*khlool	*khʷaj	
		吹1	*khjols	*thjojs	
		萎1	*qrol	*ʔrjoj	
		和1	*gools	*gojs	
		禍1	*glool?	*gʷaj?	
脂部	脂1部	萋6妻2淒3	*shiil	*tshəj（微部）	淒1，萋假借
		喈7偕4階3湝1皆1	*kriil	*krij	
		祁3	*gril	*grjij	
		夷6荑2姨1陦1棟1	*lil	*lji	陦1，遲假借
		私3	*sil	*sjij	
		穧1	*ʔsliils／*zliils	*tsəjs／*ɦtshəjs	
		蠐1憏1齊2	*zliil	*ɦtshəj	
		薺1	*zliil?	*ɦtshəj?	
		弟9悌1	*diil?	*dij?	悌1，弟假借
		犀1	*sliil	*sij	
		眉1湄1郿1	*mril	*mrjəj（微部）	
		瀰1	*mril	*mrjij	瀰1，襄假借
		坻1	*dil	*drjij	
		祗1	*tjil	*tjij	
		砥1	*tjil?	*tjij?	
		鴟1	*thjil	*thjij	
		遲8	*l'il	*drjij	
		稺2	*l'ils	*drjijs	
		揆2	*gʷil?	*gʷjij?	揆2，葵假借
		騤3	*gʷril	*gʷrjij	
		柢1	*tiil	*tij	柢1，氐假借
		底1	*tiil?	*tij?	
		匕1	*pil?	*pjij?	
		視1	*gljil?	*djij?	
		涕1	*thiil?	*thij?	
		几2	*kril?	*krjij?	
		躋3	*ʔsliil	*tsəj	
		濟5隮1	*ʔsliil?	*tsəj?	濟1，泲假借

	濟 1	*ʔsliils	*tsəjs	
	黎 1	*riil	*c-rij	
	禰 1 苨 1 苊 1	*niilʔ	*nijʔ	苨 1，泥假借 苊 1，泥假借
脂 2 部	體 3	*rhiiʔ	*hrijʔ	
	死 3	*hljiʔ	*sjijʔ	
	蓍 1	*qhlji	*xjij	
	師 4	*sri	*srjij	
	茨 1	*zli	*dzjij	
	尸 2	*hli	*hljij	
	矢 2	*hliʔ	*hljijʔ	
	兕 1	*ljiʔ	*zjijʔ	
	指 1 旨 3	*kjiʔ	*kjijʔ	
	脂 2	*kji	*kjij	
	禮 5 鱧 1 醴 3	*riiʔ	*c-rijʔ	
	毗 1 蚍 1	*bi	*bjij	蚍 1，毗假借
	迷 2	*mii	*mij	
	師 4	*sri	*srjij	
	履 2	*riʔ	*c-rjijʔ	
	妣 2	*piʔ	*pjijʔ	
	膍 1	*bii	*bij	
	維 3 惟 1	*ɢʷi	*ljuj（微部）	
	唯 1	*ɢʷiʔ	*ljujʔ	
	比 3	*bis / *pis	*bjijs / *pjijs	
	伙 3	*slhis	*tshjijs	
	翳 1	*qiis	*ʔijs	翳 1，翳假借
	水 1	*qhʷljilʔ	*hljijʔ	
	洈 1	*mniʔ	*mjijʔ	洈 1，瀰假借
	姊 1 秭 2	*ʔsiʔ	*tsjijʔ	
	資 1	*ʔsli	*tsjij	
	屎 1	*hri	*xrjij	
	美 2 〔註 4〕	*mriʔ	*mrjəjʔ	

〔註 4〕鄭張 2008 改「美」入微 1 部，擬音*mruilʔ。

微部	微1部	衣10 依4	*qul	*ʔjəj	
		扆1	*qul?	*ʔjəj?	扆1，依假借
		枚4	*mɯɯl	*məj	
		饑4 幾2	*kɯl	*kjəj	
		几1	*kɯl?	*kjəj?	
		尾3	*mɯl?	*mjəj?	
		薇2	*mrɯl	*mrjəj	
		微5 薇2	*mɯl	*mjəj	
		悲11	*prɯl	*prjəj	
		腓1 痱1	*bɯl	*bjəj	痱1，腓假借
		飛4	*pul	*pjəj	
		菲1 靅2 騑2	*phɯl	*phjəj	
		晞3	*hlɯl	*xjəj	
		哀5	*quɯɯl	*ʔəj	
		豈1	*ŋhɯl?	*khjəj?	
		葦2 韡1 煒1	*ɢʷɯl?	*wjəj?	
		違5 圍1	*ɢʷɯl	*wjəj	
		畿1 頎1 旂3 祈1 幾1	*gɯl	*gjəj	
	微2部	歸30	*klul	*kjuj	
		嵬2	*ŋguul	*ŋuj	
		隤1 頹1	*l'uul	*luj	
		罍2 靁1 雷2	*ruul	*c-ruj	
		懷12	*gruul	*gruj	
		壞1	*gruuls	*grujs	
		纍2	*rul	*c-rjuj	
		綏5	*snul	*snjuj	
		搥1	*tuul	*tuj	搥1，敦假借
		遺3	*lul	*ljuj	
		摧3 崔1	*zluul	*dzuj	
		推1	*thjul / *thuul	*thjuj / *thuj	
		濣1	**shuul？〔註5〕	* *tshuj？	濣1，洒假借
		浼1	*muul?	*muj?	
		威3	*qul	*ʔjuj	

〔註5〕**表示本文據鄭張體系自擬的音，後據白一平體系自擬符號相同。

	畏 6	*quls	*ʔjujs	畏 1，威假借
	錞 1	*duulʔ	*dujʔ	
	煇 1	*qhul	*xjuj	
	罪 1	*zuulʔ	*dzujʔ	
	回 4	*guul	*wəj	
	追 1	*tul	*trjuj	
職部	職部	得 6 德 26	*tuuɯg	*tək	
		服 17	*buɯg	*bjək	
		側 8	*ʔsruɯg	*tsrjək	
		革 4	*kruuɯg	*krək	
		緎 1	*gʷruɯg / *qhʷruɯg	*wrjək / *hwrjək	
		域 1	*ɢʷruɯg	*wrjək	
		絶 1	*qhruɯg	*xjək	絶 1，奭假借
		稶 1	*qʷuɯg	*ʔʷjək	稶 1，或假借
		淢 1	*qhʷuɯg	*hwjək	淢 1，減假借
		圉 1	*gʷuɯg	*wjək	
		牧 1	*muɯg	*mjək	
		飭 1	*lhuɯg	*hlrjək	
		愿 2	*nhuuɯg	*thək	
		則 9	*ʔsuuɯg	*tsək	
		蜮 1	*gʷuuɯg / *ɢʷruɯg	*wək / *wrjək	
		亟 2 殛 1	*kuɯg	*kjək	亟 1，稷假借
		敕 1	*thuɯg	*hrjək	敕 1，勑假借
		穡 3 色 2	*sruɯg	*srjək	
		食 13	*ɦljɯg	*Ljək	
		飾 1 式 6	*hljɯg	*hljək	
		識 2	*hljɯg	*stjək	
		織 1	*tjɯg	*tjək	
		力 4 仂 2	*rɯg	*c-rjək	仂 2，力假借
		直 6	*dɯg	*drjək	
		息 10	*slɯg	*sjək	
		塞 1	*sluuɯg	*sək	
		嶷 1	*ŋuɯg	*ŋjək	
		億 6 抑 2	*quɯg	*ʔjək	億 1，意假借
		螣 1	*l'uuɯg	*lək	
		賊 3	*zuuɯg	*dzək	

		特 5	*duɯg	*dək	
		忒 6	*lhɯɯg	*hlək	
		極 15	*gɯg	*gjək	
		畐 1	*buɯg / *bɯg	*bək / *bjək	
		麥 6	*mrɯɯg	*mrək	
		國 23	*kʷɯɯg	*kʷək	
		馘 1	*kʷrɯɯg	*kʷrək	
		即 3	*ʔsɯg	*tsjək	
		克 7	*khɯɯg	*khək	
		襋 1 棘 13	*krɯg	*kjək	
		輻 2 福 17 菖 1	*pɯg	*pjək	福 1，富假借
		稷 7	*sklɯg	*tsjək	
		北 4	*puɯg	*pək	北 1，背假借
		黑 1	*hmlɯɯg	*hnək	
		弋 1 翼 18 稷1 趩2	*lɯg	*ljək	稷1，翼假借 趩2，翼假借
	代部	試 2	*hljɯgs	*hljəks	
		熾 1	*thjɯgs	*thjəks	
		異 2	*lɯgs	*ljəks	
		富 3	*pɯgs	*pjəks	
		備 2	*brɯgs	*brjəks	
		戒 3	*krɯɯgs	*krəks	
		背 2	*buɯgs	*ɦpəks	
		背 1	*puɯgs	*pəks	
覺部	覺1部	鞠 3	*kug	*kjuk	
		匊 2	*klug	*kjuk	
		覆 2	*phug	*phjuk	
		育 3	*lug	*ljuk	
		毒 2	*l'uug	*duk	
		祝 1	*tjug	*tjuk	
		六 2	*rug	*c-rjuk	
		告 6	*kuug	*kuk	
		陸 2	*m·rug	*c-rjuk	
		宿 4 夙 1	*sug	*sjuk	
		覺 1	*kruug	*kruk	
		鵠 1	*guug	*guk	

		篤 2	*tuug	*tuk	
		燠 2 薁 1	*quug	*ʔjuk	燠 1，奧假借
		復 4	*bug	*bjuk	
		慉 1	*hlug	*xjuk	慉 1，畜假借
		腹 1	*pug	*pjuk	
		穆 1	*mug	*mjuk	
	覺 2 部	軸 2	*l'ɯwɢ	*lrjiwk	
		淑 1	*ɦljuwɢ	*djiwk	
		戚 1	*ʔsluwɢ	*stjiwk	
		慼 1	*shlɯɯwɢ	*tshiwk	慼 1，戚假借
		俶 1	*lhjuwɢ	*thjiwk	
		迪 1	*l'ɯɯwɢ	*liwk	
		蓫 1	*hluwɢ / *lhuwɢ / *l'ɯwɢ	*xjiwk / *thrjiwk / *drjiwk	
		菽 2	*hljuwɢ	*hjiwk	
		蕭 1	*suwɢ	*sjiwk	
		穆 1	*ruwɢ	*c-rjiwk	
	奧 1 部	冒 1	*muugs	*muks	
		報 6	*puugs	*puks	
		造 2	*skhuugs	*tshuks	
		祝 1	*tjugs	*tjuks	
		就 1	*zugs	*dzjuks	就 1，集訓讀
	奧 2 部	歗 2	*suɯwɢs	*siwks	
		繡 1	*suwɢs	*sjiwks	
		㝔 1	* *qruwɢ	* *ʔjiwk	㝔 1，憂假借
藥 部	藥 1 部	樂 10	*raawɢ	*g-rawk	
		謔 5	*hŋawɢ	*hŋjawk	
		藥 3	*lawɢ	*rjawk	
		翯 1	*graawɢ / *qhraawɢ	*grawk / *xrawk	
		熇 1	*qhaawɢ	*xawk	
		懲 1	*mraawɢ	*mrawk	懲 1，藐假借
		虐 4	*ŋawɢ	*ŋjawk	
	藥 2 部	翟 2	*l'eewɢ	*lewk	
		爵 3	*ʔsewɢ	*tsjewk	
		蹻 2	*gewɢ	*gjawk	

		綽 1	*thjewᴳ	*thjewk	
		躍 1	*lewᴳ	*ljewk	
		較 1	*kreewᴳ	*krewk	
		溺 1	*neewᴳ	*newk	
		櫟 1	*reewᴳ	*g-rewk	
		燿 1 濯 2	*r'eewᴳ	*lrewk	燿 1，濯假借
		的 1	*pleewᴳ	*tewk	
		駁 1	*p-qreewᴳ	*prewk	駁 1，駁假借
	藥3部	籥 1	*lowᴳ	*ljawk	
		鑿 1	*ʔsoowᴳ	*tsawk	
		襮 1	*poowᴳ	*pawk	
		沃 2	*qoowᴳ	*ʔawk	
	豹2部	悼 4	*deewᴳˢ	*dewks	
		曜 1	*lewᴳˢ	*ljewks	
		罩 1	*rteewᴳˢ	*trewks	
	豹3部	暴 3	*boowᴳˢ	*bawks	
屋部	屋部	角 2	*kroog	*krok	
		族 3	*zoog	*dzok	
		屋 5	*qoog	*ʔok	
		木 3 霂 1 沐 1	*moog	*mok	
		祿 6	*roog	*b-rok	
		僕 2	*boog	*bok	
		跼 1 局 1	*gog	*ɦkjok	跼 1，局假借
		椓 1	*rtoog	*trok	
		獨 2	*doog	*dok	
		濁 1	*rdoog	*drok	
		渥 1	*qroog	*ʔrok	
		浞 1	*zroog	*dzrok	浞 1，足假借
		欲 1	*log	*ljok	
		菉 1	*rog	*b-rjok	菉 1，綠假借
		粟 2	*sog	*sjok	
		獄 3	*ŋog	* njok	
		足 2	*ʔsog	*tsjok	
		屬 1	*tjog	*tjok	

		楸 1	*sloog	*sok	
		鹿 2	*b‧roog	*c-rok	
		束 3	*hljog	*hjok	
		玉 6	*ŋog	*ŋjok	
		讀 2	*l'oog	*lok	
		辱 1	*njog	*njok	
		曲 2	*khog	*khjok	
		賣 1 續 2	*ljog	*zljok	
		穀 11 轂 1	*kloog	*kok	
		谷 5	*g‧loog / *kloog	*ljok / *kok	
	竇部	臭 1	*tjogs	*tjoks	
		裕 1	*logs	*ljoks	
鐸部	鐸部	莫 4	*maag	*mak	
		諾 1	*naag	*nak	
		落 1 駱 4 輅 1 雒 1	*g‧raag	*g-rak	輅 1，閣假借
		斁 5 奕 3 繹 2 懌 4 射 1 驛 1	*laag	*ljʌk	斁 1，射假借 驛 1，繹假借
		恪 1	*khlaag	*khak	
		客 3	*khraag	*khrak	
		赫 2 嚇 1	*qhraag	*xrak	嚇 1，赫假借
		貊 2	*mbraag	*mrak	
		壑 1	*qhaag	*xak	
		雘 1	*qhʷaag	*xʷak	
		樃 1	*t-ŋhaag	*thak	樃 1，橐假借
		惡 2	*qaag	*ʔak	
		酢 3	*zaag	*dzak	
		格 2	*kraag	*krak	
		作 10	*ʔsaag	*tsak	
		踖 1	*ʔsjaag	*tsjʌk	
		射 1	*ɢljaag	*ʟjʌk	
		藉 1	*zjaag	*dzjʌk	
		繹 4	*lhaag	*hlak	
		錯 2	*shaag	*tshak	
		伯 5 柏 2	*praag	*prak	
		白 1	*braag	*brak	

		朦 1	*gag	*gjak	
		斥 1	*ŋhjaag	*thjʌk	斥 1，舄假借
		咢 1	*ŋaag	*ŋak	
		若 7	*njag	*njak	
		逆 1	*ŋrag	*ŋjak	
		博 1	*paag	*pak	
		薄 1	*baag	*bak	
		鞹 1 廓 1	*khʷaag	*khʷak	
		席 1 蓆 1	*ljaag	*zljʌk	
		夕 4	*ljaag	*zjʌk	
		度 7	*daag	*dak	
		碩 6	*djag	*djʌk	
		穫 2	*ɢʷaag	*wak	
		獲 6	*ɢʷraag	*wrak	
		襗 1	*l'aag / *rlaag	*lak / *lrak	襗 1，澤假借
		柞 1	*ʔsaag / *zaag	*tsak / *dzak	
		戟 1	*krag	*kjak	
		舄 2 昔 1	*sjaag	*sjʌk	
		炙 3	*tjaag	*tjʌk	
		尺 1	*thjag	*thjʌk	
		澤 1	*rlaag	*lrak	
		釋 1	*hljag	*hljʌk	釋 1，澤假借
		宅 4	*r'aag	*drak	
	暮部	莫 6	*maags	*maks	
		斁 1	*laags	*laks	
		露 2 路 3 輅 1	*g·raags	*g-raks	輅 1，路假借
		夜 6	*laags	*ljʌks	
		惡 2	*qaags	*ʔaks	
		度 2	*daags	*daks	
		庶 3	*hljags	*stjaks	
		柘 1	*tjags	*tjʌks	
		潞 1	*raags	*g-raks	潞 1，露假借
錫部	錫部	擿 1	*deg	*drjek	擿 1，適假借
		益 2	*qleg	*ʔjek	
		謫 1 讁 1	*rteeg	*trek	
		鬄 1	*sljeg	*sljek	鬄 1，髢或髢

		晢 1	*seeg	*sek	
		狄 1	*deeg	*lek	
		帟 1	*mbeeg	*mek	帟 1，幭假借
		軛 1	*qreeg	*ʔrek	軛 1，厄假借
		簀 1	*ʔsreeg	*tsrek	
		錫 1 裼 1	*sleeg	*slek	
		鷊 1	*ŋgeeg / *ŋgreeg	*ŋek / *ŋrek	鷊 1，鶪假借
		惕 1	*lheeg	*hlek	
		鶪 1	*kʷeeg	*kʷek	
		績 2	*ʔseeg	*tsek	
		蜴 1 易 3	*leg	*ljek	
		蹐 1 脊 1 蹟 1	*ʔseg	*tsjek	蹟 1，績假借
		辟 3	*beg	*bjek	
		辟 2	*pheg	*phjek	
		剔	*lheeg	*hlek	
		刺 1	*sheg	*tshjek	
		璧 1 辟 4	*peg	*pjek	
		鼊 1	*beeg	*bek	
	賜部	揥 2	*theegs	*theks	
		刺 1	*shegs	*tshjeks	
		易 1	*leegs	*ljeks	
		帝 5	*teegs	*teks	
		避 1	*begs	*bjeks	避 1，辟假借
月部	月 1 部	發 4	*pad	*pjat	
		偈 2 揭 1 傑 3 樐 1 桀 1	*grad	*grjat	偈 1，揭假借 傑 1，揭假借 傑 1，桀假借 樐 1，桀假借
		竭 2	*gad / *grad	*gjat / *grjat	
		鞼 1	*graad	*grat	
		怛 2	*taad	*tat	
		揭 1	*gad	*gjat	
		茷 1 伐 2	*bad	*bjat	茷 1，肺假借
		越 1 鉞 1	*ɢʷad	*wjat	
		瀎 1	*qhʷaad	*hwat	
		歲 2	*sqhʷad	*swjat	

	鱍1	*paad / *phaad	*pat / *phat	
	轣1	*ŋrad	*ŋrjat	轣1，孽假借
	渴3	*khaad	*khat	
	葛1	*kaad	*kat	
	達1闥2	*thaad	*hlat	
	達5	*daad	*lat	
	褐1	*gaad	*gat	
	秣1	*maad	*mat	
	遏1	*qaad	*ʔat	遏1，曷假借
	撥2	*paad	*pat	
	揭1	*khrads	*khrjats	
	揭1楬1	*kad	*kjat	楬1，桀假借
月2部	扒1	*pred	*prjet	扒1，拜假借
	設1	*hljed	*hjet	
	晢1	*ʔljed	*tjat	
	晢1	*ʔljeds	*tjats	晢1，晣異文
	截2	*zeed	*dzet	
	滅1	*med	*mjet	
	威1	*hmed	*hmjet	
	徹1	*thed	*thrjet	
	舌3	*ɦibljed	*Ljet	
	雪1	*sqhʷed	*sjot	
	蠥1	*ŋred	*ŋrjet	
	烈7	*red	*c-rjet	
月3部	掇1	*tood	*tot	
	捋1	*rood	*c-rot	
	奪1	*l'ood	*lot	奪1，敓假借
	蕨1	*kod	*kjot	
	闕1	*khod	*khjot	
	惙1	*tod	*trjot	
	廢1茷1	*bood	*bat	廢1，伐假借
	說4閱1	*lod	*ljot	
	闊2	*khood	*khʷat	
	說4	*hljod	*hljot	
	佸2	*good	*gʷat	

		活 2	*kood / *good	*kʷat / *gʷat	
		括 2	*kood	*kʷat	
		月 5	*ŋod	*ŋʷjat	
		汳 1 髪 1	*pod	*pjat	汳 1，髪假借
		颰 2	*pod / *bood	*pjat / *bat	颰 2，髪假借
		撮 1	*shood	*tshot	
	祭 1 部	敗 1	*praads	*prats	
		敗 2	*braads	*ɦprats	
		愒 2	*khrads	*khrjats	
		憩 1 揭 1	*khrads	*khrjats	
		濿 1 厲 5	*m·rads	*c-rjats	濿 1，厲假借
		邁 6	*mraads	*mrats	
		藚 1	*mhraads	*hrats	
		帶 1	*taads	*tats	
		艾 4	*ŋaads	*ŋats	
		艾 1	*ŋads	*ŋjats	
		茷 1	*bads / *paads	*bjats / *pats	
		噦 2	*qhʷaads	*hwats	
		歲 2	*sqhʷads	*swjats	
		外 3	*ŋʷaads	*ŋʷats	
		大 3	*daads	*lats	
		害 8	*gaads	*gats	
	祭 2 部	逝 6	*ɦljeds	*djats	
		晣 1	*ʔljeds	*tjats	
		嘒 2	*qhʷeeds	*hwets	
		瘵 2	*ʔsreeds	*tsrets	
		枘 1	*reds	*c-rjets	
	祭 3 部	娧 1 駾 1	*lhoods	*hlots	娧 1，脫假借
		帨 1	*hljods / *sthods	*hljots / *tshjots	
		吠 1	*bods	*bjots	
		蹶 2	*krods	*krjots	
		祋 1	*toods	*tots	
		旆 3	*boobs	*bots	
		怖 1	*phoobs / *phobs	*phots / *phjots	怖 1，邁假借
		兌 2	*l'oods	*lots	
		瘥 1	*hlods	*xjots	瘥 1，喙假借

質部	質1部	袺1結4	*kiid	*kit	
		吉2	*klid	*kjit	
		襭1	*giid	*git	
		鞸1	*pid	*pjit	
		姞1	*grid	*grjit	姞1，吉假借
		七3	*snhid	*tshjit	
		疾4	*zid	*dzjit	
		匹2	*phid	*phjit	
		闋1	*khʷiid	*khʷit	
	質2部	實6	*ɦlig	*Ljit	
		室16	*hlig	*stjit	
		佖1	*blig	*bjit	
		蛭1垤1	*diig	*dit	
		一3	*qlig	*ʔjit	
		泌1	*plig	*pjit	
		窒1	*tiig / *tig	*tit / *trjit	
		穴5	*gʷliig	*wit	
		欯1	*l'iig	*lit	
		栗6慄3	*rig	*c-rjit	
		暱1	*nig	*nrjit	
		秷1	*tig	*trjit	秷1，挃假借
		逸2	*lig	*ljit	
		秩3	*l'ig	*lrjit	
		漆1榤3	*shig	*tshjit	榤3，漆假借
		瑟3	*smrig	*srjit	
		密1	*mrig	*mrjit	
		恤2	*sqhʷig	*swjit	
		噎1	*qiig	*ʔit	
		節1	*ʔsiig	*tsik	
		櫛1	*ʔsrig	*tsrjik	
		日8	*njig	*njit	
	至1部	肆1	*lids	*ljits	
		利1	*rids	*c-rjits	
		季1	*kʷids	*kʷjits	
		棄2	*khlids	*khjits	

		四 1 駟 1	*hljids	*sjits	
		畀 1	*pids	*pjits	
		渭 2	*phrids	*phrjits	
		替 1	*thiids	*thits	
		悸 2	*gʷids	*gʷjits	
		穗 2	*sɢʷids	*zwjits	
		惠 2	*ɢʷiids	*wets	
		寐 4	*mids	*mjits	
	至 2 部	曀 2	*qiigs	*ʔit	
		嚏 1	*tiigs	*tit	
		至 4	*tjigs	*tjits	
		閟 1	*prigs	*prjit	
物 部	物 1 部	戾 1	*ruuud	*c-rət	
		迄 1	*muud / hmɯɯd	*mjət / hnət	迄 1，沒假借
		茀 1 拂 1	*phɯd	*phjət	
		仡 1	*ŋɯd / *ŋrɯd	*ŋjət / *ŋrjət	仡 1，乞假借
		忽 1	*hmɯɯd	*hnət	
	物 2 部	出 2	*khljud	*thjut	
		拔 2	*bruud	*brut	
		疷 1	*ŋuud	*ŋut	疷 1，出假借
		泭 1	*pud	*pjut	泭 1，弗假借
		卒 2	*ʔsud	*stjut	
		硉 1	*ruud	*b-rut	硉 1，律假借
		崒 1	*zud	*sdjut	崒 1，卒假借
		市 1	*pud< pub	*pjət	市 1，芾假借
		述 1	*ɦljud	*Ljut	
	隊 1 部	摡 1	*kuuuds	*kəts	摡 1，塈假借
		屆 4	*kruuds	*krəts	
		溉 1	*kuuuds / *kuds	*kəts / *kjəts	
		塈 3	*gruds / *qhuds	*grjəts / *xjəts	
		肆 1	*hljuds	*sjəts	
		愛 1 僾 1	*quuds	*ʔəts	
		棣 1 逮 1	*l'uuds	*ləts	
		妹 1	*muuuds	*məts	
		悖 1	*buuuds	*bəts	
		戾 3	*ruuuds	*c-rəts	

		謂2渭1	*ɢuds	*wjuts	
		遂3檖1檖1隧1	*ljuds	*zjuts	
	隊2部	醉3	*ʔsuds	*stjuts	
		匱1	*gruds	*grjuts	
		萃1瘁5	*zuds	*sdjuts	
		誶2	*suds	*stjuts	誶2，訊假借
		蔚1	*quds	*ʔjuts	
		類5	*ruds	*c-rjuts	
緝部	緝1部	及5	*gruub	*grjəp	
		隰1	*ljuub	*zjəp	
		濕1	*hŋjuub	*hjəp	
		急1	*kruub	*krjəp	
		泣3	*khruub	*khrjəp	
		㬥1	*khruub	*khrjəp	㬥1，濕假借
		邑1	*qruub	*ʔrjəp	
	緝2部	蟄1	*dib	*drjip	
		濈1	*ʔsrib	*tsrjip	
		輯1	*zib	*dzjip	
	緝3部	集2	*zub	*dzjup	集1，揖假借
		合3	*guub	*gup	
		洽1	*gruub	*grup	
		軜1	*nuub	*nup	
		翕1	*qhrub	*xrjup	
	內1部	位2	*ɢʷruubs	*wrjəps	
	內2部	勩2	*libs	*ljips	
	內3部	退2	*nhuubs	*hnups	
		對4	*tuubs	*k-lups	對1，荅訓讀
		憝1	*dubs	*g-ljups	
		內2	*nuubs	*nups	
盍部	盍1部	甲1	*kraab	*krap	
		業3	*ŋab	*ŋjap	

盍 2 部	葉 3	*leb	*ljep	
	涉 1	*djeb	*djep	
	鞻 2	*hljeb	*hljep	
	捷 2	*zeb	*dzjep	
	楫 1	*ʔseb	*tsjep	
蓋 2 部	泄 3	*lebs	*ljeps	
	世 3	*hljebs	*hljeps	
蒸部	薨 3	*hmɯɯŋ	*xəŋ	
	乘 2	*ɦljuɯŋs	*Ljəŋs	
	繩 3	*ɦbljuɯŋ	*Ljəŋ	
	冰 2	*ŋrɯŋ	*ŋrjəŋ	
	登 1 甑 1	*tɯɯŋ	*təŋ	甑1，登假借
	馮 1	*brɯŋ	*brjəŋ	
	掤 1	*pɯŋ	*pjəŋ	
	弓 4	*kʷɯŋ	*kʷjəŋ	
	贈 1	*zɯɯŋs	*dzəŋs	
	夢 3	*mɯŋs	*mjəŋs	
	夢 1	*mɯŋ	*mjəŋ	
	憎 2 增 2	*ʔsɯɯŋ	*tsəŋ	
	陵 6	*rɯŋ	*c-rjəŋ	
	懲 4	*dɯŋ	*drjəŋ	
	蒸 2	*kljuɯŋ	*tjəŋ	
	雄 2	*gʷɯŋ	*wjəŋ	
	弘 1	*gʷɯɯŋ	*gʷəŋ	
	兢 2	*kɯŋ	*kjəŋ	
	肱 1	*kʷɯɯŋ	*kʷəŋ	
	兢 3	*kɯŋ	*kjəŋ	
	恒 1	*gɯɯŋ	*gəŋ	
	承 4	*gljuɯŋ	*djəŋ	
	升 4 勝 3	*hljuɯŋ	*hjəŋ	
	朋 3	*bɯɯŋ	*bəŋ	
	崩 4	*pɯɯŋ	*pəŋ	
	膺 2	*qɯŋ	*ʔjəŋ	
	滕 2 騰 2	*lʼɯɯŋ	*ləŋ	
	興 5	*qhɯŋ	*xjəŋ	
	興 1	*qhɯŋs	*xjəŋs	

冬部	終部	中 9	*tuŋ	*k-ljuŋ	
		宮 7 躬 2	*kuŋ	*kjuŋ	
		潨 1	*tjuŋ / *zluuŋ	*juŋ / *dzuŋ	
		螽 2 終 2	*tjuŋ	*tjuŋ	
		戎 1	*njuŋ	*njuŋ	
		忡 3	*thuŋ	*kh-ljuŋ	
		降 4	*gruuŋ	*gruuŋ	
		沖 2	*duŋ	*g-ljuŋ	
		仲 1	*duŋs	*g-ljuŋs	
		宋 1	*sluuŋs	*suŋs	
		冬 1	*tuuŋ	*tuŋ	
		窮 2	*guŋ	*gjuŋ	
		充 1	*lhjuŋ	*thjuŋ	
		蟲 1 爞 1	*l'uŋ	*drjuŋ	爞 1，蟲假借
		崇 2	*zruŋ	*dzrjuŋ	
		融 1	*luŋ	*ljuŋ	
		宗 4	*ʔsuuŋ	*tsuŋ	
東部		僮 1 同 12 罿 1 童 1	*dooŋ	*doŋ	
		動 1	*dooŋʔ	*doŋʔ	
		竦 1	*sloŋʔ	*sjoŋʔ	
		公 10	*klooŋ	*koŋ	
		功 8 攻 1 工 1	*kooŋ	*koŋ	
		恭 2 共 3	*kloŋ	*kjoŋ	恭 1，共假借
		恫 1	*thooŋ	*thoŋ	
		樅 1	*ʔsloŋ / *shloŋ	*tsjoŋ / *tshjoŋ	
		豵 2	*ʔslooŋ / *ʔsloŋ	*tsoŋ / *tsjoŋ	
		總 1	*ʔslooŋʔ	*tsoŋʔ	
		噰 1 饔 1 廱 3 雝 2	*qoŋ	*ʔjoŋ	噰 1，雝假借
		壅 1	*qoŋʔ	*ʔjoŋʔ	壅 1，雝假借
		腫 1	*tjoŋʔ	*tjoŋʔ	腫 1，重假借
		鞏 1	*koŋʔ	*kjoŋʔ	
		濃 1	*noŋ	*nrjoŋ	
		墉 2 庸 6 容 2 鏞 1	*loŋ	*ljoŋ	

勇 1	*loŋʔ	*ljoŋʔ	
用 1	*loŋs	*ljoŋs	
傭 1	*lhoŋ	*hlrjoŋ	
鐘 2	*tjoŋ	*tjoŋ	鐘 2，鍾假借
幢 1	*thjoŋ	*thjoŋ	幢 1，衝假借
訌 1	*gooŋ	*goŋ	
駹 1	*mrooŋ	*mroŋ	駹 1，庞假借
邦 9	*prooŋ	*proŋ	
訟 2 松 1	*sɢloŋ	*sgjoŋ	
從 6	*zloŋ	*dzjoŋ	
凶 1 誴 3	*qhoŋ	*xjoŋ	誴 3，訩假借
聰 2	*shlooŋ	*tshoŋ	
空 1	*khooŋ	*khoŋ	
控 1	*khooŋs	*khoŋs	
送 2	*slooŋs	*soŋs	
龍 2	*b·roŋ	*b-rjoŋ	
豐 2	*phoŋ	*phjoŋ	
葑 2	*poŋ	*pjoŋ	
濛 4 幪 1 蒙 1	*mooŋ	*moŋ	
顒 1	*ŋoŋ	*ŋjoŋ	
菶 1	*booŋʔ / *pooŋʔ	*boŋʔ / *poŋʔ	菶 1，唪假借
龐 1	*booŋ / *r-rooŋ	*boŋ / *b-roŋ	龐 1，庞假借
巷 1	*gro ŋs	*groŋs	
雙 1	*srooŋ	*sroŋ	
縫 1	*boŋ	*bjoŋ	
邛 2	*goŋ	*gjoŋ	
緵 1	*ʔsooŋ	*tsoŋ	緵 1，總假借
獢 2	*ʔslooŋ / *ʔsloŋ	*tsoŋ / *tsjoŋ	
東 14	*tooŋ	*toŋ	
蓬 2 芃 1 韸 1	*booŋ	*boŋ	芃 1，蓬假借 韸 1，逢假借
陽部	筐 2	*khʷaŋ	*khʷjaŋ	
	羌 1	*khlaŋ	*khjaŋ	
	行 16 頑 1 沆 1 抗 1	*gaaŋ	*gaŋ	沆 1，杭假借
	卬 1	*ŋaaŋ	*ŋaŋ	

張 3 糧 1	*taŋ	*trjaŋ	
行 15 珩 1 衡 5	*graaŋ	*graŋ	
行 3	*graaŋs	*graŋs	
岡 7 剛 3 綱 2	*klaaŋ	*kaŋ	
康 10	*khlaaŋ	*khaŋ	
黃 9 簧 3	*gʷaaŋ	*gʷaŋ	煌 1，皇假借
偟 1 遑 2 煌 4 皇 5 騜 3	*gʷaaŋ	*waŋ	偟 2，遑假借 騜 2，黃假借 騜 1，皇假借
喤 1 鍠 1	*gʷraaŋ	*wraŋ	鍠 1，喤假借
狂 2	*gʷaŋ	*gʷjaŋ	
章 10 璋 3 彰 1	*kjaŋ	*tjaŋ	彰 1，瞻假借
蒼 2 倉 2	*shaaŋ	*tshaŋ	
鶊 1 庚 1 羹 2	*kraaŋ	*kraŋ	鶊 1，庚假借
梗 1	*kraaŋʔ	*kraŋʔ	
競 1	*graŋs	*grjaŋs	
往 1	*ɢʷaŋ	*wjaŋʔ	
王 24	*ɢʷaŋ	*wjaŋ	
王 1	*ɢʷaŋs	*wjaŋs	
藏 1	*zaaŋ	*ɦtshaŋ	
藏 1	*zaaŋs	*ɦtshaŋs	
況 1	*hmaŋs	*hwrjaŋs	況 1，貺假借
商 7	*hljaŋ	*hjaŋ	
傷 6 湯 5	*hljaŋ	*hljaŋ	
向 2	*hljaŋs	*hjaŋs	
湯 3	*lhaaŋ	*hlaŋ	
閌 1	*khaaŋs	*khaŋs	閌 1，亢假借
裳 11 嘗 7 常 6	*djaŋ	*djaŋ	
上 3 尚 1	*djaŋs	*djaŋs	
怲 1	*praŋs	*prjaŋs	
茵 1	*mraaŋ	*mraŋ	茵 1，蝱假借
亡 7 忘 8 望 3	*maŋ	*mjaŋ	
忘 1 望 1	*maŋs	*mjaŋs	
明 17 盟 1	*mraŋ	*mrjaŋ	明 1，名假借
狼 1 稂 1	*raaŋ	*c-raŋ	
良 5 梁 4 粱 3 糧 2	*raŋ	*c-rjaŋ	

襄 5	*snaŋ	*snjaŋ	
瀼 2 穰 2	*njaŋ	*njaŋ	
箱 2 相 2	*slaŋ	*stjaŋ	
霜 5	*sraŋ	*srjaŋ	
爽 2	*sraŋʔ	*srjaŋʔ	
牀 2	*zraŋ	*dzrjaŋ	
牆 1	*zaŋ	*dzjaŋ	
鏜 1	*thaaŋ	*thaŋ	
堂 9	*daaŋ	*daŋ	
囊 1	*naaŋ	*naŋ	
喪 3	*smaaŋ	*smaŋ	
荒 8	*hmaaŋ	*hmaŋ	
兄 6	*hmraŋ	*hwrjaŋ	
卿 1	*khraŋ	*khrjaŋ	
慶 7	*khraŋs< *khraŋ	*khrjaŋs	
將 23 漿 2	*ʔsaŋ	*tsjaŋ	
茫 2	*maaŋ	*maŋ	茫 2，芒假借
廣 3	*kʷaaŋʔ	*kʷaŋʔ	
光 11 觥 2 黆 1	*kʷaaŋ	*kʷaŋ	黆 1，洸假借
泳 3	*ɢʷraŋs	*wrjaŋs	
永 3	*ɢʷraŋʔ	*wrjaŋʔ	
掌 1	*tjaŋʔ	*tjaŋʔ	
昌 5	*thjaŋ	*thjaŋ	
方 23	*paŋ	*pjaŋ	
房 1 防 1 魴 2 方 3	*baŋ	*bjaŋ	
篣 1 傍 1	*baaŋ	*baŋ	篣 1，房假借
彭 3	*braaŋ	*braŋ	
祊 1	*praaŋ	*praŋ	
騯 6	*praaŋ / *braaŋ / *baaŋ	*praŋ / *braŋ / *baŋ	騯 5，彭假借 騯 1，旁假借
鈌 1	*qaŋ / *qraŋ	*ʔjaŋ / *ʔrjaŋ	鈌 1，央假借
英 7	*qraŋ	*ʔrjaŋ	英 1，央假借
鏘 7 蹌 2 斨 2 瑲 1	*shaŋ	*tshjaŋ	鏘 3，將假借 鏘 2，鶬假借
鎗 1	*shraaŋ	*tshraŋ	鎗 1，將假借

	陽 15 揚 9 楊 3 羊 4 洋 1 錫 1	*laŋ	*ljaŋ	錫 1，錫假借
	場 2 腸 1	*l'aŋ	*g-ljaŋ	
	翔 6 祥 4 癢 2	*ljaŋ	*zljaŋ	
	長 8	*daŋ	*drjaŋ	
	舫 3	*paŋs	*pjaŋs	舫 1，方假借
	兵 3	*praŋ	*prjaŋ	
	臧 12 牂 1	*ʔsaaŋ	*tsaŋ	臧 1，藏假借
	涼 1	*g‧raŋ	*g-rjaŋ	
	雱 1	*phaaŋ	*phaŋ	
	景 1	*kraŋʔ	*krjaŋʔ	
	京 11	*kraŋ	*krjaŋ	
	仰 2	*ŋaŋʔ	*ŋjaŋʔ	
	恙 1	*qaŋʔ	*ʔjaŋʔ	
	央 2	*qaŋ	*ʔjaŋ	
	螗 1	*l'aaŋ	*g-laŋ	
	唐 1	*gl'aaŋ	*g-laŋ	
	鄉 3 香 1	*qhaŋ	*xjaŋ	
	饗 5 享 4	*qhaŋʔ	*xjaŋʔ	
	亨 3	*p-qhraaŋ	*phraŋ	亨 1，享假借
	張 3	*taŋ	*trjaŋ	
	姜 4 疆 14	*kaŋ	*kjaŋ	
	彊 1	*gaŋ	*gjaŋ	
	桑 10	*sŋaaŋ	*saŋ	
耕部	縈 1	*qʷeŋ	*qʷeŋ	
	營 3	*ɢʷeŋ	*wjeŋ	
	成 22 城 3	*djeŋ	*djeŋ	
	丁 2	*rteeŋ	*treŋ	
	定 2	*teeŋs	*teŋs	
	定 3	*deeŋs	*deŋs	
	聘 1	*phleŋs	*phjeŋs	
	旌 2 菁 2	*ʔsleŋ	*tsjeŋ	菁 1，青假借
	驚 2	*kreŋ	*krjeŋ	
	醒 1 程 1	*rleŋ	*lrjeŋ	
	騁 1	*lheŋʔ	*thrjeŋʔ	

姓 3	*sleŋs	*sjeŋs	
盈 7 楹 1 贏 1	*leŋ	*ljeŋ	
苹 1 平 9	*beŋ	*brjeŋ	
潁 1	*kʷeeŋʔ	*kʷeŋʔ	
傾 2	*khʷeŋ	*khʷjeŋ	
冥 2	*meeŋ	*meŋ	
寧 15	*neeŋ	*neŋ	
星 4	*sleeŋ	*seŋ	
爭 3	*ʔsreeŋ	*tsreŋ	
馨 2	*qheeŋ	*xeŋ	
楨 1 禎 1	*teŋ	*trjeŋ	
征 5 正 4	*tjeŋ	*tjeŋ	
正 1 政 2	*tjeŋs	*tjeŋs	
夐 1	*qhʷeŋs	*xʷjeŋs	夐 1，洶假借
鳴 9	*mreŋ	*mrjeŋ	
命 7	*mreŋs	*mrjeŋs	
敬 1	*kreŋs	*krjeŋs	
怜 1 零 1 鈴 1 靈 2	*reeŋ	*c-reŋ	鈴 1，令假借
經 1 涇 1	*keeŋ	*keŋ	
刑 2	*geeŋ	*geŋ	
聽 4	*lheeŋ	*hleŋ	
嚶 1	*qreeŋ	*ʔreŋ	
青 2 清 4 生 9	*shleeŋ	*sreŋ	
瑩 2	*ɢʷreŋ	*wrjeŋ	
聲 11	*qhjeŋ	*hjeŋ	
庭 4 霆 1	*l'eeŋ	*leŋ	
甥 1 笙 1 牲 1	*sreŋ	*sreŋ	
焭 1	*gʷeŋ	*gʷjeŋ	焭 1，睘假借
苓 1	*reeŋ	*c-reŋ	
令 2	*reŋ	*c-rjeŋ	令 1，命假借
領 2	*reŋʔ	*c-rjeŋʔ	
屏 2	*peŋʔ	*pjeŋʔ	
令 2	*reŋs	*c-rjeŋs	

元部	元1部	雁 2	*ŋraans	*ŋrans	
		彥 1	*ŋrans	*ŋrjans	
		單 1	*taan	*tan	
		癉1 亶 1	*taanʔ	*tanʔ	癉1，癉假借
		旦 5	*taans	*tans	
		嘽 2	*thaan	*than	
		泮 2	*phaans	*phans	
		昄 2	*paanʔ / *praanʔ / *braanʔ	*panʔ / *pranʔ / *branʔ	昄2，反假借
		干 2 乾 1	*kaan	*kan	
		榦 5	*kaans	*kans	榦5，翰假借
		安 4	*qaan	*ʔan	
		軒 1	*qhan	*xjan	
		憲 4	*hŋans	*xjans	
		獻 1	*hŋans	*hŋjans	
		言 15 獻 1	*ŋan	*ŋjan	獻1，讞假借
		嘆 8 難 2	*nhaan	*hnan	嘆2，歎假借
		梴 1	*lhan	*thrjan	
		難 3	*naans	*nans	
		犴 1	*ŋaans	*ŋans	犴1，岸假借
		嘆 1	*nhaans	*hnans	
		漢 1	*hnaans	*xans	
		袢1 樊1 燔1 繁 1	*ban	*bjan	
		衎 1	*khaanʔ	*khanʔ	
		顏 2	*ŋraan	*ŋran	
		媛1 垣5 園 4	*ɢʷan	*wjan	垣1，宣假借
		遠 10	*ɢʷanʔ	*wjanʔ	
		援 1	*ɢʷans	*wjans	
		簡 2	*graanʔ	*granʔ	
		澗 1	*kaan	*kan	澗1，干假借
		澗 3 諫 2	*kraans	*krans	
		幡 2	*phan	*phjan	
		檀 4	*daan	*dan	
		萱 3	*qhʷan	*xwjan	萱3，諼假借

	藩 1	*pan	*pjan	
	返 1 反 4	*panʔ	*pjanʔ	
	翰 2	*gaans	*gans	
	岸 2	*ŋgaans	*ŋans	岸 1，干假借
	晏 2	*qraans	*ʔrans	
	粲 5	*shaans	*tshans	
	餐 2	*shaan	*tshan	
	罕 1	*qhaanʔ	*xanʔ	
	蘭 1	*g · raan	*c-ran	蘭 1，蕑假借
	爛 2	*g · raans	*c-rans	
	墠 1	*djanʔ	*djanʔ	
	板 1	*praanʔ	*pranʔ	
	阪 2	*braanʔ	*branʔ	
	殘 1	*zlaan	*dzan	
	原 5	*ŋ^{w}an	*ŋ^{w}jan	
	嫄 1	*ŋ^{w}an	*ŋjon	
	願 1	*ŋ^{w}ans	*ŋjons	
	渙 2	*qh^{w}aans	*hwans	
	嫙 1	*sɢ^{w}an	*zjon	嫙 1，還假借
	環 1	*g^{w}raan	*wren	
	丸 1	*g^{w}aan	*gon	
	廛 1	*dan	*drjan	
	汕 1	*sraans	*srans	
	旃 3	*tjan	*tjan	
	羨 1	*ljans	*zjens	
	幝 1	*thjanʔ	*thjanʔ	
	焉 3	*ɢan	*ɦjan	
	衍 1	*lanʔ	*ljanʔ	
	衍 1	*lans	*ljans	
	愆 3	*khran	*khrjan	
元2部	泉 8	*sg^{w}en	*sg^{w}jan	
	僊 1	*sen	*sjen	
	鮮 1	*senʔ	*sjenʔ	
	山 3	*sreen	*sren	
	然 3	*njen	*njan	

	悁 1	*qʷen	*ʔʷjen	
	玄 1	*gʷeen	*gʷen	
	倩 1	*shleens	*tshens	
	霰 1	*sqheens	*skens	
	漣 2 連 1	*ren	*c-rjen	
	虔 1	*gren	*grjen	
	遷 4	*shen	*tshjen	
	踐 2	*zlenʔ	*dzjenʔ	
	翩 2	*phen	*phjen	
	嘫 2	*rneen	*nran	嘫 2，然假借
	間 2 蕑 1	*kreen	*kren	間 1，閒假借
	簡 1	*kreenʔ	*krenʔ	
	閑 5	*green	*gren	
	豣 1	*k-ŋeen	*ken	豣 1，肩假借
	見 2	*keens	*kens	
	宴 1 燕 1	*qeens	*ʔens	燕 1，燕假借
	駽 1	*qhʷeens	*xʷens	
	襄 1	*tens	*trjens	襄 1，展假借
元 3 部	轉 1	*tonʔ	*trjonʔ	
	狟 1	*qhon / *goon / *qhoon	*xwjan / *wan / *xwan	
	卷 1	*kronʔ	*krjonʔ	
	變 3	*b·ronʔ	*b-rjonʔ	
	宣 4	*sqhon	*swjan	宣 2，咺假借
	溥 1 博 1	*doon	*don	
	婘 2	*gron	*grjon	婘 1，儇假借 婘 1，卷假借
	鬈 1	*gron / *khron	*grjon / *khrjon	
	弁 1	*brons	*brjons	
	亂 2	*roons	*c-rons	
	鍛 1	*toons	*tons	
	選 2	*sqhonʔ	*sjonʔ	
	變 1	*prons	*prjons	變 1，反異文
	管 1 痯 1 悹 1	*koonʔ	*konʔ	悹 1，管假借
	館 4 貫 1	*koons	*kons	
	蠻 1	*mroon	*mron	

		慢 1	*mroons	*mrons	
		寬 1	*khoon	*khon	
		關 3 菅 1	*kroon	*kron	
		丱 2	*kroons	*krons	丱 1，宴假借
		冠 1	*k-ŋoon	*kon	
		巒 1	*b·roon	*b-ron	欒 1，欒假借
		綣 1	*khon?	*khjon?	
		川 1	*khjon	*khjon	
		完 1	*ɦŋoon	*ɦkon	
		怨 1	*qon	*ʔjon	
		婉 2 苑 1	*qon?	*ʔjon?	
		怨 1	*qons	*ʔjons	
		詵 1	*srin	*srjin	
真部	真1部	蓁 1 榛 3 溱 2 臻 3	*ʔsrin	*tsrjin	
		盡 1	*ʔslin?	*tsjin?	
		引 1	*lin?	*ljin?	
		引 1 胤 1	*lins	*ljins	
		賓 1	*mpin	*pjin	
		燼 1	*ljins	*zjins	
		人 52 仁 2	*njin	*njin	
		淵 6	*qʷiin	*ʔʷin	
		身 8	*qhjin	*hjin	身 1，躬訓讀
		天 28	*qhl'iin	*hlin	
		蘋 1 頻 2	*bin	*bjin	
		濱 2	*pin	*pjin	
		姻 1 禋 1	*qin	*ʔjin	
		信 2	*hljins	*snjins	
		千 5	*snhiin	*tshin	
		申 4 伸 5	*hlin	*hljin	伸 5，信假借
		堅 1	*kiin	*kin	
		洵 1	*sɢʷin	*ɦswjin	洵 1，旬假借
		顛 2 巔 1 瘨 1	*tiin	*tin	瘨 1，填假借
		闐 1	*diin	*din	
		賢 2	*giin	*gin	
		電 1	*l'iins	*lins	

		粼1轔1	*rin	*c-rjin	轔1，鄰假借
		民4泯1	*min	*mjin	
		駰1	*qin / *qrin	*ʔjin / *ʔrjin	
		均3鈞1	*kʷin	*kʷjin	
		詢1	*sqhʷin	*swjin	
		親1	*shin	*tshjin	
		薪9新1	*siŋ	*sjin	
	真2部	田11	*l'iiŋ	*din	
		佃2	*l'iiŋs	*dins	佃2，甸假借
		年6	*niiŋ	*nin	
		陳2	*l'iŋ	*drjin	
		臣1	*giŋ	*gjin	
		振1	*tjɯn	*tjən	
文部	文1部	緡1瘠1	*mrɯn	*mrjən	
		閔1	*mrɯn?	*mrjən?	
		亹1	*mɯɯn	*mən	
		門4	*mɯɯn	*mun	
		辰1	*djɯn	*djən	
		晨1	*djɯn / *filjɯn	*djən / *Ljən	
		先1	*sɯɯns	*səns	
		墐1	*grɯns	*grjəns	
		畛1	*kljɯn	*tjən	
		忍1	*njɯn?	*njən?	
		殷3	*qɯn	*ʔjən	
		奔2	*pɯɯn	*pən	
		盼1	*phrɯɯns	*phrəns	
		聞1	*mɯn	*mjun	
		問2	*mɯns	*mjuns	
		存1	*zlɯɯn	*dzən	
		塵1	*rdɯn	*drjən	
		雰1芬1	*phɯn	*phjən	
		欣1	*qhɯn	*xjən	
		矜3	*grɯn	*grjən	
		貧2	*brɯn	*brjən	
		巾1	*krɯn	*krjən	

		勤 1 芹 2	*gun	*gjən	
		艱 3	*kruuun	*krən	
		典 1	*qin	*ʔjin	
		殄 1	*l'uuun?	*dən?	
		麕 1	*krun	*krjun	
文 2 部		薰 2	*qhun	*xjun	薰 1，薰假借
		訓 1	*qhuns	*xjuns	
		春 1	*thjun	*thjun	
		孫 2	*suun	*sun	
		昆 2	*kuun	*kun	
		君 1	*klun	*kjun	
		雲 5 云 3 耘 1	*Gun	*wjən	雲 1，員假借
		隕 2	*Gun?	*wjən?	
		噋 1	*thuun	*thun	噋 1，哼假借
		壼 1	*khuun?	*khun?	壼 1，篆文壺
		璊 1	*muun	*mun	
		順 2	*Gljuns	*ɦskjuns	
		淯 1 溳 1 淪 1	*ɦljun	*Ljun	
		鰥 1	*kruun	*krun	
		焚 1	*bun	*bjən	
		輪 1	*run	*c-rjun	
		屯 1	*tun	*trun	屯 1，遜假借
		困 1	*khrun / *grun	*khrjun / *grjun	
		鶉 1	*djun	*djun	
		飧 1	*suun	*sun	
		群 2	*glun	*gjun	
		犉 1	*njun	*njun	
		慍 1	*quns	*ʔjuns	
		蕈 1	*zuum	*dzjəm	
侵 部	侵 1 部	音 12 陰 1	*qrum	*ʔrjəm	
		飲 1	*qrum?	*ʔrjum?	
		今 3 衿 1 金 1	*krum	*krjəm	
		錦 1	*krum?	*krjəm?	
		欽 2	*khrum	*khrjəm	
		簟 1	*l'uuum?	*dəm?	

		讒 1	*zruɯum	*dzrəm	
		僭 2	*ʔsluɯums	*tsəms	
		臨 2	*b·rɯum	*b-rjum	
		歆 1	*qhrɯum	*xrjəm	
		琴 5 芩 1	*grɯum	*grjəm	
		諗 1	*hnjɯum?	*hjəm?	
		林 10	*g·rɯum	*c-rjəm	
		心 20	*slɯum	*sjəm	
		寢 1	*shim?	*tshjim?	
	侵 2 部	駸 1	*shim / *shrim	*tshjim / *tshrjim	
		三 1	*suɯum	*sum	
	侵 3 部	風 6	*plum	*pjum	
		南 8	*nuɯum	*nom（談部）	
		琛 1	*lhum	*hlrjəm	
		深 1	*hljum	*hljəm	
		甚 1	*ɦljum?	*Ljum?	
		耽 1	*ʔl'uɯum	*tum	
		湛 3	*ʔl'uɯum	*k-lum	
		驂 1	*shluɯum	*tshum	
		枕 1	*ʔljum?	*kjum?	
		煁 1 諶 1	*gljum	*Gjum	
		甚 1	*gljum?	*Gjum?	
		涵 1	*guɯum	*gum	
		轞 1	*graam?	*gram?	轞 1，檻假借
談 部	談 1 部	藍 1	*g·raam	*g-ram	
		爁 1	*g·raams	*g-rams	爁 1，濫假借
		炎 1	*lhaam?	*hlam?	
		瞻 2 詹 1	*tjam	*k-ljam	瞻 1，詹假借
		襜 1	*thjam	*kh-ljam	
		惔 2 談 1 餤 1	*l'aam	*lam	
		剿 1	*zraam	*dzram	剿 1，斬假借
		監 1	*kraam	*kram	
		監 1	*kraams	*krams	
		敢 1	*klaam?	*kam?	
		巖 2	*ŋraam	*ŋram	

	甘 1	*kaam	*kam	
	嚴 1	*ŋam	*ŋjam	
	儼 1	*ŋamʔ	*ŋjamʔ	
	玷 1	*teemʔ	*temʔ	
談 2 部	蕈 1	*l'oomʔ	*domʔ	
談 3 部	貶 1	*promʔ	*prjomʔ	

附錄二：《詩經》陰聲韻及陽聲韻異調押韻

平上相押

P288《國風・召南・殷其靁》：子、哉（3次）

P376《國風・陳風・宛丘》：缶、道、翿

P445《小雅・節南山之什・十月之交》：時、謀、萊、矣

P526《大雅・文王之什・文王有聲》：芑、仕、謀、子

P535《大雅・生民之什・既醉》：時、子

P598《周頌・閔予小子之什・敬之》：士、茲、子、止

P605《周頌・閔予小子之什・賚》：止、之、思、思

P456《小雅・節南山之什・巷伯》：者、謀、虎

P425《小雅・南有嘉魚之什・采芑》：譙、猶、丑

P573《大雅・蕩之什・江漢》：首、休、考、壽

P441《小雅・節南山之什・正月》：酒、殽

P331《國風・王風・揚之水》：蒲、許

P454《小雅・節南山之什・何人斯》：捨、車、忏（盰）

P598《周頌・閔予小子之什・訪落》：下、家

P463《小雅・谷風之什・無將大車》：冥、熲

P484《小雅・甫田之什・賓之初筵》：昄（反）、幡

P358《國風・魏風・陟岵》：偕、死

P484《小雅・甫田之什・賓之初筵》：旨、偕

P594《周頌・臣工之什・豐年》：秭、醴、妣、禮、皆

P324《國風・衛風・氓》：隕、貧

P369《國風・秦風・小戎》：群、錞、苑

P406《小雅・鹿鳴之什・四牡》：駸、諗

上去押韻

P490《小雅・魚藻之什・角弓》：裕、瘉

P544《大雅・生民之什・泂酌》：饎、母

P516《大雅・文王之什・思齊》：廟、保

P501《小雅・魚藻之什・何草不黃》：虎、野、暇

P519《大雅・文王之什・皇矣》：禡、撫（附）、侮

P558《大雅・蕩之什・桑柔》：競、梗

P410《小雅・鹿鳴之什・伐木》：阪、衍、踐、遠、愆

P324《國風・衛風・氓》：怨、岸、泮、丱、晏、旦、反

P528《大雅・生民之什・生民》：道、草、茂

平去押韻

P502《大雅・文王之什・文王》：時、右

P552《大雅・蕩之什・蕩》：時、舊

P579《大雅・蕩之什・召旻》：哉、舊

P460《小雅・谷風之什・大東》：裘、試

P348《國風・齊風・雞鳴》：薨、夢、憎

P441《小雅・節南山之什・正月》：陵、懲、夢、雄

P614《魯頌・駉之什・閟宮》：乘、縢、弓

P622《商頌・玄鳥》：勝、乘、承

P303《國風・邶風・谷風》：讎、售

P359《國風・魏風・碩鼠》：苗、勞、郊、郊、號

P502《大雅・文王之什・文王》：臭、孚

P441《小雅・節南山之什・正月》：酒、殽

P436《小雅・鴻雁之什・斯干》：儀、議、罹

P554《大雅・蕩之什・抑》：讎、報

P299《國風・邶風・擊鼓》：仲、宋、忡

P405《小雅・鹿鳴之什・鹿鳴》：蒿、昭、恌（佻）、效、敖

P548《大雅・生民之什・板》：憭、囂、笑、蹻

P438《小雅・鴻雁之什・無羊》：餱、具

P366《國風・唐風・葛生》：夜、居

P528《大雅・生民之什・生民》：訏、路

P481《小雅・甫田之什・頍弁》：上、怲、臧

P506《大雅・文王之什・大明》：上、王、方

P554《大雅・蕩之什・抑》：尚、亡

P598《周頌・閔予小子之什・敬之》：將、明、行

P440《小雅・節南山之什・節南山》：平、寧、正

P463《小雅・谷風之什・北山》：議、為

P526《大雅・文王之什・文王有聲》：垣、榦（翰）

P548《大雅・生民之什・板》：藩、垣、榦（翰）

P565《大雅・蕩之什・崧高》：榦（翰）、垣（宣）

P576《大雅・蕩之什・常武》：嘽、翰、漢

P424《小雅・南有嘉魚之什・六月》：安、軒、閑、原、憲

P573《大雅・蕩之什・江漢》：宣、榦（翰）

平上去相押

P528《大雅・生民之什・生民》：苞、襃、秀、好

P448《小雅・節南山之什・小旻》：猶、就（集）、咎、道

P324《國風・衛風・氓》：湯、裳、爽、行

P558《大雅・蕩之什・桑柔》：可、罶、歌

P547《大雅・生民之什・民勞》：安、殘、綣、反、諫

P548《大雅・生民之什・板》：板、癉、嘫、遠、慇、亶、遠、諫